THE
WALKING
DEAD

THE
WALKING
DEAD

La caída
del Gobernador
PRIMERA PARTE
Robert Kirkman

y

Jay Bonansinga

timun**mas**

Obra editada en colaboración con Scyla Editores – España

Título original: *The Walking Dead: The Fall of the Governor. Part One*

Fotografía de portada: ©Shane Rebenschield
Diseño de portada: Lisa Marie Pompilio

© 2013, Robert Kirkman, LLC
© 2013, Traducciones Imposibles, S.L. (Javier Pérez Alarcón), de la traducción

Derechos exclusivos de la edición en lengua castellana:
© 2013, Scyla Editores, S.A. – Barcelona, España
Timun Mas es marca registrada por Scyla Editores, S.A.

Derechos reservados

© 2014, Editorial Planeta Mexicana, S.A. de C.V.
Bajo el sello editorial TIMUN MAS M.R.
Avenida Presidente Masarik núm. 111, 2o. piso
Colonia Chapultepec Morales
C.P. 11570, México, D.F.
www.editorialplaneta.com.mx

Primera edición impresa en España: noviembre de 2013
ISBN: 978-84-480-1582-4

Primera edición impresa en México: agosto de 2014
ISBN: 978-607-07-2307-0

Impreso en los talleres de Litográfica Ingramex, S.A. de C.V.
Centeno núm. 162-1, colonia Granjas Esmeralda, México, D.F.
Impreso en México - *Printed in Mexico*

Para Sheari Stearn, mi lectora fiel y segunda madre,
y para Diego, por enseñarme las mecánicas
de la muerte y la destrucción.

JAY BONANSINGA

PRIMERA PARTE

La reunión

Cuando llegue esa última y temible hora
Que este desfile decadente devora,
La trompeta se oirá en los cielos,
Los vivos morirán, y vivirán los muertos,
Y la música desafinará el firmamento.

JOHN DRYDEN

UNO

Retorciéndose de dolor en el suelo, Bruce Allan Cooper jadea, parpadea e intenta recuperar el aliento. Puede oír los gruñidos primitivos, como balbuceos, del puñado de mordedores que vienen por él en busca de alimento. Una voz en su cabeza le grita: «¡Muévete, imbécil de mierda! ¡Cobarde! Pero ¡¿qué haces?!».

Bruce, un afroamericano enorme con la constitución de un alero de la NBA, con la cabeza en forma de misil, afeitada y una sombra de barba, rueda por el suelo accidentado, evitando por poco las garras grises y las fauces hambrientas de una mordedora adulta a la que le falta media cara.

Consigue protegerse mientras recorre un metro y medio o casi dos, hasta que siente una punzada de dolor en el costado que le incendia las costillas y se apodera de él, dejándolo paralizado en plena agonía. Cae de espaldas, aferrándose todavía a su hacha de incendios oxidada, cuya cabeza está cubierta de sangre, pelo humano, y la bilis viscosa y negra que los supervivientes llaman «mierda de caminante».

Bruce se siente desorientado durante unos instantes, le zumban los oídos y se le ha empezado a cerrar un ojo por la hinchazón de la nariz rota. Su uniforme del ejército está hecho polvo y sus botas militares embarradas pertenecen a la milicia no oficial de Woodbury. Sobre él se extiende el cielo de Georgia, un toldo bajo de nubes de un color gris similar al del agua sucia, inclemente y desagradable para ser abril, que se burla del hombre cuando este lo observa: «Mira, niño, ahí abajo no eres más que un bicho, un gusano en el cadáver de una tierra moribunda, un parásito que se alimenta de las sobras y las ruinas de una raza al borde la extinción».

De repente, tres rostros desconocidos eclipsan la visión del cielo sobre su cabeza, como si fueran planetas oscuros que, poco a poco, bloquean el firmamento, y todos gruñen estúpidamente como si estuvieran borrachos, con los ojos lechosos abiertos para la eternidad. De la boca de uno de ellos, un hombre obeso vestido con una bata de hospital manchada, gotea una sustancia viscosa y negra que cae sobre la mejilla de Bruce.

—¡HIJO DE PUTAAAAAAA!

Bruce sale de repente de su estupor con un arranque de fuerza inesperada y se abre paso a hachazos. El filo traza un arco hacia arriba y empala al mordedor gordo a través del tejido blando que tiene bajo la mandíbula. La mitad inferior de la cara se le cae y una falange fibrosa de carne muerta y cartílago brillante asciende seis metros girando por los aires antes de estamparse contra el suelo con un ruido sordo.

Rodando otra vez y volviendo a ponerse de pie como puede, el hombre ejecuta un giro de 180 grados —con gran agilidad, teniendo en cuenta su corpulencia y el terrible dolor al que está sometido— y le rebana los músculos podridos del cuello a la otra mordedora que va por él. La cabeza se le cae hacia un lado, colgando por un instante de las hebras de tejido reseco que la unen al cuerpo, antes de que estas se rompan y la cabeza se desplome en el suelo.

El cráneo rueda unos cuantos centímetros dejando un rastro negruzco y sanguinolento mientras que, durante un momento insoportable, el cuerpo permanece de pie con los brazos inertes extendidos, impulsados por su espeluznante instinto. Hay algo metálico enrollado a los pies de la criatura, que acaba sucumbiendo a la gravedad.

Es entonces cuando Bruce oye, amortiguado por culpa de sus maltrechos oídos, el último sonido que esperaría escuchar tras la masacre: el entrechocar de unos platillos. Al menos, eso es lo que consigue identificar entre los zumbidos que no lo abandonan: un ruido metálico palpitante en el cerebro que proviene de cerca. Retrocediendo con el arma en mano y preguntándose qué será el sonido, parpadea e intenta concentrarse en los otros mordedores que se le acercan arrastrando los pies. Son demasiados para enfrentarse a ellos con el hacha.

Bruce se da la vuelta para huir y, de repente, choca de lleno con alguien que le corta el paso.

—¡Eh!

Ese alguien, un hombre caucásico de cuello grueso, con cuerpo en forma de hidrante y el pelo güero cortado al estilo militar, profiere un grito de guerra y ataca a Bruce con una maza del tamaño de una pata de caballo. La especie de garrote con púas pasa silbando a pocos centímetros de su nariz rota y, en un acto reflejo, retrocede y se tropieza con sus propios pies.

Cae al suelo de forma ridícula y el impacto levanta una nube de polvo, además de causar más ruido de platillos en la brumosa media distancia. El hacha sale volando. El hombre del pelo del color de la arena aprovecha la confusión para abalanzarse sobre Bruce con la maza lista para entrar en acción. Él gruñe y se aparta de su alcance rodando en el último momento.

La cabeza de la maza golpea el suelo con fuerza, clavándose a pocos centímetros de la cabeza de Bruce, quien rueda para alcanzar su arma, que ha caído a tres metros de él y yace en el polvo rojo. Toma el hacha por el mango y, de pronto, una figura emerge de la niebla, justo a la izquierda de Bruce, que se aparta bruscamente del mordedor que repta hacia él con los movimientos lánguidos de un lagarto gigante. Un líquido negro rezuma de la boca flácida de la mujer, que deja ver sus pequeños dientes y chasquea la mandíbula con la misma fuerza que un reptil.

Entonces, pasa algo que devuelve a Bruce a la realidad.

La cadena que mantiene cautiva a la muerta emite un sonido metálico cuando el monstruo la fuerza al límite. Bruce exhala un suspiro instintivo de alivio, mientras que la muerta se agita a pocos centímetros, intentando alcanzarlo sin conseguirlo. La mordedora emite gruñidos de frustración primitivos, pero la cadena la mantiene a raya. A Bruce le dan ganas de hundirle los ojos con sus propias manos y de desgarrarle a bocados el cuello a ese maldito pedazo de carne podrida.

Bruce vuelve a escuchar ese extraño sonido, como de platillos entrechocando, y también oye la voz del otro hombre, apenas perceptible entre el ruido:

—Va, hombre, levántate… Levántate.

Bruce reacciona, se activa, agarra el hacha y se pone de pie con cierta dificultad. Se oye el sonido de más platillos… mientras él se da la vuelta y le propina un hachazo al otro tipo.

El filo no acierta en la garganta de Corte Militar por poco, pero le rebana el cuello alto del suéter, dejándole una raja de quince centímetros.

—Bueno —masculla Bruce por lo bajo mientras rodea al hombre—. ¿Te ha parecido divertido?

—Así me gusta —murmura el hombre corpulento, que se llama Gabriel Harris (o Gabe para los colegas), mientras vuelve a empuñar la maza, que pasa silbando cerca de la cara hinchada de Bruce.

—¿No sabes hacerlo mejor? —farfulla Bruce, apartándose justo a tiempo y rodeándolo en el sentido contrario. Arremete contra él con el hacha. Gabe lo bloquea con el garrote y, alrededor de los dos contrincantes, los monstruos siguen profiriendo sus gruñidos y balbuceantes aullidos, forcejeando con las cadenas, hambrientos de carne humana, frenéticos por la avidez.

Cuando se disipa la neblina polvorienta de la periferia del campo de batalla, aparecen los restos de un circuito de carreras al aire libre.

La Pista de Carreras de los Veteranos de Woodbury es tan grande como un campo de futbol americano, está protegida con tela metálica y rodeada de reliquias: fosos antiguos y pasillos oscuros y cavernosos. Tras la malla de metal se alza en pendiente una red de asientos sostenida por unos soportes ligeros y oxidados. En estos momentos, el lugar está inundado por los gritos de ánimo de los habitantes de Woodbury. Los platillos son, en realidad, los aplausos y vítores enfervorecidos de la multitud.

En el huracán de polvo que se arremolina en la pista, el gladiador conocido como «Gabe» masculla algo en voz baja para que solo su adversario pueda oírlo:

—Bruce, chico, hoy estás luchando como una niña —le espeta, y remata la burla con un giro de maza hacia las piernas del afroamericano.

El otro esquiva la ofensiva con un salto que sería la envidia de una estrella de la lucha libre. Gabe arremete de nuevo y traza un arco de ataque tan amplio que la maza impacta en el cráneo de un joven mordedor que lleva un overol de trabajo grasiento y hecho pedazos. Tal vez era mecánico. Los clavos se hunden en la cabeza calavérica del engendro y de él salen hilos de fluido negruzco.

—El Gobernador se va a enojar por la mierda de espectáculo que estás dando —dice Gabe mientras desentierra la maza del muerto.

—¿Ah, sí?

Contraataca hundiéndole a Gabe el mango del hacha en el plexo solar, provocando que su voluminoso cuerpo se desplome en el suelo. El hacha dibuja un arco en el aire y el filo aterriza a pocos centímetros de la mejilla de Gabe, quien se aparta rodando y se pone de pie de un salto, todavía mascullando.

—No deberías haber comido tanto pan de maíz anoche.

—Mira quién habla, gordo —le responde Bruce mientras ejecuta otro golpe con el hacha, que pasa zumbando cerca del cuello de Gabe.

Gabe ataca con la maza una y otra vez, obligando a su oponente a retroceder hacia los mordedores encadenados.

—¿Cuántas veces te lo he dicho? El Gobernador quiere que parezca de verdad.

—Me rompiste la nariz, hijo de puta —le espeta Bruce mientras bloquea el huracán de mazazos con el mango del hacha.

—Deja de chillar, cabrón.

Gabe golpea con la maza una y otra vez hasta que los clavos se hunden en el mango. Después la hace para atrás, arrancándole a Bruce el hacha de las manos, que sale volando. La multitud enloquece. Bruce se escabulle. Gabe lo persigue. El otro hace un quiebre y corre en el sentido contrario, y Gabe arremete contra él, blandiendo la maza para golpear las piernas del afroamericano.

Los clavos alcanzan los pantalones de camuflaje de Bruce, desgarrándolos y causándole cortes superficiales en la piel. Unos finos hilos de sangre serpentean bajo la pálida y polvorienta luz del día mientras el hombre de color rueda.

Gabe se empapa de los aplausos frenéticos y enloquecidos del público, que está al borde de la histeria, y gira hacia las gradas, ocupadas por la mayoría de los habitantes de Woodbury de la época posplaga. Alza el arma al cielo como en *Braveheart*. Los vítores aumentan. Gabe disfruta el momento al máximo. Gira lentamente, empuñando la maza sobre su cabeza, y en su cara se dibuja una mueca de macho triunfador que casi resulta chistosa.

El público enloquece totalmente y en las gradas, entre brazos agitándose y gritos, todos los presentes se dejan llevar por el espectáculo. Menos uno.

En la quinta fila, en el extremo norte de las gradas, Lilly Caul se voltea por puro asco. Lleva un pañuelo desgastado de lino para protegerse el cuello —delgado como el de un cisne— del fresco de abril. Como siempre, lleva puestos unos *jeans* rotos, una sudadera de segunda mano y unos collares heredados. A medida que sacude la cabeza y profiere un suspiro irritado, el viento mueve su cabello color caramelo alrededor de su rostro, antaño juvenil y que ahora revela signos de sufrimiento: patas de gallo en los ojos de color azul verdoso y arrugas de expresión alrededor de la boca, ambas tan curtidas como el cuero bruñido.

—Esto es como un pinche circo romano… —murmura sin darse cuenta.

—¿Cómo dices? —le pregunta la mujer de al lado, mirándola tras su termo de té verde tibio—. ¿Dijiste algo?

—No —responde Lilly, negando con la cabeza.

—¿Estás bien?

—Sí…, muy bien.

Lilly sigue mirando hacia el horizonte mientras el resto de la multitud grita, vocifera y aúlla como hienas. La chica aún tiene treinta y pocos, pero ahora, con el ceño siempre fruncido por la consternación, aparenta al menos diez años más.

—Si te soy sincera, no sé cuánto tiempo más voy a poder aguantar esta mierda.

La otra mujer sorbe el té, pensativa. Lleva una bata blanca de laboratorio debajo de la chamarra y el pelo recogido en una coleta. Es la enfermera del pueblo, una chica seria y afable llamada Alice muy interesada en la precaria situación de Lilly en la jerarquía de Woodbury.

—No es que sea asunto mío —dice por fin Alice en voz tan baja que ninguno de los aficionados de alrededor puede oírla—, pero yo en tu lugar no diría esas cosas.

—¿De qué hablas? —pregunta Lilly, mirándola.

—Al menos por ahora.

—No te entiendo.

—Nos vigila, ¿sabes? —le explica Alice, a quien parece incomodarle un poco hablar de esto a plena luz del día y delante de todo el mundo.

—¿Qué?

—Ahora mismo no nos deja de ver.

—Estás…

Lilly calla. Se da cuenta de que Alice se refiere a la figura sombría que está de pie en la entrada del pasillo de piedra cubierto que lleva directamente a la zona norte, a casi treinta metros, bajo el difunto marcador. Envuelto en sombras, con la silueta definida por los focos de la jaula que hay tras él, el hombre contempla lo que sucede en el campo con las manos a la cadera y un brillo de satisfacción en los ojos.

Es de estatura y peso medios, viste de negro de los pies a la cabeza, y lleva una pistola de calibre alto enfundada en la cadera. A primera vista, parece casi inofensivo, bondadoso, como un orgulloso magnate inmobiliario o un miembro de la nobleza medieval que estuviera contemplando su mansión. Sin embargo, incluso a la distancia a la que está, Lilly nota cómo su mirada, astuta como la de una cobra, inspecciona hasta el último rincón de las gradas. Y cada pocos segundos, esos ojos electrizantes se detienen en el lugar donde ellas están sentadas, temblando por culpa del viento primaveral.

—Mejor que crea que todo va bien —murmura Alice como si hablara con el té.

—Mierda —musita Lilly, mirando fijamente el suelo de cemento lleno de basura que hay debajo de los asientos. Una ola de vítores y aplausos la rodea cuando en la pista los gladiadores retoman la pelea, Gabe quedándose rodeado por un puñado de mordedores encadenados y Bruce volviéndose loco con el hacha. Sin embargo, la mujer apenas les presta atención.

—Sonríe, Lilly.

—Sonríe tú… yo no estoy de humor —responde, y dedica un instante a mirar el macabro espectáculo que tiene lugar en la pista, con la maza de Gabe reventando los cráneos putrefactos de los muertos vivientes—. No lo entiendo —dice, negando con la cabeza y apartando la vista.

—¿Qué no entiendes?

—¿Y Stevens qué? —contesta mirando a Alice y respirando profundamente.

La enfermera se encoge de hombros. El doctor Stevens ha sido el salvavidas de Alice desde hace casi un año. Ha evitado que se vuelva loca, le ha enseñado el oficio y cómo remendar a los gladiadores heridos con el cada vez más escaso suministro de material médico que hay almacenado en las catacumbas del estadio.

—¿Y Stevens qué de qué?

—Nunca lo he visto siguiendo esta porquería. —Lilly se frota la cara y dice—: ¿Por qué es tan especial que ni siquiera tiene que hacerse el simpático con el Gobernador? Y más teniendo en cuenta lo que pasó en enero.

—Lilly…

—Vamos, Alice —la interrumpe—. Admítelo. El buen doctor nunca viene a estas tonterías y, si alguien le da pie, siempre se queja de los monstruos de feria sedientos de sangre del Gobernador.

Alice se humedece los labios, se da la vuelta y le pone una mano en el brazo a Lilly a modo de aviso.

—Escúchame. No te engañes: la única razón por la que se tolera a Stevens es porque es médico.

—¿Y qué?

—Pues que no es que sea muy bien recibido en el pequeño reino del Gobernador.

—¿Qué quieres decir, Alice?

La joven vuelve a respirar hondo y baja aún más la voz.

—Lo que digo es que nadie es imprescindible. Aquí nadie tiene el puesto garantizado. —Le agarra el brazo con más fuerza y pregunta—: ¿Y si encuentran otro médico? Otro que esté más entregado a la causa; no me extrañaría que Stevens acabara ahí fuera.

Lilly se aparta de la enfermera, se pone de pie y echa un vistazo al horrible espectáculo del campo.

—Estoy harta, ya no aguanto más —dice, y mira a la figura recortada contra el soportal sombrío del norte—. Me da igual que nos esté vigilando.

Se dirige hacia la salida pero Alice la detiene.

—Lilly, prométeme que tendrás cuidado, ¿de acuerdo? Que no llamarás la atención. Hazme ese favor.

—Sé lo que hago, Alice —responde ella con una sonrisita tímida y fría.

En ese momento, Lilly se da la vuelta, baja por las escaleras y desaparece por la salida.

Han pasado más de dos años desde que los primeros muertos resucitaran y se dieran a conocer entre los vivos. En ese tiempo, la civilización que se encontraba más allá de las apartadas zonas rurales de Georgia fue desapareciendo gradualmente y de forma tan implacable como una metástasis. Los pequeños grupos de supervivientes buscaban recursos como podían en estacionamientos de oficinas abandonados, centros comerciales desiertos y urbanizaciones desoladas. Conforme la población de caminantes fue incrementándose y multiplicándose, los peligros crecieron con ella y se forjaron serias alianzas tribales.

El municipio de Woodbury, Georgia, en el condado de Meriwether, situado al oeste del Estado, a unos ciento diez kilómetros al sur de Atlanta, se ha convertido en una verdadera anomalía en lo que a asentamientos de supervivientes se refiere. Originalmente era un pueblito granjero de unas mil personas que abarcaba una extensión equivalente a seis manzanas de cruces y vías de ferrocarril, pero ahora el lugar ha sido fortificado y protegido con materiales de guerra improvisados.

Hay remolques equipados con ametralladoras de calibre .50 apostados en las esquinas exteriores. Han envuelto vagones viejos en alambre de púas y los han colocado para bloquear salidas. En el centro de la ciudad hay murallas —algunas recién construidas— que rodean el distrito financiero, donde la gente vive una triste existencia aferrándose a los recuerdos de aquellas reuniones de la iglesia y de los asados al aire libre.

Lilly se abre paso con decisión por la zona amurallada, cruzando las agrietadas aceras de Main Street e intentando no prestarle atención al sentimiento que la invade cada vez que ve a los matones del Gobernador patrullando por los escaparates con fusiles AR-15 a la altura del pecho. «No solo evitan que entren los caminantes… también evitan que salgamos nosotros».

Lilly lleva siendo persona non grata en Woodbury desde hace meses, cuando su intento de derrocar al Gobernador en enero fracasó. Incluso por aquel entonces, le parecía evidente que el Gobernador estaba fuera de control y que su régimen de violencia estaba convirtiendo a Woodbury en un festival de matanzas. La mujer consiguió reclutar a algunos de los habitantes más sensatos del pueblo —incluyendo a Stevens, Alice y Martínez, uno de los hombres de confianza del Gobernador— para secuestrarlo una noche y llevárselo a dar un paseo a Villacaminantes para que le dieran un poco de cariño. El plan era que se comieran al Gobernador en un accidente provocado, pero los caminantes son expertos en estropear hasta los mejores planes y en plena misión se formó de la nada una jauría. El objetivo pasó a ser la supervivencia… y el hombre vivió para seguir gobernando.

Aunque parezca extraño, por algún capricho darwiniano del destino, el intento de asesinato sirvió para consolidar y reforzar el poder del

Gobernador. Para los residentes que ya estaban a sus pies fue como si Alejandro Magno regresara a Macedonia, como el general Stonewall Jackson, ensangrentado pero insumiso, un feroz pitbull nacido para ser el líder de la manada. A todos les daba igual que fuera, al menos a ojos de Lilly, un completo sociópata. «Vivimos tiempos brutales, y los tiempos brutales requieren líderes brutales». Y para los conspiradores, el Gobernador se había convertido en una figura paterna abusiva que enseñaba «lecciones» y se deleitaba impartiendo crueles castigos.

Lilly se acerca a una hilera de pequeños edificios de dos plantas de ladrillo rojo que se extienden por los límites del distrito comercial. Antes era un complejo en multipropiedad ajardinado pero ahora las construcciones muestran signos de haber sido usadas como refugios antiplaga. Las estacas de las vallas han sido envueltas con alambre de púas, los jardines están llenos de flores marchitas, piedras y cartuchos de escopeta; y en los dinteles, las enredaderas de buganvilia, marrones y muertas, parecen cables pelados.

Al mirar las ventanas tapiadas, Lilly se pregunta una vez más por qué sigue formando parte de la horrible y destrozada familia disfuncional que es Woodbury. La verdad es que sigue ahí porque no tiene otro lugar adonde ir. Nadie tiene otro lugar al que ir. Las tierras más allá de las murallas están plagadas de muertos vivientes y las ruinas y la muerte bloquean todos los caminos. Sigue ahí porque tiene miedo y el miedo es el mayor común denominador del nuevo mundo. El miedo hace que las personas se vuelvan unas contra otras, hace que despierten los instintos más básicos y que afloren los peores comportamientos que dormitan en el alma humana.

Pero para Lilly Caul estar encerrada como un animal ha conseguido que salga a la luz algo que ha guardado en su interior durante casi toda su vida, algo que la ha atormentado en sueños y la ha acompañado siempre como un gen recesivo: la soledad.

Hija única, creció en una familia de clase alta de Marietta, donde solía acabar pasando el día sola: jugando sola, sentándose sola al fondo de la cafetería o del autobús del colegio… siempre sola. En el instituto, su frágil inteligencia, terquedad e ingenio afilado hicieron que nunca fuera una chica popular del grupito de las porristas. Creció siendo una chica solitaria y la carga latente de esta soledad la ha atormentado en el mundo posplaga. Ha perdido todo lo que le importaba: su padre, su novio Josh y su amiga Megan.

Lo ha perdido todo.

Su departamento, en uno de los edificios de ladrillo rojo más destruidos del complejo, está en el extremo este de Main Street. Las plantas muertas se adhieren a la pared como si fueran moho y las ventanas están cubiertas por una red de viñas negras y marchitas. De la azotea brotan antenas dobladas y parabólicas viejas que seguramente no volverán a captar ninguna señal nunca más. En lo que tarda Lilly en llegar, el techo bajo que formaban las nubes se ha disipado y el sol de mediodía, tan pálido y frío como la luz fluorescente, descarga su furia sobre ella, haciendo que empiece a sudarle la nuca.

Sube las escaleras del portal y busca las llaves y, de pronto, ve algo de reojo que le llama la atención y se detiene. Se gira y ve a un hombre vestido con harapos tirado en la calle, recostado contra un escaparate. Al verlo, a Lilly le embarga la tristeza. Se guarda las llaves y cruza la calle. Cuanto más se acerca, mejor puede oír la respiración cansada del hombre, entorpecida por las flemas y la pena, y su voz baja y sibilante, con la que mascula incoherencias provocadas por la borrachera en la que está sumido.

Bob Stookey, uno de los pocos amigos de verdad que le quedan a la chica, está acurrucado temblando en posición fetal, inconsciente. Lleva puesta su andrajosa chaqueta marinera, que huele fatal. Está apoyado contra la puerta de una ferretería abandonada y en la ventana que hay sobre su cabeza un cartel descolorido por el sol reza con ironía y en letras multicolores «LIQUIDACIÓN POR LIMPIEZA DE PRIMAVERA». El médico militar tiene el rostro pegado a la acera, como si fuera basura mojada. Su cara arrugada y curtida tiene grabado el dolor que ha experimentado y verlo le parte el alma a Lilly.

El hombre ha entrado en una espiral de decadencia desde el invierno pasado y puede que ahora sea el único habitante de Woodbury que está más perdido que Lilly Caul.

—Pobrecito —musita ella mientras toma la manta de lana raída que yace amontonada a los pies de Bob.

A Lilly le llega una peste a sudor, humo rancio y whisky barato cuando lo tapa con la manta, de cuyo interior sale una botella vacía, que se rompe contra el saliente de la puerta.

—… ella, tengo que decirle… —balbucea Bob.

La mujer se arrodilla a su lado y le acaricia el hombro mientras se pregunta si debería asearlo y llevárselo de la calle. También se pregunta si la «ella» de la que habla es Megan. A Bob le gustaba (pobre hombre) y su suicidio lo destrozó. Lilly lo tapa hasta el cuello fofo y le da unas palmaditas de consuelo.

—Tranquilo, Bob. Está… está en un lugar…

—Tengo que…

Por un brevísimo instante, Lilly se sobresalta cuando Bob parpadea y deja entrever unos ojos inyectados en sangre. ¿Se ha transformado? Se le acelera el pulso.

—¿Bob? Soy Lilly. Estás teniendo una pesadilla.

Se tranquiliza al darse cuenta de que sigue vivo (si es que eso es vivir) y que tan solo está teniendo un delirio causado por la bebida. Probablemente esté reviviendo una y otra vez el momento en el que encontró a Megan Lafferty en un departamento cochambroso, balanceándose colgada del extremo de una cuerda.

—¿Bob?

—Tengo que… decirle lo que él dijo —dice con un jadeo y los ojos abiertos por un instante, confusos y con un brillo de angustia y dolor.

—Soy Lilly, Bob —lo consuela con dulzura, acariciándole el brazo—. No pasa nada, soy yo.

En ese momento, los ojos del viejo médico se encuentran con los de la mujer y dice algo con ese resuello titubeante y pastoso que tantos escalofríos le dan a ella. Esta vez lo oye con claridad y se da cuenta de que «ella» no es Megan.

«Ella» es Lilly.

Y lo que Bob Stookey tiene que decirle la atormentará toda su vida.

DOS

Ese mismo día, en el estadio, Gabe asesta el golpe definitivo que pone fin al combate cuando ya llevan una hora de lucha, justo después de que den las tres en la costa este. La cabeza con clavos de la maza impacta contra las costillas de Bruce, quien lleva protecciones para el torso bajo el uniforme militar. El hombre muerde el polvo y, cansado de tanta pantomima, no se levanta y respira hondo oculto por una nube de polvo.

—*¡TENEMOS UN GANADOR!*

Los espectadores se sobresaltan por la crepitante voz amplificada, que se proyecta desde unos altavoces gigantes situados por todo el estadio que funcionan gracias a la energía producida por los generadores que hay en el subsuelo. Gabe hace su numerito y agita la maza como si fuera el mismísimo William Wallace. Los vítores y los aplausos enmascaran el gruñido continuo de los muertos vivientes que hay encadenados a los postes alrededor del campeón. Muchos de ellos aún siguen intentando hacerse con un bocado de carne humana, y sus mandíbulas putrefactas se mueven, vibran y babean movidas por una hambre robótica.

—¡Amigos, permanezcan en sus asientos tras el espectáculo para escuchar un mensaje del Gobernador!

En ese momento, de los altavoces surgen el chisporroteo y el ruido sordo de los primeros compases de una canción de heavy metal y una guitarra eléctrica corta el aire como una sierra mecánica mientras un batallón de tramoyistas inunda el campo. La mayoría son chicos con sudaderas y chamarras de cuero con largas picas de hierro con ganchos en los extremos.

Los muchachos rodean a los caminantes, les sueltan las cadenas, enganchan los collares con las picas, gritan, los jefes dan unas cuantas órdenes y, uno a uno, inmersos en una tormenta de polvo, empiezan a conducir a los monstruos hacia el portal más cercano. Algunas de las criaturas lanzan dentelladas al aire mientras los devuelven a los sombríos sótanos y otros gruñen y escupen gargajos de baba negra como si fueran actores obligados a abandonar el escenario en contra de su voluntad.

Alice contempla la maniobra desde las gradas, ocultando su disgusto. Los demás espectadores están de pie, aplaudiendo al ritmo de la música atronadora y gritando mientras se llevan a la horda de muertos vivientes. La enfermera busca debajo del banco y agarra su bolsa de medicinas; se abre paso para salir de entre la muchedumbre y baja a toda prisa los escalones que conducen al campo.

Cuando llega a la pista, los dos gladiadores, Gabe y Bruce, ya se están yendo hacia la salida sur, por lo que Alice acelera el paso para seguirlos. De reojo ve que una silueta fantasmal surge de las sombras del portal norte que hay tras ella y hace una entrada tan dramática que rivalizaría con el mismísimo rey Lear visitando el pueblo natal de Shakespeare.

El hombre cruza la pista envuelto en cuero y tachuelas, con sus botas altas levantando nubes de polvo, el largo abrigo ondeando tras él y la pistola golpeándole la cadera a cada paso. Parece un curtido cazarrecompensas del siglo XIX y la multitud irrumpe en aplausos y vítores entusiastas cuando lo ve. Un trabajador mayor con una camiseta de Harley Davidson y barba a la ZZ Top se apresura a acercarle un micrófono.

Alice voltea y alcanza a los dos guerreros exhaustos.

—¡Bruce, espera!

El enorme afroamericano camina cojeando, pero al llegar al arco del pasaje sur se para y se da la vuelta. Tiene el ojo izquierdo tan hinchado que está cerrado por completo y los dientes ensangrentados.

—¿Qué quieres?

—A ver ese ojo —le responde Alice mientras se acerca y, arrodillada, abre la bolsa con los suministros médicos.

—Estoy bien.

Gabe, con una mueca burlona en el rostro, se les une.

—¿Qué pasa, el pequeñín se ha lastimado?

Alice lo inspecciona más de cerca y le da suaves toques en el puente nasal con una gasa.

—Por Dios, Bruce, ¿por qué no me dejas que te lleve a que te vea el doctor Stevens?

—Solo me rompieron la nariz —dice Bruce, dándole un empujón—. ¡Te dije que estoy bien!

Le da una patada a la bolsa de suministros que se desperdigan por el suelo junto al instrumental. Alice gime irritada y se agacha para recogerlos, y en ese momento se corta la música, que es sustituida por el sonido de una voz grave y aterciopelada que resuena amplificada por encima del viento y los gritos de la multitud.

—Damas y caballeros, amigos y compañeros habitantes de Woodbury… quiero darles las gracias por venir a ver el espectáculo de hoy. ¡Ha sido increíble!

Alice echa un vistazo por encima del hombro y ve al Gobernador en el centro de la pista.

El hombre sabe cómo ganarse a la gente. Evalúa al público con una mirada intensa, agarra el micrófono con la sinceridad arrogante de un predicador y tiene una presencia carismática y sobrecogedora. No es alto ni especialmente guapo (de hecho, si uno se fija bien, hasta se podría decir que es desaliñado y está desnutrido) pero, aun así, Philip Blake da una imagen de confianza sobrenatural en sí mismo. Sus ojos oscuros reflejan la luz como si fueran geodas y su rostro delgado está adornado por un bigote en forma de manilla propio de un bandolero del Tercer Mundo.

Se gira y saluda con la cabeza en dirección a la salida sur y su fría mirada paraliza a Alice. La voz amplificada restalla y resuena:

—¡Y quiero enviar un saludo especial a nuestros valientes gladiadores, Bruce y Gabe! ¡Vamos, demuéstrenles que los quieren! ¡Un aplauso!

Los vítores, los gritos y los chillidos aumentan varias escalas y resuenan en los soportes metálicos y las marquesinas de forma que el ruido recuerda al de una jauría de perros. El Gobernador los deja, como si fuera un director de orquesta conduciendo una sinfonía con paciencia. Alice cierra la bolsa de medicinas y se pone de pie.

Bruce saluda como un héroe a la multitud y sigue a Gabe hacia el sombrío soportal, desapareciendo por la rampa de salida con la solemnidad de un ritual religioso.

En el campo, Philip Blake agacha la cabeza, esperando a que la marea de aplausos vuelva a la costa.

Cuando el ambiente está más calmado, empieza a hablar ligeramente más bajo, con una voz suave y aterciopelada arrastrada por el viento.

—Ahora… vamos a ponernos serios un momento. Sé que últimamente nos quedan pocos suministros. Muchos de ustedes han estado haciendo recortes y racionando. Sacrificándose.

Alza la vista hacia su rebaño y establece contacto visual con él mientras continúa con el discurso:

—Noto cómo crecen sus preocupaciones, pero quiero que todos sepan… que no hay de qué preocuparse. Vamos a hacer unas cuantas escapadas, empezando mañana. Con estas excursiones conseguiremos las suficientes provisiones para salir adelante. Esa es la clave, damas y caballeros. Eso es lo más importante. ¡Saldremos adelante! ¡Nunca nos rendiremos! ¡Nunca jamás!

Unos cuantos espectadores aplauden pero la mayoría de ellos se quedan callados, escépticos e indecisos, sentados en sus fríos y duros asientos. Llevan semanas viviendo del agua amarga y de sabor metálico del pozo y de la fruta casi podrida que dan los árboles desatendidos de los huertos. Les han dado las últimas conservas de carne a sus hijos, así como los restos mohosos de las aves de caza ahumadas.

Desde el centro de la pista, el Gobernador no deja de ver a los asistentes.

—Damas y caballeros, estamos construyendo una nueva comunidad, aquí, en Woodbury, y es mi deber sagrado protegerla. Y haré lo que haga falta y sacrificaré lo que tenga que sacrificar para ello. ¡En eso consisten las comunidades! ¡Cuando sacrificas tus propias necesidades en favor de las de la comunidad, caminas con la cabeza bien alta!

Esto consigue que el aplausómetro suba un poco; algunos de los espectadores recuperan la fe y sueltan chillidos. El Gobernador suelta el resto del sermón.

—Han tenido que sufrir lo indecible por culpa de la plaga. Los han despojado de todo lo que tanto les costó conseguir a base de trabajar duro toda su vida. Muchos han perdido seres queridos. Pero aquí, en Woodbury, tienen algo que ni la gente ni las bestias les pueden quitar: ¡se tienen los unos a otros!

En ese momento, algunos de los habitantes se levantan y aplauden, mientras que otros agitan los puños en el aire. El ruido crece.

—Permítanme que lo resuma: nuestra posesión más preciada en el mundo es nuestra gente. Y por el bien de nuestra gente… nunca nos rendiremos. Nunca nos faltarán las fuerzas. Nunca perderemos la esperanza… ¡y nunca perderemos la fe!

Otros asistentes se suman a la emoción y se alzan. Los vítores y los aplausos se elevan hacia el firmamento.

—¡Tienen una comunidad! ¡Y si se aferran a ella, no habrá nada en el mundo que se las pueda quitar! Sobreviviremos. Se los prometo. ¡Woodbury sobrevivirá! Que Dios los bendiga… ¡y que Dios bendiga a Woodbury!

Lejos de la pista, Alice se va con la bolsa de suministros por la salida sur sin ni siquiera mirar atrás.

Ya se sabe la película.

Tras la actuación pospartido, Philip Blake hace una parada en el baño de caballeros que hay al final del pórtico lleno de basura del estadio. El estrecho recinto apesta a orina seca, moho negro y mierda de rata.

Hace sus necesidades, se moja la cara con agua y mira por un momento el reflejo cubista que le brinda el espejo roto. En el fondo de su cerebro, en algún rincón de sus recuerdos, se oyen los ecos de los llantos de una niña pequeña.

Acaba y abre la puerta de un golpe, acompañado del tintineo de sus botas de punta de metal y la cadena del cinturón. Recorre un largo pasillo, unos escalones de piedra, otro pasillo, y finalmente baja un último tramo de escalones hasta encontrar los «gallineros», una hilera de puertas de garaje llenas de hoyos y grafitis antiguos.

Gabe está enfrente de la última puerta a la izquierda, rebuscando en un recipiente de aceite y lanzando algo húmedo por una ventana rota. El Gobernador se le acerca en silencio, parándose delante de una de las ventanas.

—Lo hiciste bien, chico.

—Gracias, jefe.

Gabe mete la mano en el recipiente y saca otro aperitivo, un pie humano amputado burdamente por el tobillo y cubierto de sangre reluciente. Como que no quiere la cosa, lo tira por el hueco que ha quedado entre los cristales.

Philip se asoma por el cristal sucio para inspeccionar el recinto de azulejos y manchado de sangre. Ve el enjambre de no muertos: una pequeña orgía de caras de color azul pálido y bocas renegridas, las dos docenas de caminantes que han sobrevivido al espectáculo de hoy y que engullen los despojos del suelo como si fueran una piara de cerdos silvestres luchando por unas trufas. El Gobernador no puede dejar de mirarlos, cautivado por unos instantes y fascinado por la escena que se presenta ante sus ojos.

Al final, Philip se obliga a dejar de mirar esa abominación y señala con la cabeza el cubo de restos humanos.

—¿Quién es este?

Gabe alza la vista. Tiene el pectoral cubierto con un suéter desgarrado, el estómago abultado por las protecciones y, en las axilas, unas manchas de sudor delatan lo mucho que se ha esforzado en el combate. También lleva puestos unos guantes de látex de los que caen gotas de sangre fresca.

—¿A qué te refieres?

—Al hombre que estás tirándoles. ¿Quién es?

—Ah… —Gabe asiente—, es el viejo ese que vivía cerca de la oficina de correos.

—Espero que haya sido por causas naturales.

—Sí. —Asiente de nuevo—. Al pobre le dio un ataque de asma anoche. Dijeron que tenía un enfisema.

—Ahora está en el cielo —suspira el Gobernador—. Dame un brazo, desde el codo para abajo. Y también un órgano pequeño… un riñón o el corazón.

Gabe se detiene y en el pasillo solo se oye el eco de los espantosos ruidos húmedos del frenético banquete. Mira al Gobernador con una extraña mezcla de simpatía, afecto y puede que hasta sentido del deber, como un *boy scout* listo para ayudar a su jefe de tropa.

—Vamos a hacer una cosa —le dice Gabe, suavizando su ronca voz—. ¿Y si te vas a casa y yo te los llevo?

—¿Por qué? —le pregunta el Gobernador dedicándole una mirada.

—Si la gente me ve llevando cosas, les da lo mismo —responde encogiéndose de hombros—, pero si te ven a ti querrán ayudarte… y puede que te pregunten qué llevas ahí o qué estás haciendo.

Philip se le queda viendo.

—Tienes razón.

—No lo tomarían muy bien.

—Entonces de acuerdo —concede Philip con un asentimiento de satisfacción—. Lo haremos a tu manera. Estaré en casa lo que queda de noche, tráemelo allí.

—Oído cocina.

El Gobernador se da la vuelta con intención de marcharse pero se detiene un instante. Se gira hacia Gabe y le dedica una sonrisa.

—Gabe… Gracias. Eres un buen tipo. El mejor.

—Gracias, jefe —contesta el hombre del cuello grueso. Para él es como si el director de los Scouts le hubiera dado una medalla al mérito.

Philip Blake se gira y se encamina hacia las escaleras con un caminar ligeramente distinto que denota una mayor vitalidad, casi imperceptible pero a la vez evidente.

Lo más parecido que tiene Woodbury a una residencia presidencial es el piso de tres dormitorios que ocupa la última planta de un enorme bloque de departamentos situado al final de Main Street. El edificio es de un amarillo limpio, con la construcción impecable y sin grafitis ni suciedad. Además, está todo fortificado y la puerta principal siempre está protegida por turnos de las patrullas de artilleros que se encargan de la torreta que hay al otro lado de la calle.

Esa noche, Philip Blake entra en el vestíbulo silbando una alegre melodía. Pasa por delante de las filas de buzones metálicos, que llevan veintiocho meses sin recibir ni una sola carta, y sube los escalones de dos en dos, sintiéndose bien, honrado y lleno de amor hacia los hermanos de su comunidad, que son su nueva familia y su hogar en este nuevo mundo. Una vez que llega a su puerta, al final del pasillo del segundo piso, busca las llaves y entra.

El departamento nunca saldría en una revista de decoración. Casi ninguna de las habitaciones alfombradas está amueblada y en su lugar hay unos cuantos sillones desperdigados y rodeados de cajas. Sin embargo, la casa está limpia y ordenada, como si fuera un reflejo a gran escala de la mente clara y organizada del hombre.

—¡Papá está en casa! —anuncia con alegría al entrar en el comedor—. Perdón por llegar tan tarde, cielo, pero es que tuve un día bastante ajetreado.

Se quita la canana, el abrigo y deja las llaves y la pistola en el aparador que hay junto a la puerta.

Al otro lado de la habitación hay una niña de espaldas, con un vestidito de tirantes, que se golpea suavemente contra el enorme ventanal, como si fuera un pez de colores que intentara sin cesar escapar de su pecera.

—¿Cómo está mi princesita? —pregunta mientras se acerca a la pequeña. Soñando despierto por unos momentos con tener una vida normal, Philip se agacha tras ella y se inclina como si esperara un abrazo—. Vamos, cariño, soy yo, papi. No tengas miedo.

La criatura que antaño fue una niña se gira de repente y se pone cara a cara con él, forcejeando con la cadena que hay enganchada al collar de hierro. Emite un gruñido gutural e intenta morderlo con los dientes podridos. La cara, que antes se asemejaba a la de un adorable querubín de ojos azules, ahora está muerta y tan pálida como el vientre de un pez, y los ojos son como canicas lechosas y vacías.

La alegría abandona el cuerpo de Philip Blake mientras se desploma en el suelo y se sienta con las piernas cruzadas delante de ella, fuera de su alcance. «No me reconoce». Sus pensamientos se aceleran y vuelven a su estado natural sombrío y melancólico: «¿Por qué carajos no me reconoce?».

Philip Blake piensa que los muertos vivientes pueden aprender, que todavía tienen acceso a sus recuerdos. No tiene ninguna prueba empírica que respalde tal hipótesis, pero necesita creerla. Lo necesita.

—No pasa nada, Penny, soy yo, papi —le dice ofreciéndole la mano para que se la tome—. Dame la mano, cariño. ¿Te acuerdas? ¿Te acuerdas de cuando nos dábamos la mano y nos íbamos a pasear al lago Rice?

Su hija le toquetea la mano e intenta morderla con sus dientecitos de piraña, cerrando la boca como si fuera una trampa.

Él quita el brazo bruscamente.

—¡Penny, no!

Sin rendirse, vuelve a intentar tomarle la mano con delicadeza, pero la criatura trata de morderlo de nuevo.

—¡Penny, para! —exclama Philip, que lucha por controlar la ira—. No seas así. Soy yo…, soy papá… ¿Es que no me reconoces?

Ella le agarra la mano mientras lanza dentelladas al aire con su boca negruzca y descompuesta, de la que sale un aliento apestoso y tóxico que acompaña cada gruñido babeante.

El hombre se aparta y se pone de pie. Se pasa las manos por el pelo mientras siente cómo la tristeza invade su estómago.

—Intenta acordarte, cariño —le ruega con una voz al borde del sollozo que le sale del nudo que tiene en la garganta—. Puedes hacerlo. Yo sé que puedes. Intenta acordarte de quién soy.

La criatura lucha contra la cadena y mueve las mandíbulas como por acto reflejo. Inclina la cabeza destrozada hacia él y lo mira con unos ojos inertes cegados por el hambre, puede que incluso algo de confusión..., la misma confusión que siente un sonámbulo al ver algo fuera de lugar.

—¡Ya no me jodas, niña, tú sabes quién soy! —grita Philip con los puños apretados, alzándose sobre ella como una torre—. ¡Mírame! ¡Soy tu padre! ¿¡No te das cuenta!? ¡Soy tu padre, maldita sea! ¡¡Mírame!!

La niña cadáver gruñe. El hombre suelta un rugido de pura rabia y levanta la mano de forma instintiva para darle una bofetada pero, de repente, oye cómo llaman a la puerta y eso lo devuelve a la realidad. Philip parpadea, aún con la mano derecha en alto y lista para propinar el manazo.

Alguien llama a la puerta trasera. Philip mira por encima del hombro. El ruido viene de la cocina, donde hay una puerta de malla que conduce a una terraza destartalada con vista a un estrecho callejón.

Con un suspiro, el Gobernador relaja las manos y se tranquiliza. Se aleja de la pequeña y respira profundamente mientras cruza el departamento hacia la puerta.

Al abrirla, se encuentra a Gabe, de pie en la oscuridad y sujetando una caja de cartón con manchas aceitosas.

—Hola, jefe. Aquí está lo que me dijiste que...

Sin mediar palabra, Philip le quita la caja de las manos y vuelve adentro.

Gabe se queda inmóvil entre las sombras, ofendido por la brusca bienvenida, mientras la puerta se le cierra en la cara.

Esa noche, a Lilly le cuesta horrores dormirse. Está acostada en el futón, vestida solo con una camiseta del Instituto Tecnológico de Georgia y la ropa interior, intentando ponerse cómoda mientras contempla las grietas del techo de yeso de su sucio piso ajardinado.

La tensión que siente en la nuca hace que se le engarroten la parte inferior de la columna y las articulaciones, como si le fueran dando descargas eléctricas. Así es como debe de ser someterse a una terapia de electrochoque. Una vez, su psiquiatra le propuso hacer TEC para tratar su supuesto trastorno de ansiedad. Ella se negó, pero no dejaba de preguntarse si el tratamiento le hubiera servido.

Ahora ya no hay psiquiatras, han volcado los divanes, han destruido y desvalijado los edificios de oficinas, han saqueado las farmacias, y todo el negocio de la psicoterapia ha desaparecido junto a los balnearios y los parques acuáticos. Lilly Caul ya no tiene a nadie y solo la acompañan su insomnio, que la destroza poco a poco, y los pensamientos obsesivos y recuerdos sobre Josh Lee Hamilton.

Lilly no puede quitarse de la cabeza lo que le susurró antes Bob Stookey, tirado en la acera y medio catatónico por la bebida. Había tenido que agacharse para poder oír las palabras que con tanto trabajo y urgencia consiguieron salir de la boca de Bob entre murmullos ahogados.

—Tengo que contarle lo que dijo —le musitó Bob al oído—. Antes de morir me dijo…, Josh me dijo… que era Lilly… Lilly Caul… Que ella era… la única mujer de la que había estado enamorado.

Lilly nunca lo creyó. Jamás. Ni entonces. Ni cuando el grandulón de Josh Hamilton estaba vivo. Ni siquiera después de que uno de los matones de Woodbury lo asesinara a sangre fría. ¿Había perdido Lilly la capacidad de amar porque se sentía culpable? ¿Era porque le había dado falsas esperanzas a Josh y lo utilizaba para que la protegiera?

¿O era sencillamente porque Lilly no se quería lo suficiente como para querer a otra persona?

Tras oír lo que el borracho catatónico de la acera le había espetado, se había quedado paralizada por el miedo. Se había alejado del viejo como si fuera radiactivo y después había salido corriendo hacia su departamento y se había encerrado.

Ahora, en la oscuridad perpetua del piso solitario, con escalofríos provocados por los nervios y la ansiedad, echa de menos las pastillas que solía tomarse como si fueran dulces. Daría el ovario izquierdo por una tableta de Valium, un Xanax o Ambien… Qué carajos, hasta se conformaría con una copa bien cargada. Se queda mirando fijamente el techo y, por fin, se le ocurre una idea.

Sale de la cama y rebusca entre una caja de duraznos que utiliza para guardar algunos bienes, cada vez más escasos. Entre las dos latas de jamón, la pastilla de jabón y el medio rollo de papel higiénico (en Woodbury, el papel higiénico se adquiere y distribuye de forma tan despiadada como se comercia con el oro en la Bolsa de Nueva York), encuentra una botella casi vacía de jarabe para la tos.

Se bebe lo que queda de un trago y se regresa a la cama. Frotándose los ojos, realiza respiraciones cortas e intenta despejar la mente y escuchar el ruido de los generadores que hay al otro lado de la calle, hasta que el zumbido la envuelve y se convierte en una especie de latido resonando en sus oídos.

Poco más de una hora después, se hunde en el colchón sudado y cae en las garras de una aterradora pesadilla que parece real.

Quizá en parte sea por haberse tomado el jarabe con el estómago vacío, o por el horrible recuerdo de la lucha de gladiadores que se le ha quedado grabado en la retina, o puede que tal vez sea fruto de los sentimientos indefinidos que alberga hacia Josh Hamilton; pero sea cual sea el motivo, Lilly se encuentra vagando por un cementerio en plena noche buscando desesperadamente la tumba de Josh.

Se ha perdido y a sus espaldas oye unos gruñidos casi animales en el oscuro bosque que le rodea. Oye ramas quebrándose y pisadas sobre la grava: los pasos renqueantes de los muertos vivientes —cientos de ellos— que vienen por ella.

Bajo la luz de la luna, deja atrás lápida tras lápida mientras busca el lugar de descanso eterno del hombre.

Al principio, los golpes rítmicos se funden de forma sutil con la narrativa del sueño. A lo lejos, sus ecos se desvanecen, ahogados por el creciente ruido de los muertos. Durante bastante rato Lilly ni siquiera se percata de ello porque está demasiado ocupada en la frenética búsqueda de la tumba que tanto le importa, abriéndose paso a través de un bosque de lápidas grises y erosionadas. Los mordedores se acercan.

Por fin, ve una tumba reciente en la lejanía, en una cuesta empinada de tierra pedregosa con árboles esqueléticos. En las sombras, en lo alto de un montículo de tierra húmeda y rojiza, yace solitaria una losa hecha de un mármol tan blanco como el hueso cuya superficie refleja la pálida luz de la luna. Lilly se acerca y el satélite ilumina el nombre que tiene grabado:

JOSHUA LEE HAMILTON
15/01/1969 — 21/11/2012

Lilly oye los golpes conforme se acerca al sepulcro. El viento ulula. Los caminantes lo rodean. De reojo, ve cómo el grupo se le acerca cada vez más, cómo los cuerpos putrefactos surgen de entre los árboles renqueando hacia ella con los andrajosos trajes con los que los enterraron ondeando y los ojos muertos brillando en la oscuridad como si fueran monedas.

Cuanto más se acerca a la lápida, más se oyen los golpes.

Sube la cuesta y alcanza la tumba. Resulta que el ruido, amortiguado por varias capas de tierra, proviene de alguien que golpea una plancha de madera: un puño aporreando una puerta, o tal vez el interior de un ataúd. A Lilly se le corta la respiración y se arrodilla al lado de la lápida. Los golpes salen del interior de la tumba de Josh. Ahora suenan tan altos que la tierra suelta que cubre la tumba tiembla y se desliza cuesta abajo en diminutas avalanchas.

El miedo de Lilly se transforma. Toca el tembloroso montón de tierra y se le hiela el corazón. Josh está ahí abajo, golpeando el interior del ataúd en una especie de horrible súplica para que le saquen de su cárcel y le permitan escapar de la muerte.

Los caminantes van por Lilly, que ya puede notar su espantoso aliento en la nuca y ver sus largas sombras proyectándose en la colina, rodeándola. No hay salvación. Los puñetazos suenan cada vez más altos. Lilly baja la mirada hacia la tumba con las lágrimas recorriéndole las mejillas, cayéndole por la barbilla e inundando la tierra. Las toscas planchas de madera del sencillo ataúd de Josh se hacen visibles en el barro y algo se mueve dentro de la caja.

Lilly llora. Los caminantes la rodean. Los golpes son ya atronadores. Ella solloza y se inclina hacia el ataúd, el cual toca con dulzura, cuando de repente…

… La caja de madera estalla, y Josh se abre paso fuera de ella como si estuviera hecha de cerillos. Su boca ávida mastica el aire y de su garganta surge un gruñido inhumano. Lilly grita, pero de su boca no sale ningún sonido. El enorme rostro cuadrado y sediento de sangre de Josh tiembla cuando se abalanza hacia el cuello de Lilly con unos ojos tan muertos y brillantes como dos monedas de níquel.

Al sentir los dientes podridos desgarrándole la yugular, ella se despierta con un espasmo de puro terror.

Se despierta sobresaltada, con el cuerpo empapado en un sudor febril. Ya es de mañana y la luz vibra con el sonido de alguien que llama a la puerta de su departamento. Toma una bocanada de aire para recuperar el aliento y la pesadilla se desvanece en un instante, aunque el sonido de su propio grito todavía resuena en sus oídos. Los golpes en la puerta no cesan.

—¿Lilly? ¿Estás bien?

La voz es conocida pero al estar amortiguada por la puerta apenas la oye. Se frota la cara, respira hondo e intenta recuperar la compostura.

Al final consigue orientarse y respirar con normalidad. Sale de la cama y busca los *jeans* y la camiseta mientras se le pasa el mareo. Los golpes en la puerta son cada vez más insistentes.

—¡Ya voy! —exclama con la voz entrecortada mientras se viste.

Se dirige a la puerta.

—Ah, hola —balbucea tras abrir la puerta y ver a Martínez bajo la pálida luz del porche.

El latino alto y delgaducho lleva un pañuelo en la cabeza al estilo pirata y sus brazos musculosos asoman por las mangas cortadas de su camiseta de trabajo. Lleva un rifle de asalto colgado de uno de sus anchos hombros y tiene el apuesto rostro contraído en una mueca de inquietud.

—¿Qué carajos pasa ahí dentro? —pregunta y sus ojos oscuros, que brillan de preocupación, la escudriñan en busca de indicios.

—No pasa nada —le responde ella de forma no muy convincente.

—¿Se te olvidó?

—Eh… no.

—Agarra las armas, Lilly —le ordena Martínez—. Vamos a hacer esa escapada que te comenté y necesitamos que todo el mundo colabore.

TRES

—¡Buenos días, jefe!

Un hombre calvo y de corta estatura llamado Gus saluda a Martínez y a Lilly desde el remolque más lejano, que bloquea la salida del norte del pueblo. El cuello, grueso como el de un rinoceronte, y la camiseta que se tensa sobre su inmensa barriga le dan a Gus un aire de tipo bruto y poco espabilado. Eso sí, lo que le falta de inteligencia, lo compensa con lealtad.

—Buenos días, Gus —saluda Martínez mientras se le acerca—. ¿Puedes llevar un par de latas de gasolina vacías por si nos encontramos algo que valga la pena en el viaje?

—En seguida, jefe.

Gus se da la vuelta y se aleja con pasos trabajosos y la empuñadura de su pistola de calibre .12 bajo el brazo, como un periódico que aún no hubiera tenido tiempo de leer.

Lilly mira hacia el este y ve el sol matutino asomándose en lo alto de la barricada. Aún no son ni las siete y el frío inusual de la semana pasada se ha esfumado. En esta parte de Georgia la primavera puede ser un poco bipolar: empieza fría y con lluvias pero, de pronto, se vuelve tan cálida y húmeda como el trópico.

—Lilly, ¿por qué no te subes a la parte trasera con los demás? —sugiere Martínez señalando con la cabeza el enorme camión de carga militar que hay situado un poco más allá—. Le diré al viejo

Gus que vaya de copiloto por si tenemos que recoger algo en el camino.

El pesado automóvil, cortesía de un puesto cercano de la Guardia Nacional, descansa en perpendicular al lado del remolque, bajo un toldo de robles que se mece con el viento. Tiene unas ruedas enormes y manchadas de lodo, una carrocería a prueba de minas tan resistente como la de un tanque y la escotilla trasera tapada con una lona.

Conforme se acercan Martínez y Lilly, un hombre mayor con una gorra de béisbol y una chamarra de seda se pone delante del vehículo mientras se limpia las manos con un trapo lleno de grasa. El tiempo ha causado estragos en David Stern, un hombre escuálido de unos sesenta y tantos con ojos astutos, barba del color del hierro y pinta de entrenador de fútbol americano de la universidad: inflexible y con cierto aire majestuoso.

—Solo le quedaba un cuarto —le dice a Martínez—, así que le puse un poco de aceite reciclado. Debería bastar para un rato. Buenas, Lilly.

Adormilada, ella le saluda con la cabeza y farfulla un saludo.

Gus vuelve con dos botes de gasolina de plástico maltrechos.

—Mételas detrás, Gus —le indica Martínez mientras se dirige a la parte trasera del camión seguido por Lilly y David—. ¿Dónde está la dama, David?

—¡Aquí mismo!

Retira la lona y Barbara Stern asoma su canosa cabeza. También tiene unos sesenta y tantos, lleva una chamarra encima de un vestido hawaiano de algodón deslavado y tiene los chinos alborotados y plateados de una hippy anciana. Tiene el rostro surcado de arrugas y bronceado por el sol, iluminado con el agudo ingenio que seguramente ha mantenido enamorado a su marido todos estos años.

—Estoy intentando enseñarle una cosa al muchacho pero es como pedirle peras al olmo.

El «muchacho» del que habla se asoma de pronto del compartimento de carga que tiene al lado.

—Bla, bla, bla —se burla el joven con una sonrisa pícara.

Austin Ballard tiene veintidós años, aunque aparenta menos; tiene el pelo chino y largo y de un color café tan oscuro como un *espresso* y los ojos hundidos poseen un brillo de malicia. Le gusta lucir un aire de estrella de rock de segunda y de chico malo incorregible, por lo que viste con una chamarra de cuero y usa varias cadenas ostentosas en el cuello.

—¿Cómo carajos la aguantas, Dave? —pregunta.

—Bebiendo mucho y dándole la razón en todo —suelta David Stern a espaldas de Martínez—. Barbara, no agobies al chico.

—Quería prender un cigarro, por el amor de Dios —gruñe—. ¿Quieres que lo deje fumar y nos haga volar a todos por los aires?

—A ver, todo el mundo calladito —dice Martínez antes de comprobar la munición. Se ve muy serio, aunque quizá esté algo nervioso—. Tenemos trabajo que hacer. Ya saben cómo va la cosa. A ver si acabamos el trabajo sin más estupideces de las necesarias.

Martínez les ordena a Lilly y David que se suban atrás con los otros dos y después se lleva a Gus a la cabina.

Lilly se mete en la atmósfera viciada del compartimento de carga. El recinto cerrado huele a sudor rancio, cordita y mosto. En la parte superior hay un foco protegido por una reja que arroja algo de luz sobre los contenedores alineados a cada lado del suelo ondulado. La chica busca un sitio donde colocarse.

—Te he apartado lugar —le dice Austin con una sonrisa lasciva, dando unos golpecitos en el asiento desocupado que tiene al lado—. Vamos, siéntate, no muerdo.

Ella pone los ojos en blanco, suspira y se sienta al lado del joven.

—Las manos quietas, Romeo —bromea Barbara Stern desde el otro lado del sombrío espacio.

La anciana se sienta en una caja de madera que hay al lado de David, quien le dedica una sonrisa al dúo.

—Pues hacen buena pareja, ¿no? —pregunta David con un brillo en los ojos.

—Qué dices —murmura Lilly con cierto asco. Lo último que quiere es mantener una relación con un chico de veintidós años, sobre todo si es tan pesado y coqueto como Austin Ballard. En el transcurso de los últimos tres meses (cuando llegó a Woodbury desde el norte, desnutrido y deshidratado con un variado grupo de diez personas) ha intentado conquistar a casi todas las mujeres en edad fértil.

De todos modos, si la obligaran a ello, Lilly tendría que admitir que Austin Ballard, como diría su vieja amiga Megan, «no es desagradable a la vista». Con esa melena china y sus largas pestañas, bien podría animar la solitaria alma de Lilly. Además, se diría que es más de lo que parece a simple vista. Bajo esa pinta de guapo y pícaro hay un joven fuerte y endurecido por la plaga que está más que dispuesto a arriesgarse por sus compañeros.

—A Lilly le gusta hacerse de rogar —le pica Austin sin abandonar la sonrisita de medio lado—, pero ya caerá.

—Ni de broma —masculla ella entre las vibraciones y el retumbar del camión.

El motor se pone en marcha y el compartimento de carga tiembla cuando el vehículo empieza a avanzar.

Lilly oye un segundo motor fuera de la escotilla, un diésel enorme de alta revolución y el estómago se le encoge un poco cuando se da cuenta de que la salida está abriéndose.

Martínez observa cómo el remolque, cuya chimenea vertical no deja de echar humo, se aleja lentamente de la brecha y deja un hueco de más de siete metros y medio en la barricada.

El sol ilumina los bosques cercanos a Woodbury, a tan solo unos pocos cientos de metros. No se ve a ningún caminante. Todavía. El sol, que aún sigue bajo, se filtra a través de los árboles lejanos y los difusos rayos de luz disipan la niebla nocturna.

Seis metros más adelante, Martínez detiene el camión y baja la ventanilla. Se asoma para mirar a dos tipos armados subidos a una grúa que hay apoyada contra la esquina del muro.

—¡Miller! Hazme un favor, vamos.

Uno de los dos hombres, un afroamericano delgaducho con una playera de los Atlanta Falcons, se inclina sobre la barandilla.

—Tú dirás, jefe.

—Que no se acerque ningún mordedor al muro mientras estamos fuera. ¿Puedes encargarte de eso?

—¡Por supuesto!

—Queremos poder volver a entrar sin complicaciones, ¿me entiendes?

—¡Nosotros ponemos manos a la obra! ¡Sin problema!

Martínez suspira y vuelve a subir la ventanilla.

—Sí, seguro —murmura para sí mismo, poniendo en marcha el camión y pisando el acelerador. Con un rugido, el vehículo se adentra en la oscura mañana.

Martínez echa un vistazo rápido al retrovisor del conductor. Entre un velo de polvo causado por los gigantescos neumáticos, logra ver cómo Woodbury se aleja cada vez más tras ellos.

—Sin problema, ya. ¿Qué podría salir mal?

Tardan media hora en llegar a la interestatal 85. Martínez toma Woodbury Road por el oeste, sorteando los coches y camiones inertes y abandonados que están desperdigados por los dos carriles y manteniendo una velocidad constante de entre sesenta y ochenta kilómetros por hora por si se diera el improbable caso de que un mordedor errante saliera del bosque e intentara atacarlo.

Los bandazos que da el camión para sortear la chatarra hacen que todos los pasajeros del remolque se agarren a sus asientos. Al borde de la náusea, Lilly intenta evitar con todas sus fuerzas rozar con Austin.

De camino a la interestatal pasan por Greenville, otra pequeña comunidad granjera cercana a la autopista 18 que es prácticamente un reflejo de Woodbury. Hace tiempo, Greenville era la sede del condado, un pintoresco enclave de edificios gubernamentales hechos de ladrillo rojo, cúpulas blancas y majestuosas casas victorianas, muchas de las cuales estaban inscritas en el registro histórico. Ahora, el sol ilumina un lugar en ruinas e inerte. A través de la lona ondeante, Lilly alcanza a ver lo que queda de la localidad: ventanas tapiadas, columnas rotas y coches volcados.

—Parece que ya han saqueado Greenville —comenta David Stern de mal humor mientras ven cómo el desolado pueblito se aleja cada vez más. Muchas de las ventanas tienen pintada con aerosol la marca delatora: una M mayúscula que significa tanto MUERTOS como MEJOR VETE y que adorna muchos de los edificios de esta parte del estado.

—¿Qué hacemos, Dave? —pregunta Austin, limpiándose las uñas con un cuchillo de caza, una manía que pone de nervios a Lilly. No sabe si es una costumbre de verdad que tiene o solo lo hace para lucirse.

—Supongo que ir al siguiente pueblo —responde David Stern encogiéndose de hombros—. Creo que es Hogansville. Martínez dice que el supermercado que tienen aún es viable.

—¿Viable?

—A saber… —dice David volviendo a encogerse de hombros—. No es más que un proceso de eliminación.

—Bueno, pues a ver si nos aseguramos de que no nos eliminen a nosotros en el proceso. —Se da la vuelta y le da un suave codazo a Lilly en las costillas. —¿Entiendes?

—Ja, ja. Me doblo de risa —responde, y echa la mirada atrás.

Pasan por un camino de acceso conocido que se desvía de la autopista principal, coronado por un cartel de gran tamaño que brilla bajo el sol matutino. El logo está inclinado, y las enormes letras azules están lavadas y llenas de caca de pájaro.

Walmart ✳

Ahorra más. Vive mejor.

Una fría corriente de puro terror recorre la columna de la mujer cuando recuerda lo que sucedió el año pasado. En este mismo Walmart, ella, Josh y su grupo de Atlanta se encontraron por primera vez con Martínez y sus matones. En retazos de recuerdos confusos, se acuerda de haber encontrado armas y suministros, y entonces toparse con Martínez… el enfrentamiento… Megan volviéndose loca… Martínez haciéndoles una oferta y, al final, Josh sufriendo por decidir si deberían probar suerte en Woodbury.

—Y ¿qué tiene de malo este sitio? —pregunta Austin señalando con el dedo en dirección a la difunta tienda cuando dejan atrás el estacionamiento.

—Todo —musita Lilly en voz baja.

Ve que hay caminantes solitarios vagando por el estacionamiento del Walmart como si fueran resucitados del infierno y también coches volcados y carritos de compra desperdigados, tan ajados por el tiempo y fosilizados que tienen plantas creciendo entre sus entrañas. Las gasolineras están renegridas y chamuscadas a causa de los incendios que devastaron el lugar en febrero y la tienda recuerda a unas antiguas ruinas de cristales rotos y metal doblado, con cartones y cajas vomitadas por ventanas boquiabiertas.

—Hace tiempo que se llevaron toda la comida y suministros que había —se lamenta David Stern—. Este sitio lo ha saqueado hasta mi abuela.

Conforme dejan atrás el Walmart, Lilly consigue echar un vistazo a través de la lona a los campos de cultivo que hay al norte de la propiedad. Las sombras de los caminantes, que a esta distancia se ven tan pequeños e idénticos como si fueran bichos ocultos bajo una roca, deambulan con lentitud entre el follaje y tras los maizales marchitos.

Desde la llegada de la jauría el año pasado, los caminantes han estado más activos y la población de muertos vivientes ha crecido y se ha extendido hacia zonas aisladas y huertos desolados que antes estuvieron desiertos y en barbecho. Corren rumores sobre diversos grupos de científicos en Washington que están refugiados en laboratorios subterráneos, desarrollando modelos de conducta y previsiones de población para los resucitados, y las cosas no pintan nada bien. Las malas noticias vuelan sobre el mundo y ahora mismo vuelan sobre el compartimento de carga mal iluminado del remolque, donde Lilly intenta alejar los malos pensamientos de su cabeza.

—Oye, Barbara —dice mirando a la mujer de pelo cano que está sentada frente a ella—, cuéntanos otra vez esa famosa historia tuya.

—Mi madre, otra vez no —se lamenta con humor Austin, poniendo los ojos en blanco.

—Tú cállate —le ordena Lilly, dedicándole una mirada cortante—. Vamos, Barbara, cuéntanos lo de la luna de miel.

—Que alguien me dé un tiro —suplica Austin frotándose los ojos.

—¡Sssh! —Lilly le da un empujón, mira a la anciana y consigue sonreír—. Adelante, Barbara.

La arrugada mujer le dedica una sonrisa a su marido.

—¿Quieres contarla tú?

—Claro, esto es nuevo… —Asiente David rodeando a su mujer con el brazo—. Que sea yo el que hable.

Mira a su mujer con los ojos brillantes y entre los dos sucede algo que inunda el estrecho espacio y hace que a Lilly se le encoja el corazón.

—A ver… Para empezar, esto pasó en la prehistoria, cuando yo aún tenía el pelo negro y la próstata me funcionaba.

—¿Puedes ir al grano, por favor? —le pregunta Barbara dándole un puñetazo de broma en el brazo—. Esta gente puede vivir sin conocer tu historial urinario.

El camión pasa sobre unas vías ferroviarias, lo que hace que el remolque se tambalee. David se agarra fuerte a su asiento, respira hondo y sonríe.

—El caso es que éramos unos niños… pero estábamos locos el uno por el otro.

—Y aún lo estamos, por alguna razón…, Dios sabe por qué —añade Barbara con una sonrisa y dedicándole una mirada cargada de significado a la que David responde sacándole la lengua.

—En fin, que íbamos en camino al sitio más bonito del mundo, Iguazú, en Argentina, sin nada más que lo puesto y pesos por valor de cien dólares.

—Si no recuerdo mal —añade Barbara—, «Iguazú» significa «la garganta del Diablo», y básicamente es un río que fluye entre Brasil y Argentina. Leímos sobre él en una guía turística y nos pareció que sería la aventura perfecta.

—En fin. —David suspira—. Llegamos en domingo y el lunes por la noche ya habíamos subido todo el camino, que igual serían unos ocho kilómetros, hasta las cataratas, que eran increíbles.

—¿¡Ocho kilómetros!? —exclama Barbara negando con la cabeza—. ¿Lo dices en serio? ¡Di mejor cuarenta!

—Exagera —afirma David, que le guiña el ojo a Lilly—. Créanme…, eran solo veinte o treinta kilómetros.

—David —Barbara cruza los brazos de forma juguetona delante del pecho—. ¿Cuántos kilómetros son una milla?

—No lo sé, cariño —reconoce con un suspiro y sacudiendo la cabeza con resignación—, pero seguro que nos lo vas a decir.

—Unos 1.6… así que treinta kilómetros serían unas veinte millas.

David le lanza una mirada.

—¿Puedo contar la historia? ¿Me das permiso?

Barbara aparta la vista de mal humor.

—No seré yo quien te lo impida.

—Total, que nos encontramos con las cataratas, una preciosidad, las cataratas más bonitas del mundo. Te pongas donde te pongas, estás prácticamente rodeado por todos lados, y el agua te envuelve entre rugidos.

—¡Y arcoiris! —exclama maravillada Barbara—. Arcoíris por todas partes. Era espectacular.

—Total —continúa David—, que aquí la amante explosiva se pone cariñosona.

—Solo quería darle un abrazo, nada más —asegura Barbara con una sonrisa.

—Estamos rodeados de agua y empieza a meterme mano.

—¡No te estaba metiendo mano!

—Me estaba metiendo mucha mano. Y, de repente, me dice: «David, ¿y tu cartera?». Me toco el bolsillo trasero de los pantalones y no estaba.

Barbara sacude la cabeza, reviviendo el momento por enésima vez.

—Mi bolsa también estaba vacía. Alguien nos había robado en algún momento del viaje. Los pasaportes, las credenciales de identidad, todo. Estábamos en la mitad de Argentina y éramos unos norteamericanos idiotas que no tenían ni pinche idea de qué hacer.

David sonríe para sí, atesorando el momento en su memoria como si se tratara de una reliquia de familia que guardara en un cajón. A

Lilly le da la sensación de que esto es algo esencial para los Stern, algo que dan por sentado, pero que tiene tanta fuerza como el oleaje o la atracción gravitatoria de la luna.

—Fuimos al pueblo más cercano e hicimos unas cuantas llamadas —prosigue David —, pero no había ninguna embajada en kilómetros a la redonda y los policías de allí eran de tanta ayuda como una patada en la espinilla.

—Nos dijeron que teníamos que esperar a que solucionaran el asunto de nuestras credenciales en Buenos Aires.

—Que estaba a ochocientas millas.

—Kilómetros, Barbara. A ochocientos kilómetros.

—David, no empecemos.

—Da igual. El caso es que nos quedaban unos cuantos centavos. ¿Cuánto era, Barbara? ¿Un dólar con cincuenta? Total, que encontramos un pueblito y convencimos a un tipo de allí para que nos dejara dormir en el suelo de su granero por cincuenta centavos.

—No es que fuera el Ritz, pero nos las arreglamos —cuenta Barbara con una sonrisa melancólica, que David le devuelve.

—Al final resultó que ese hombre era el dueño de un pequeño restaurante que había en el pueblo y nos dejó trabajar allí mientras esperábamos a que nos sacaran los pasaportes. Babs era camarera y yo trabajaba en la cocina haciendo chorizo y menudo para los nativos.

—Lo gracioso es que al final fue uno de los mejores momentos de nuestras vidas —dice Barbara con un suspiro pensativo—. Estábamos en un ambiente desconocido y solo nos teníamos el uno al otro, pero fue... Estuvo bien.

Mira a su marido y, por primera vez, la cara arrugada y maternal se suaviza. Por un momento, parece que el tiempo retrocede, borra todos los años y la regresa a su juventud, cuando era una joven enamorada de su novio.

—De hecho —confiesa en voz baja—, incluso diría que fue estupendo.

David mira a su mujer.

—Estuvimos allí... ¿cuánto? ¿Cuánto tiempo estuvimos, Babs?

—Estuvimos dos meses y medio, esperando a que nos dijeran algo desde la embajada, durmiendo con las cabras y viviendo a base de menudo, que sabía asqueroso.

—Fue toda una experiencia. —David rodea a su mujer con el brazo y le da un cariñoso beso en la sien—. No lo hubiera cambiado ni por todo el té de Tennessee.

El camión traquetea por culpa de otra tanda de baches y el silencio ruidoso que se oye a continuación se posa sobre Lilly como un manto. Había tenido la esperanza de que la anécdota la animara, la calmara, tal vez incluso remediara a su melancolía, pero solo ha servido para meter el dedo en la llaga que tiene en el corazón. Ha hecho que se sienta pequeña, sola e insignificante.

Lilly se marea y le entran ganas de llorar… Por Josh, por Megan, por ella misma… Por esta horrible pesadilla que ha dejado la tierra patas arriba.

Por fin, Austin, con el ceño fruncido por la confusión, rompe la magia del momento.

—¿Qué carajos es el menudo?

El camión traquetea al cruzar una serie de vías ferroviarias petrificadas y entra en Hogansville por el oeste. Martínez, sin soltar el volante, inspecciona las calles y escaparates desiertos desde el parabrisas.

El éxodo en masa del pueblito ha provocado que el lugar haya sido invadido por la maleza y la vernonia, los edificios hayan quedado tapiados y la carretera esté alfombrada con pertenencias abandonadas: colchones mohosos, cajones sueltos y ropa sucia taponando todas las alcantarillas. Unos cuantos caminantes solitarios y tan ajados que parecen espantapájaros vagan sin rumbo por los callejones y los estacionamientos vacíos.

Martínez pisa el freno y reduce la velocidad a treinta kilómetros por hora. Ve una señal de tráfico y consulta una página arrancada de una vieja guía telefónica que ha adherido al tablero.

El supermercado Piggly Wiggly de Hogansville está en la zona oeste del pueblo, a unos ochocientos metros de distancia. Los cristales rotos y la basura crujen bajo el peso de los neumáticos y el ruido llama la atención de los caminantes cercanos.

Gus carga un cartucho en su arma del calibre .12 sin moverse del asiento del copiloto.

—Yo me encargo, jefe —dice bajando la ventanilla.

—¡Gus, espera!

Martínez agarra una bolsa de lona que hay entre los asientos, saca un Magnum .357 de cañón corto con silenciador y se lo da al corpulento hombre calvo.

—Usa esto, no quiero que el ruido atraiga a más caminantes.

Gus deja la escopeta, agarra el revólver, abre el cilindro, comprueba las balas y lo cierra.

—Funciona bien.

El hombre pelado apunta con el revólver fuera de la ventana y acaba con tres cadáveres con la misma facilidad que si estuviera probando suerte en el tiro al blanco de una feria. Los disparos, amortiguados por el silenciador, suenan como la leña al partirse. Los caminantes caen uno a uno, con los cráneos entrando en erupción entre burbujas de fluido negro y tejidos y los cuerpos desplomándose en la acera emitiendo satisfactorios ruidos sordos y húmedos. Martínez continúa hacia el oeste.

Da vuelta en una intersección bloqueada por los restos del choque de tres coches, cuyas carrocerías y cristales chamuscados yacen enmarañados en mitad de un caos aplastado. El camión se pega a la acera y el copiloto se echa a otro par de caminantes que llevan unos uniformes de enfermería hechos harapos. El automóvil continúa por una calle lateral.

Justo después de un centro comercial cerrado, aparece el cartel del Piggly Wiggly al sur de la calle. La entrada del estacionamiento está bloqueada por media docena de caminantes, pero Gus acaba con sus desgracias sin mayores complicaciones —parando una vez para recargar— mientras el camión se adentra lentamente en el recinto.

Uno de los caminantes choca contra el lateral del vehículo y una fuente de sangre aceitosa cubre el cofre antes de que el cuerpo sucumba bajo las ruedas.

—¡Mierda! —suelta Martínez mientras se detiene ante la tienda.

Al otro lado del parabrisas manchado de sangre, alcanza a ver la zona catastrófica que antaño fue el Piggly Wiggly. En el aparador hay ladrillos rotos y jarrones volteados, todas las ventanas están rotas y rodeadas de fragmentos de cristal, y hay hileras de carritos oxidados caídos de lado o aplastados por estructuras derribadas. En el oscuro interior de la tienda, los pasillos están saqueados, las estanterías vacías y las instalaciones de luces cuelgan de los cables y se mecen suavemente por el viento.

—¡Mierda! ¡Mierda! ¡Mierda! ¡Mierda, mierda, mierda!

Martínez se frota la cara y se recuesta en el asiento del conductor. Gus le mira.

—¿Y ahora qué, jefe?

Retiran la lona de golpe y la implacable luz del día inunda el compartimento de carga. El destello hace que Lilly tenga que parpadear y entrecerrar los ojos hasta que se le acostumbra la vista.

Se pone de pie y observa a Martínez, que está de pie fuera del camión sujetando la lona con una expresión taciturna adornando su moreno rostro. Gus está tras él, retorciéndose las manos.

—Tenemos una buena noticia y otra mala —gruñe Martínez.

Los Stern se levantan y Austin se incorpora despacio, estirándose como si fuera un gato somnoliento.

—En el supermercado no queda nada. Está vacío —anuncia Martínez—. Estamos bien jodidos.

—Y ¿cuál es la buena noticia? —pregunta Lilly mirándole.

—Que hay un almacén detrás de la tienda. No tiene ventanas y está cerrado a cal y canto. Parece que la gente no lo ha tocado. Puede ser una mina.

—Entonces ¿qué estamos esperando?

—No sé qué tan seguro será el sitio —le responde Martínez, cruzando la mirada con ella—. Quiero que todo el mundo vaya armado hasta los dientes y esté bien alerta. Agarren todas las linternas también… Está muy oscuro.

Todos agarran su equipo y sus armas. Lilly rebusca en su mochila, saca las pistolas —un par de semiautomáticas Ruger .22— y comprueba la munición. Tiene dos cartuchos y cada uno dispone de veinticinco rondas. Bob le enseñó a usar cargadores de gran capacidad, que hacen que las pistolas sean algo difíciles de manejar, pero también les dan una gran potencia de fuego por si las cosas se ponen feas.

—Austin, quiero que lleves las mochilas —le ordena Martínez, señalando con la cabeza el montón de bolsas de lona que hay en la esquina—. Que estén abiertas y preparadas en todo momento.

De inmediato, Austin recoge las mochilas y se las carga al hombro. Los otros comprueban la munición y guardan las armas en las cartucheras de desenfunde rápido que llevan en la cadera y en los cinturones. Barbara se coloca un Colt Army .45 en la parte trasera de la faja que ciñe su rechoncho abdomen, y David le extiende dos cargadores extra.

Trabajan con la concentración experimentada de unos veteranos ladrones de bancos. Han hecho esto muchas veces pero, aun así, se respira cierta tensión en el oscuro recinto cuando Martínez echa un último vistazo a través de la lona abierta.

—Voy a echarme en reversa —anuncia—. Prepárense para la trifulca y cúbranse las espaldas cuando entren, porque el ruido del camión ya atrajo a más mordedores.

El grupo asiente con la cabeza y Martínez desaparece.

Lilly se dirige a la escotilla trasera y se resguarda en la esquina mientras el ruido del motor acelerando sigue al de los portazos de la cabina. El automóvil abandona el lugar dando bandazos y empieza a rodear el supermercado.

Cuarenta y cinco segundos más tarde, los frenos rechinan y el camión se detiene de golpe.

Lilly respira hondo, saca una de las Rugers, empuja la lona y sale de un salto.

Aterriza con fuerza en la acera resquebrajada, con el sol en los ojos y el rostro azotado por un viento que arrastra un olor a hule quemado proveniente de alguna catástrofe lejana. Martínez ya salió de la cabina y lleva el .357 con silenciador golpeándole el muslo, y Gus se apresura hacia la parte frontal del camión para subirse al asiento del conductor.

El almacén, una enorme caja de metal ondulado del tamaño de tres salas de cine, está situado a su derecha, en el extremo del estacionamiento trasero, asentado a mitad de una jungla de hierbas y plantas. Lilly se da cuenta de que la sencilla puerta de metal está en lo alto de unas escaleras situadas justo al lado de la zona de carga y de un par de enormes puertas de garaje automáticas que hay bajo las sombras del toldo. Todo parece estar congelado y petrificado por el tiempo, sellado por el óxido y con grafitis que parecen cicatrices.

Mira por encima del hombro y ve a menos de cien metros, cerca del cartel destrozado del Piggly Wiggly, a un grupo de caminantes que giran poco a poco hacia la fuente del ruido y empiezan a dirigirse hacia ellos con pasos renqueantes.

Austin se acerca a Lilly por la espalda.

—Ánimo —mascula, con las mochilas al hombro—. ¡Vamos a aprovechar que aún somos jóvenes y estamos enteros!

David y Barbara se apresuran tras Austin, agazapados y con los ojos bien abiertos y alerta. Martínez señala con la mano la zona de carga para que Gus la vea.

—Cúbrenos, Gus, mantén la comunicación y no les quites el ojo de encima a los bichos de ahí fuera.

—Recibido —confirma él y acto seguido enciende el motor para poner en marcha el camión.

—Saldremos por el lado de la zona de carga —le informa Martínez—, así que déjalo en marcha y estate preparado para salir volando lo más rápido que puedas.

—¡Entendido!

Todo pasa muy rápido y con mucha eficiencia. Gus lleva el camión a la zona de carga y el resto del grupo se desliza rápida y silenciosamente hacia la puerta con la destreza y profesionalismo de un equipo de los SWAT. Martínez sube las escaleras, se saca una cuña de metal del cinturón y se encarga del candado, usando la culata de la pistola para golpearla. Los otros se apiñan tras él, echando miradas furtivas a los muertos vivientes cada vez más cercanos.

La cerradura cede y Martínez abre la puerta con un rechinido.

Se adentran en la oscuridad, donde les asalta un horrible hedor a carne podrida, vómito y amoníaco justo antes de que la puerta se les cierre de golpe tras ellos, sobresaltándolos. Del único tragaluz que hay en lo alto, por encima de las grúas cubiertas de telarañas, se filtra algo de luz que apenas da para revelar las siluetas de los pasillos y las carretillas elevadoras volcadas que hay entre las enormes estanterías.

Todos los intrusos, Lilly incluida, se toman un momento para sonreír mientras dejan que sus ojos se acostumbren a la oscuridad lo suficiente para ver todas las latas y paquetes de comida que se alzan hasta las vigas. Ciertamente es la mina que Martínez había esperado, pero en el mismo instante en el que se dan cuenta de la buena suerte que han tenido, oyen ruidos entre las sombras, como si su llegada les hubiera dado pie para salir a escena y, una a una, sus sonrisas se desvanecen…

… al ver salir a la primera silueta de detrás de una de las estanterías atiborradas.

CUATRO

A la señal de Martínez, el grupo empieza a disparar y el sonido de los silenciadores inunda el sombrío almacén, iluminado intermitentemente por los destellos del tiroteo. Lilly descerraja tres tiros rápidos que acaban con dos caminantes que están a cuatro metros y medio. Una de las víctimas, un hombre obeso con ropa de trabajo andrajosa y la carne del color de las lombrices, se desploma contra una estantería y derrumba una fila de latas de tomate, mientras que de su cráneo no dejan de manar fluidos cerebrales. El otro mordedor, un joven vestido con un mono de trabajo que tal vez fuera conductor de carretas elevadoras, cae a la mitad de una cascada de sangre que brota del nuevo agujero que tiene en la cabeza.

Las dos docenas de muertos —puede que incluso más— no dejan de acudir desde todos los rincones del almacén.

El aire se llena de chasquidos y ruidos sordos y parpadea como si tuviera luces estroboscópicas con los disparos de los tiradores, que resisten apiñados cerca de la puerta con sus cañones trazando amplios abanicos de fuego. Austin suelta las bolsas y se pone manos a la obra con su Glock 19, cortesía del puesto de la Guardia Nacional. El arma dispone de un silenciador y una pieza acoplada bajo el cañón que proyecta una fina línea de luz roja en la oscuridad. David se echa a una mujer que viste un uniforme manchado del Piggly Wiggly, que sale dando vueltas y choca contra un estante de panes rancios. Barbara alcanza a un hombre de mediana edad que llevaba una camisa manchada de sangre, una pinza en la corbata y una placa identificadora (tal vez era el gerente de la tienda), y lo derriba a la mitad de una niebla roja que pinta un aplique de luz al estilo puntillista.

Los disparos amortiguados emiten un repiqueteo surrealista, como si fueran una salva de aplausos enfervorecidos, acompañados por un espectáculo de fuegos artificiales surcando la fétida quietud y seguidos por los tintineos y ruidos metálicos de los casquillos golpeando el suelo. Martínez se adelanta, liderando al grupo en su incursión hacia las profundidades del almacén. Atraviesan pasillos perpendiculares y disparan a las torpes figuras de ojos lechosos que se les abalanzan: antiguos operarios de maquinaria, reponedores, ayudantes del gerente, cajeras... Todos caen al suelo bautizados en sangre. Para cuando acaban con el último, ya perdieron la cuenta de los caídos.

El silencio atronador es interrumpido por el graznido metálico de la voz de Gus que se oye por el *walkie-talkie* de Martínez.

—¡¿Aún están dando tiros!? ¡¿Me oyen!? ¡¿Jefe!? ¿Me oyen? ¿Qué pasa?

Al final del pasillo principal, el latino se toma un momento para recuperar el aliento y agarra la radio que tiene colgada del cinturón.

—Estamos bien, Gus —responde acercándose el aparato a los labios—. Nos habían preparado una fiesta de bienvenida... pero ya se acabó.

—¡Casi me da un infarto! —chisporrotea la voz por el aparato.

Martínez aprieta el botón de «HABLAR».

—Todos los pinches empleados debieron de esconderse aquí cuando las cosas se salieron de control —dice mirando a los cuerpos que lo rodean tras un velo de humo azulado y el hedor a pólvora. Aprieta el botón—. Tú estate preparado para salir a toda madre. Me parece que vamos a cargar el camión hasta el tope.

—Me alegra oír eso, jefe —responde la voz—. Recibido. Estaré listo.

Martínez apaga la radio, la devuelve al cinturón y se gira hacia los demás.

—¿Están todos bien?

A Lilly le zumban los oídos, pero está tranquila y alerta.

—Perfectamente —dice, poniéndole el seguro a las Rugers y tirando los cargadores vacíos, cuyos casquillos repiquetean al caer al suelo. Saca unos cargadores nuevos de la parte trasera del cinturón y los coloca con un golpe seco. Inspecciona los pasillos que la rodean, donde los restos de los caminantes yacen en montones sanguinolentos y llenos de vísceras. No siente nada.

—Vigilen por si aparece algún rezagado —ordena Martínez, observando los oscuros pasillos.

—¡Cosa del demonio! —se queja David Stern mientras sacude una linterna con sus nudosas manos temblorosas—. Probé las pilas anoche.

En la oscuridad, Barbara pone los ojos en blanco.

—Este hombre es un negado para la tecnología —comenta quitándosela—. Ya decía yo que estas pilas igual no eran de fiar… —Desenrosca la tapa y vuelve a acomodarlas, pero no sirve para nada: la linterna no funciona.

—Un momento —dice Austin metiéndose la Glock tras el cinturón—. Tengo una idea.

El chico se dirige a una estantería en la que hay amontonados paquetes de leña junto a costales de bloques de carbón vegetal, latas de alcohol para quemar y bolsas de astillas de madera. Suelta un trozo largo de madera, se saca un pañuelo del bolsillo y lo envuelve alrededor del extremo del tronco.

Lilly lo observa con interés. No acaba de comprender a este chico. De algún modo, parece ser mayor de lo que realmente es. Contempla cómo empapa la tela con el líquido encendedor, saca un encendedor y le prende fuego al pañuelo, y acto seguido una columna de brillante luz naranja ilumina el pasillo central con un halo radiante.

—Muy bonito —comenta Lilly con una sonrisita de superioridad—. Bien hecho, Huckleberry.

Se dividen en dos grupos. Martínez y los Stern se ocupan de la parte frontal del edificio, que es como un laberinto de estanterías repletas de paquetes, suministros para el hogar, alimentos secos, especias y productos de cocina; Lilly y Austin se encargan de la parte trasera. Martínez les ordena a todos que se muevan con rapidez, sin entretenerse con estupideces, y que si ven algo sobre lo que tengan dudas, que lo dejen. Solo deben llevarse los productos que duren mucho tiempo.

Austin conduce a Lilly por un pasillo lateral flanqueado por oficinas desiertas. Dejan atrás varias puertas, todas cerradas y sin nada más que oscuridad tras sus ventanas. El chico va ligeramente delante de Lilly, empuñando la antorcha en alto con una mano y la Glock con la otra. Ella tiene las dos pistolas desenfundadas y listas para usar en cualquier momento.

Iluminados por la parpadeante luz amarilla, avanzan a través de filas de tanques de propano, artículos de jardinería, costales de fertilizante, troncos de leña, mangueras enrolladas y adornos inútiles del pasado, como comederos para pájaros y gnomos de jardín. A Lilly se le eriza el vello de la nuca al oír los ecos de los susurros y los pasos arrastrados de los Stern y Martínez en la oscuridad.

Al final del pasillo principal, contra el muro trasero, giran y descubren una enorme transpaleta hidráulica descansando entre los rastrillos, las palas y demás herramientas. El joven arrastra hasta el pasillo el aparato, una carretilla de carga grande y grasienta con pesadas ruedas de hierro y dos horquillas delanteras que sobresalen unos dos metros y medio como poco, y comprueba que funcione bombeando la empuñadura.

—Esto puede servirnos —especula.

—Hazme un favor y acerca la antorcha un momento —le pide Lilly señalando las sombras que cubren la pared trasera.

Austin alza la antorcha, cuyo danzante resplandor revela un montón de palés vacíos.

Rápidamente, meten las horquillas bajo el palé más cercano.

Después vuelven por el oscuro pasillo central con las ruedas chirriando ruidosamente sobre el sucio suelo de cemento. Empiezan a cargar el palé, Austin ocupándose de la antorcha, y Lilly consiguiendo los suministros básicos. Agarran casi doscientos litros de garrafones de agua potable, paquetes de semillas, herramientas afiladas, rollos de cuerda… Giran de nuevo y se dirigen hacia un pasillo repleto de alimentos enlatados. La mujer, sudando, empieza a cargar paquetes envueltos en plástico de duraznos, maíz, frijoles, coles, latas de sardinas, atún y jamón enlatado.

—Cuando volvamos con toda esta mierda nos van a tratar como a héroes —gruñe Austin mientras dirige la transpaleta por el pasillo.

—Sí, igual hasta por fin coges —le suelta Lilly, cargando las pesadas bandejas con un quejido de esfuerzo.

—¿Te puedo preguntar una cosa?

Dime.

—¿A qué viene esa actitud?

Lilly sigue cargando provisiones mientras las pistolas se le hunden por la parte trasera del cinturón.

—No sé de qué actitud me hablas.

—Vamos, Lilly… Me di cuenta en seguida, desde que te conocí… Es claro que estás resentida por algo.

Se abren paso hasta el final del pasillo de los enlatados. Ella deja de golpe otro cartón de latas sobre el palé.

—¿Podemos acabar con esto e irnos de una vez? —le pregunta malhumorada.

—Era por hablar de algo —replica Austin mientras gira la transpaleta en la esquina del pasillo con un gruñido.

Llegan a otro pasillo, atiborrado de cajas de fruta podrida. Se detienen. Austin levanta la antorcha e ilumina varias cajas llenas de gusanos retozando entre duraznos y plátanos negros y resecos. La fruta está tan descompuesta que solo queda una especie de lodo negruzco.

Lilly se limpia el sudor de la cara.

—Lo cierto es que he perdido a gente muy cercana —dice en voz baja y ronca.

Austin tiene la mirada perdida en la fruta pasada.

—Oye… perdón por haber sacado el tema, lo siento. —Empieza a empujar la transpaleta para adentrarse más aún en el pasillo.

—No hace falta que…

—¡Espera!

Lilly lo detiene agarrándolo. Un débil repiqueteo metálico provoca que un escalofrío le recorra la espalda.

—Acerca la antorcha hacia allí —pide con un susurro.

Iluminadas por el resplandor parpadeante de la antorcha, Lilly y Austin ven una fila de puertas de congelador que cubren el lado izquierdo del pasillo. La peste a carne rancia inunda el ambiente. La chica saca las pistolas. La última puerta a la izquierda oscila y rechina de forma intermitente y tiene las bisagras oxidadas y sueltas.

—Quédate detrás de mí y no bajes la antorcha —susurra Lilly posando los pulgares de ambas manos sobre las Rugers y acercándose sigilosamente hacia la puerta.

—¿Es un caminante? —pregunta Austin agarrando la Glock y siguiéndola.

—Tú cállate y no bajes la antorcha.

Lilly avanza hasta la puerta oscilante y se detiene de espaldas al congelador.

—A la de tres —dice en voz baja—. ¿Estás preparado?

—Preparado.

Lilly sujeta la manija.

—Una, dos, ¡tres!

Abre de sopetón la puerta del congelador, alza los dos cañones y se le para el corazón por un momento. No hay nada. Nada, salvo oscuridad y un espantoso hedor.

El olor envuelve a Lilly y hace que le lloren los ojos mientras retrocede bajando las pistolas. La fetidez aceitosa y negra a muerte se adhiere al interior oscuro del congelador. Lilly oye un ruido y, al bajar la vista, ve que algo peludo y pequeño se escabulle entre sus pies. Aliviada, se da cuenta de que tan solo era una rata la que estaba causando los ruidos.

—Me lleva la chingada —comenta Austin resollando, bajando la Glock y profiriendo un suspiro de alivio.

—Vamos —exhorta Lilly mientras se guarda las pistolas en la parte trasera del cinturón—. Ya tenemos suficiente. Volvemos, cargamos el camión y nos largamos en chinga.

—Me parece bien —asiente Austin, volviendo a asir la transpaleta con una sonrisa y empujándola por el pasillo tras la mujer y hacia el frente del almacén. A su espalda, una enorme silueta sale del congelador dando tumbos.

Austin es el primero en oírlo y apenas le da tiempo a girarse para ver al gigantesco varón vestido con un overol que tiene la tez destrozada tirándosele encima. Las mandíbulas del mordedor se abren y se cierran y sus ojos son del color de la leche agria. El caminante mide más de un metro ochenta y tiene la piel cubierta de una fina capa de un moho blanquecino, fruto de haber estado encerrado tanto tiempo en el congelador.

Al intentar apartarse de él mientras agarra la Glock, Austin se tropieza con la esquina de la transpaleta.

Se cae, la pistola se le escapa de entre las manos y la antorcha rueda por el cemento. El enorme mordedor se alza sobre él, babeando bilis negra, iluminado por la antorcha en un ángulo surrealista. Las llamas parpadean y se reflejan en los ojos lechosos y centelleantes del cadáver andante.

El joven intenta apartarse rodando pero el mordedor le agarra los pantalones con sus gigantescos dedos muertos. Con un aullido de rabia, le propina una serie de patadas y lo maldice, mientras el monstruo abre la boca. En ese momento, Austin aprovecha para estamparle el tacón de la bota en los dientes negros, parecidos a los de un tiburón.

El crujido de la mandíbula inferior apenas ralentiza al monstruo.

La criatura intenta morder el muslo de Austin. El peso es insoportable, casi como si tuviera una casa encima, y justo cuando el caminante va a hincarle las fauces en la arteria femoral, cuando los dientes renegridos están a tan solo unos pocos centímetros, se oyen dos disparos amortiguados de un par de Rugers.

Apenas han pasado unos segundos desde que el mordedor apareciera pero a Lilly le ha bastado para oír el relajo, detenerse, darse la vuelta, amartillar los percutores, alzar las armas, apuntar y tomar cartas en el asunto. Le acierta al caminante entre ceja y ceja, justo encima del puente de la nariz.

El descomunal cadáver se desploma hacia atrás envuelto por una nube difusa de sangre, parecida a humo en la oscuridad, que le brota de la parte superior del cráneo abierto.

Aterriza a los pies de Austin convertido en una pila húmeda de carne mientras el joven retrocede, intenta recuperar el aliento y se cae de pompas sobre el frío cemento en un proceso que apenas dura unos instantes frenéticos.

—¡Maldita sea! ¡Maldita sea! ¡MALDITA SEA!

—¿Estás bien? —Lilly se le aproxima, se arrodilla e inspecciona las piernas de Austin—. ¿Te pasó algo?

—Estoy… No, estoy… bien, bien —balbucea tartamudeando mientras recupera el aliento. Contempla el gigantesco cadáver que yace a sus pies.

—Vam…

—¡EH!

El sonido de la voz de Martínez, que proviene de la parte frontal del almacén, penetra en los oídos de Lilly.

—¡Lilly! ¡Austin! ¿¡Están bien!?

—¡Estamos bien! —grita ella por encima del hombro.

—¡Agarren sus cosas y vengan en chinga! —La voz de Martínez tiene un tono nervioso—. ¡El ruido está atrayendo más caminantes y están saliendo del bosque! ¡Vámonos!

—Vamos, guapo —le susurra Lilly a Austin, ayudándole a levantarse.

Se ponen de pie, el joven recupera la antorcha antes de que prenda fuego a algo y ambos ponen en marcha la transpaleta. Ahora esa cosa pesa una tonelada y los dos tienen que colaborar, entre resuellos y resoplidos, para llevarla rodando por el pasillo.

Todos se reúnen en la zona de carga. Los Stern y Martínez han llenado las mochilas y media docena de cajas de cartón con un surtido de productos envasados, incluyendo paquetes de fideos japoneses, café instantáneo gourmet, botellas de jugo de dos litros, paquetes de harina, cajas de arroz precocido, varios kilos de azúcar, tarros de cuatro kilos de pepinillos, botes de grasa para cocinar, salsas en polvo, macarrones con queso y cigarros. Martínez llama por radio a Gus y le ordena que acerque el camión a la zona de carga todo lo que pueda y que esté preparado para salir pitando en cuando la puerta del garaje se abra. Austin, todavía sin aliento y nervioso por el ataque, empuja la transpaleta hasta la escotilla de metal ondulado.

—Dame el martillo ese que te encontraste —le pide Martínez a David.

El anciano se adelanta y se lo da. Los demás los rodean, esperando nerviosos mientras Martínez golpea el candado que hay en la parte inferior de la puerta del garaje. El cerrojo se resiste y los golpes resuenan. Lilly lanza una mirada furtiva por encima del hombro, semiconsciente del sonido de los pasos pesados que provienen de la oscuridad a sus espaldas.

Por fin el candado cede y Martínez jala la puerta, que se eleva con un rechinido oxidado. Todos parpadean cuando el viento y la luz inundan el almacén, arrastrando un olor a alquitrán y hule quemado. En el suelo, las cintas de embalaje y la basura se arremolinan movidas por la brisa.

Al principio, cuando se aventuran al exterior, nadie ve la pila de desperdicios húmedos y cajas de cartón mohosas que ocupan la zona de carga, al lado de un contenedor de basura que se mueve ligeramente, temblando a causa de algo que hay debajo. El grupo está demasiado ocupado siguiendo a Martínez por la superficie mugrienta con montones de suministros bajo el brazo.

Gus tiene el camión en marcha, la lona abierta, y la chimenea escupiendo humo al aire primaveral. Empiezan a cargar la parte trasera.

Meten las pesadas mochilas de lona por el agujero. Meten las cajas. Meten lo que había en los palés, los garrafones de agua, los alimentos enlatados, los productos de jardinería, las herramientas y el propano. Nadie se da cuenta de que hay un cadáver arrastrándose hacia ellos, abriéndose paso a empujones para salir de entre el montón de basura y poniéndose de pie con la precariedad frágil y ebria de un bebé adulto. Lilly capta el movimiento de reojo y gira hacia el mordedor.

Es el cadáver de un afroamericano enjuto de veintitantos o treinta y pocos años, con la cabeza coronada por trenzas africanas cortas, que camina con torpeza hacia el grupo como si fuera un mimo borracho que lucha contra una corriente de aire imaginaria lanzando zarpazos al aire. Lleva puesta una sudadera naranja hecha pedazos que le resulta familiar a Lilly, aunque logra ubicarla del todo.

—Yo me ocupo —dice ella sin dirigirse a nadie en concreto mientras desenfunda una Ruger.

Los otros se percatan del alboroto y dejan de cargar el camión, sacan las armas y contemplan cómo Lilly permanece tan inmóvil como una roca, quieta como una señal de tráfico, observando al muerto que se le aproxima. Pasa un momento. La mujer parece una estatua. Los demás se le quedan viendo hasta que la chica, calmada, casi lánguida, decide por fin apretar el gatillo una y otra vez hasta vaciar las seis balas que quedaban en el cargador.

La pistola restalla y destella y el joven cadáver negro bailotea en la zona de carga durante unos instantes mientras de sus heridas brota sangre pulverizada. Las balas atraviesan la dura protección que ofrece su cráneo, destrozan las trenzas y envían trozos del lóbulo prefrontal y materia gris hacia el cielo. Lilly acaba y se queda inerte, con la mirada perdida.

El mordedor se dobla sobre sí mismo y cae pesadamente, convertido en un montón de desechos sanguinolentos.

Lilly, de pie entre una neblina azul causada por el humo de su propia pistola y la pólvora, murmura algo para sí misma. Nadie oye lo que dice. Los demás se le quedan viendo durante un instante eterno hasta que, por fin, Austin se le acerca.

—Bien hecho, vaquera —la felicita.

—Bueno… ¡A moverse, gente! —exclama Martínez, cambiando de tema—. ¡Antes de que vengan más!

Se amontonan en la parte trasera del camión. Lilly es la última en subirse y encontrar sitio en el compartimento de carga atiborrado. Se sienta en uno de los tanques de propano y se agarra de un barandal lateral para prepararse contra la fuerza de la gravedad. Las puertas de la cabina se cierran, el motor ruge y, de pronto, el camión empieza a alejarse del área de carga.

En ese momento y por algún motivo, Lilly se acuerda de dónde había visto una sudadera naranja como la que llevaba el de las trenzas.

La revelación le viene de repente a la cabeza mientras el camión se pone en marcha: es un uniforme de presidiario.

Cruzan todo el estacionamiento, atraviesan la salida y llegan a medio camino de la carretera de acceso en un silencio que rompe Barbara Stern.

—No está mal para una pandilla de incapacitados emocionales.

El primero en reír es David Stern, quien contagia la risa a los demás pasajeros, hasta que, al final, Lilly estalla en carcajadas con una sensación loca y confusa de alivio y satisfacción.

Para cuando vuelven a la autopista, ninguno de los ocupantes del recinto oscuro y maloliente cabe en sí de la emoción.

—¿Se imaginan las caras que van a poner los hijos de los DeVry cuando vean tanto jugo de uva? —Barbara Stern, con su chamarra deslavada y sus mechones plateados revueltos, está muy animada—. Creí que iban a organizar un motín cuando nos quedamos sin jugo la semana pasada.

—¿Y qué me dicen del café instantáneo del Starbucks? —interrumpe baza David—. Qué ganas tengo de tirar los posos de café de mierda al montón de abono.

—¡¡Hemos agarrado comida de todo tipo, no!? —pregunta Austin entusiasmado desde su asiento, una caja que está enfrente de Lilly—. Azúcar, cafeína, nicotina y magdalenas Dolly Madison. A los niños se les va a subir azúcar tanto que les va a durar un mes.

Es la primera vez que Lilly le dedica una sonrisa al joven desde que se conocieron. Él le devuelve la mirada con un guiño mientras el viento que se cuela entre la lona hace que sus chinos ondeen alrededor de su apuesto rostro.

Lilly echa un vistazo por la escotilla trasera y ve la carretera desierta, que el movimiento convierte en un manchón, y la luz del sol de la tarde se filtra plácidamente entre los árboles, cada vez más lejanos. Durante solo un instante le parece que después de todo lo de Woodbury podría funcionar. Con las suficientes personas como esta gente, personas que se preocupan por sus compañeros, puede que tuvieran posibilidades de acabar construyendo una comunidad.

—Hoy lo hiciste bien, guapo —felicita Lilly a Austin por fin. Mira a los otros y les dice—: Todos lo han hecho bien. De hecho, si pudiéramos…

Se detiene al oír un débil ruido. Al principio parece que tan solo es el viento azotando la carpa, pero cuanto más lo escucha, más le recuerda a un sonido ajeno perteneciente a otro tiempo y otro lugar, un sonido que no ha oído —que nadie ha oído— desde que la plaga comenzara años atrás.

—¿Oyen eso? —pregunta Lilly mirando a los demás, que parecen escuchar con atención.

El ruido aumenta y disminuye con el viento. Parece provenir del cielo, tal vez desde poco más de kilómetro y medio, y vibra en el aire como un redoble de tambor.

—Suena como… No. No puede ser.

—Pero ¿qué carajos? —Austin se abre paso a empujones hacia el extremo del vehículo y saca la cabeza, estirando el cuello para poder ver el cielo—. ¡No me chingues!

Lilly se pone a su altura, se sujeta a la escotilla y se asoma.

El viento azota su pelo y hace que le piquen los ojos cuando mira arriba y consigue echarle un vistazo a lo que origina el ruido en el cielo.

Por encima de las copas de los árboles solo se ve la cola del vehículo, cuyo rotor gira como loco mientras el helicóptero cae en picada. La cosa se ve mal. La aeronave deja una estela de humo negro, como si fuera un cometa, mientras continúa su caída libre fuera de la vista de Lilly.

El camión baja la velocidad. Es claro que Martínez y Gus también lo vieron.

—¿Creen que está…? —pregunta la mujer joven empezando a formular la pregunta que cruza las mentes de todos, pero sus palabras se ven interrumpidas.

El impacto del helicóptero al estrellarse a unos ochocientos metros sacude la tierra.

Un hongo de fuego incendia los árboles y se alza hacia el cielo.

CINCO

—¡Aquí! ¡Justo aquí! ¡Para!

Gus pisa el freno y el camión gime al salirse de la autopista. Cruza a trompicones un tramo de hierba embarrada que hay en el acotamiento y se detiene entre sacudidas en una nube de monóxido de carbono y polvo.

—No podemos acercarnos más con el camión —asegura Martínez inclinándose hacia delante en el asiento del copiloto.

Estira el cuello para echar un vistazo por el mugriento parabrisas y consigue atisbar la columna de humo que se alza sobre los árboles en el horizonte occidental. Está a unos cuatrocientos metros de distancia. Agarra su Magnum.

—Vamos a tener que ir a pie el resto del camino.

—Está muy lejos, jefe —protesta Gus mirando por la ventanilla mientras se rasca la canosa barba—. Me parece que se estrelló en medio del bosque.

Martínez reflexiona sobre ello, mordiéndose el interior de la mejilla. En esta parte de Georgia hay muchas carreteras que atraviesan hondonadas, valles poco profundos y arbolados; formados por ríos y rodeados por colinas frondosas, estas extensiones de maleza, hierbas y fango pueden estar repletas de socavones, colonias de mosquitos y muchísimos recovecos y grietas donde suelen merodear los mordedores que se han quedado atrapados en el lodo.

—¿Intentamos conducir por ahí? —le pregunta Gus.

—Negativo —responde, masticando cada sílaba mientras comprueba el cilindro de su arma. Oye el golpe de la puerta trasera al bajar y cómo descienden los demás, cuyas voces son arrastradas por la brisa de la tarde, y dice—: Apuesto los huevos a que nos quedaríamos atascados en el lodo.

—Como tú digas, jefe.

Gus pone la palanca de cambios en neutro y apaga el motor. El silencio muere a manos del ajetreo de la naturaleza: los grillos que zumban como reactores y el viento que ulula entre los árboles.

—Deja la del calibre 12 y toma un AR-15 por si las moscas. Agarra también el machete que está debajo del asiento.

Martínez lleva un cuchillo Bowie negro de marino con una hoja de 38 centímetros atado a la pierna y comprueba que esté en buenas condiciones, algo que hace de forma compulsiva, serio y con la mandíbula apretada, mientras oye que los demás se acercan rodeando el camión. Sale de la cabina.

Se reúnen delante del cofre, entre las hierbas y los enjambres de mosquitos, con los rostros adustos y pálidos por la tensión. El aire huele a podredumbre y metal ardiendo. Austin se retuerce las manos mientras mira en dirección del lugar del accidente. Los Stern están juntos y, preocupados, fruncen el ceño. Lilly tiene las manos a la cintura y las Rugers enfundadas en su cinturón.

—¿Cuál es el plan? —le pregunta a Martínez.

—Dave y Barb, quiero que ustedes se queden para vigilar el camión —ordena guardándose la Magnum tras el cinturón—. Si los rodean, desvíenlos, hagan que se alejen… y después den una vuelta, vuelvan y nos llamen. ¿Entendido?

—Sí, claro —responde David, que asiente sin parar como si fuera un muñeco cabezón.

—Quédense con el *walkie* y dejen la frecuencia abierta mientras no estemos.

Gus le entrega el aparato a David, que asiente y musita sin parar.

—De acuerdo, de acuerdo.

—Detrás hay una caja de bengalas —le confía Martínez a Gus—. Agarra unas cuantas. Y trae también el kit de primeros auxilios, ¿ok?

Gus se apresura hacia la parte trasera del camión mientras Martínez consulta su reloj.

—Nos quedan poco más de cuatro horas de luz. Quiero ir y volver antes de que se haga de noche, así que nada de entretenerse con estupideces.

A Lilly todavía le queda un cargador de alta capacidad, que desliza de un golpe en la Ruger.

—¿Y qué hacemos si encontramos supervivientes?

—Para eso vamos —responde Martínez desabrochándose la funda de la pierna y colocando la empuñadura para que le sea más fácil agarrar el cuchillo—. Además, puede que el helicóptero siga entero.

Lilly le dedica una mirada significativa.

—No tenemos camillas ni médicos ni manera de traerlos con nosotros.

—Ya nos preocuparemos de eso en el momento —la tranquiliza mientras se anuda el pañuelo, que ya está empapado de sudor, en la frente.

Gus vuelve con un montón de bengalas que parecen cartuchos de dinamita. Martínez le da una a cada uno.

—Quiero que permanezcan juntos y en formación… Pero, si se separan por lo que sea, enciendan una bengala e iremos por ustedes. —Mira a los Stern—. Si se meten en líos, enciendan una. —Dirige la mirada hacia el hombre calvo—. Gus, te quiero a la derecha con el machete. No hagas ruido. Usar el AR-15 es el último recurso. Yo me encargo del lado izquierdo. —Mira a Lilly—. Tú y el chico vayan por el medio.

Austin alza la vista al cielo. Las nubes de media tarde ya han hecho su aparición. El día se ha vuelto gris y ceniciento. El humedal que tienen delante está repleto de sombras esquivas. Ha sido un año lluvioso y el suelo parece impracticable, lleno de lodazales, troncos caídos y bosquecillos de pinos blancos que se interponen entre el grupo y el helicóptero estrellado.

—Hay un arroyo que fluye por en medio del bosque —dice Martínez mientras respira hondo y desenfunda la Magnum—. Vamos a seguirlo todo lo que podamos y luego nos orientaremos por el humo. ¿Queda claro?

Todos asienten en silencio, tragándose el creciente recelo que se les contagia como un virus.

El latino asiente.

—Pues vamos.

Resulta complicado avanzar, ya que las suelas de las botas se quedan pegadas al implacable barro y emiten chasquidos húmedos que resuenan en el primitivo silencio del bosque. Siguen el serpenteante cauce del agua salobre y cuanto más se aventuran en la hondonada menos luz permiten los árboles que ilumine su camino.

—¿Estás bien, Huckleberry? —le susurra Lilly a Austin, que camina a su lado sujetando con firmeza la Glock con manos sudorosas.

—Estupendamente —miente él, que ha usado una corbata de cuero para recogerse los largos rizos. Los nervios lo llevan a morderse el labio mientras avanza a trompicones por el lodo.

—No hace falta que lleves la pistola así —le comenta Lilly con una sonrisa burlona.

—¿Así cómo?

—Como si fueras un comando del ejército o algo por el estilo. Es mejor que la lleves de forma que te sea cómoda.

—Ok.

—Si se te enfrenta uno, tómate tu tiempo. Son bastante lentos, así que aprovecha al máximo cada bala. Es una tontería que te las des de pistolero.

—Solo quiero estar preparado… —confiesa Austin—, por si tengo que rescatarte.

—Ya, qué bien —dice ella poniendo los ojos en blanco—, ahora sí me siento segura.

Echa un vistazo entre los árboles que tienen delante y atisba la débil neblina de humo que se concentra en el bosque. El aire, infestado de insectos, huele a circuitos quemados y metal chamuscado. El lugar del accidente todavía está a unos cuantos cientos de metros más allá de los pinos que se ven en la lejanía. Se oye el ligero chisporroteo del fuego, apenas audible bajo el viento que silba entre las copas de los árboles.

A la derecha, a unos veinte metros más adelante de donde se encuentra Lilly, está Martínez, liderando al grupo y abriéndose paso entre la maleza, cortando el follaje con su cuchillo Bowie. En paralelo, a la izquierda, Gus le sigue el paso trabajosamente, machete al hombro y vigilando las sombras con ojo de lince, en busca de mordedores. Apenas puede ver el cielo que se extiende sobre él por culpa de las ramas de los árboles y las vides.

Lilly empieza a decir algo cuando una silueta aparece delante del hombre calvo.

La mujer se detiene y alza la pistola en un abrir y cerrar de ojos mientras se le corta la respiración. Ve a Gus levantar el machete. El enorme caminante varón, vestido con los andrajos de un overol de trabajo, está de espaldas a Gus, balanceándose sobre sus piernas muertas y con la cabeza apuntando en dirección al lugar del accidente, como un perro que hubiera oído un silbato ultrasónico. Gus se le acerca sigilosamente.

El machete cae como un rayo y la hoja cruje al hundirse en la cartilaginosa duramadre protegida por el cráneo. Los fluidos salen a borbotones mientras el caminante se desploma, rompiendo el silencio del bosque con ruidos acuosos. Lilly apenas sí tiene tiempo de recuperar aliento antes de que otro ruido a su derecha la alerte.

A cuatro metros y medio, Martínez acuchilla a otra caminante aislada que anda merodeando por la zona, una hembra larguirucha de pelo canoso y enmarañado como telarañas que probablemente fuera la mujer de algún granjero. Le clava el arma en la nuca, por encima del cordón de las gafas, acabando con ella con la muda rapidez de una embolia. Ni siquiera lo vio venir.

Sin querer, Lilly suspira de alivio. Baja la pistola y se da cuenta de que los caminantes están cautivados por la visión y el ruido del choque.

Martínez hace una pausa para mirar por encima del hombro a los demás.

—¿Están todos bien? —pregunta en voz baja, casi susurrando, como si estuviera en el teatro.

Todo el mundo asiente. En seguida vuelven a ponerse en marcha, sin prisa pero sin pausa, y se adentran hacia donde la vegetación es más espesa y las sombras se unen a la niebla. Martínez les hace un gesto para que se den prisa. El suelo, esponjoso y húmedo, dificulta el avance. Las sombras se acercan, el olor del metal chamuscado y el combustible ardiendo les envuelve y el chisporroteo se oye más alto.

A Lilly le entran ganas de vomitar y la piel se le pone de gallina por los nervios. Nota que Austin la está mirando.

—¿Puedes dejar de quedarte embobado mirándome?

—La culpa es tuya por estar tan buena —le responde con la misma sonrisita nerviosa de siempre.

La mujer niega con la cabeza, consternada.

—¿Quieres concentrarte?

—Estoy concentrado al máximo, créeme —dice, sujetando todavía la pistola como si fuera un policía de la tele, mientras siguen adelante.

A menos de noventa metros del lugar del siniestro hay un derrubio, un claro pantanoso e infestado de insectos que les impide avanzar. Sin embargo, sobre el pantano hay unos gigantescos troncos caídos, cosa que el grupo, bajo las órdenes silenciosas de Martínez, aprovecha para usarlos como puente. Gus va a la cabeza, moviéndose de lado sobre los troncos. Martínez lo sigue, Lilly avanza tras él y Austin cierra la retaguardia. Conforme llega al otro extremo, el joven nota que algo lo jala de los *jeans*. Los demás ya han cruzado y se dirigen hacia el claro. Austin se para. Al principio piensa que se ha enganchado con un trozo de la corteza del tronco pero entonces baja la vista.

Unas manos descompuestas se alzan entre la ciénaga y se aferran a la pernera del pantalón del chico.

Grita y manosea con torpeza la pistola mientras unos dedos muertos lo agarran y lo arrastran hacia abajo. La mitad superior de una criatura cubierta de lodo emerge del pantano y se abalanza sobre sus piernas. El cadáver está cubierto de un limo negro, su cráneo pelado no arroja ninguna pista sobre su sexo, los ojos son tan blancos y opacos como dos bombillas y tiene la mandíbula destrozada, lo que no le impide abrir y cerrar incesantemente una boca negra y destrozada, similar a la de una tortuga.

Austin realiza un único disparo, amortiguado por el silenciador, que echa chispas, pero la bala no acierta en el blanco. El balazo roza la parte superior de la cabeza del mordedor enlodado y se hunde en el pantano sin causar ningún daño.

A cuatro metros y medio, Lilly oye el tiro. Se da la vuelta y echa mano a las pistolas, pero se le traban las piernas y se resbala en el lodo. Cae de boca sobre la maleza y las armas se le escapan de las manos.

El joven intenta disparar por segunda vez pero el mordedor trata de hincarle el diente en la pierna. Se escapa del punto de mira como una escurridiza ballena negra, con las mandíbulas abiertas y profiriendo un gruñido apestoso. El chico da un respingo involuntario mientras un grito agudo escapa de su garganta y se le cae la pistola. Le propina una patada en la boca a la criatura y la puntera de la bota se le queda encajada en la jaula de negros dientes podridos y saliva pútrida. El mordedor embarrado cierra la boca como una trampa.

Lilly se arrastra para recuperar las pistolas. A estas alturas, Martínez y Gus ya se dirigen hacia el lugar del conflicto pero es demasiado tarde para hacer algo. Los dientes del enorme mordedor de cuerpo chorreante están a punto de perforar las botas de montaña Timberland de Austin, quien busca desesperadamente algo que lleva en el bolsillo. Por fin, el muchacho saca la bengala.

En el último momento, antes de que las fauces del mordedor penetren en la piel del pie de Austin, el joven la enciende y la usa para empalar el ojo izquierdo del mordedor. La criatura retrocede de inmediato, soltando su presa y lanzando lo que le queda de cabeza hacia atrás, en mitad de una fuente de chispas.

Austin se le queda viendo un instante, hipnotizado por las llamas que arden dentro de la cavidad podrida que es el cráneo del mordedor. El ojo izquierdo del cadáver brilla durante un horrible momento, emitiendo unos destellos tan intensos que parece una señal de aviso. El caminante se tensa entre el lodo. De pronto, le estalla la nuca, escupiendo llamas como si fuera la boquilla de un soplete.

El ojo izquierdo explota del mismo modo que lo haría un foco sobrecargado, parte del tejido caliente que sale disparado aterriza sobre Austin... y entonces la criatura se hunde en el negro abismo.

El muchacho se estremece, se limpia la cara y observa cautivado por unos momentos el espectáculo que supone el hundimiento del mordedor en el olvido, hasta que solo quedan burbujas que flotan en la superficie del pantano y un tenue resplandor bajo el lodo. Al final, el chico consigue apartar la mirada. Recupera tanto la pistola como el aliento.

—Bien hecho —lo felicita Lilly adoptando a regañadientes un tono amable mientras se abre paso por el puente de troncos—. A ver... dame la mano.

Ayuda al muchacho a levantarse, asegurándose de que se mantiene en pie sobre el resbaladizo tronco. Respira hondo, se sobrepone al *shock* y vuelve a guardarse la pistola en el cinturón. La mira a los ojos.

—Por poco —dice con una sonrisa temblorosa—. Ese bicho podría haberte cazado.

—Sí, menos mal que estabas aquí —le responde sonriendo pese a lo acelerado que tiene el corazón.

—¡Lilly!

La potente voz de Martínez se inmiscuye entre ambos, haciendo que la chica devuelva la atención a lo que sucede a sus espaldas.

A casi treinta metros, por un hueco que hay entre los árboles, Martínez y Gus han encontrado el lugar del siniestro, enterrado en un ataúd de humo negro y acre.

—Vamos, guapo —le dice Lilly con los dientes apretados por la tensión—. Tenemos cosas que hacer.

El helicóptero yace de lado en el cauce de un riachuelo seco, vomitando humo por el tanque de combustible roto. No hay ninguna víctima a la vista. Lilly se acerca con cautela, tosiendo y apartándose el humo de la cara con la mano. Ve que Martínez se dirige a la cabina del piloto, agazapado y cubriéndose la boca .

—¡Ten cuidado! —le grita Lilly mientras saca las pistolas—. ¡No sabes qué hay dentro!

Martínez toca la puerta y se quema.

—¡Me lleva la chingada! —exclama, retirando la mano de golpe.

Lilly se aproxima aún más. El humo, que ya se está disipando, empieza a descorrerse cual telón y revela el suelo blando y quemado que rodea el accidente. La mujer cae en cuenta de que probablemente el piloto había dirigido el helicóptero hacia allí para amortiguar la caída sirviéndose de lo blando del suelo del lecho, cuya superficie terrosa y cubierta de hojas está ahora hecha un desastre por culpa del violento impacto. El rotor principal, separado del resto de la aeronave, yace a seis metros y está tan retorcido que pareciera que hubieran hecho un nudo con él.

—¡Gus! ¡Austin! ¡Vigilen el perímetro! —ordena Martínez señalando el muro de pinos blancos que hay más adelante—. ¡El ruido atraerá a un enjambre!

Los dos hombres se apresuran hacia el bosque con las armas en alto, apuntando a la oscuridad que se extiende tras los árboles.

Lilly nota el calor en el rostro mientras se acerca a los restos del accidente. El fuselaje está volcado sobre el lado derecho y la aleta de cola y el rotor trasero están doblados por completo. Hay un patín que parece que lo hubieran arrancado con un abrelatas. La cabina y sus ventanas están agrietadas y empañadas, bien por la respiración hiperventilada de los pasajeros o por el efecto del humo. Sea cual sea el motivo, el caso es que es imposible ver qué hay dentro. El hollín ha cubierto casi todas las marcas de la carrocería y el chasis, pero Lilly se da cuenta de que hay unas letras en la cola. Una W, puede que una R... y nada más.

De pronto, Martínez alza la mano. El ruido del fuego disminuye lo suficiente como para que puedan oír los gritos amortiguados que provienen del interior de la cabina. El hombre se aproxima con paso inseguro.

Lilly avanza con las Rugers en alto, amartilladas y listas para disparar.

—¡Ten cuidado!

Martínez respira hondo y trepa al costado del fuselaje. Lilly se aproxima con las .22 apuntando a la portezuela. Haciendo equilibrios sobre el maltratado armazón de acero, el latino se quita el pañuelo y lo envuelve alrededor de la manija. Lilly oye una voz aguda que grita.

—¡… de aquí…!

El hombre da un tirón.

La puerta se abre de un chasquido, con las bisagras rechinando, y del interior de la cabina surgen una nube de humo y una mujer andrajosa e histérica. Lleva un saco roto y un pañuelo manchados de sangre y sale de la cabina tosiendo y gritando.

—¡¡SÁQUENME DE AQUÍ!!

Lilly baja las armas porque resulta evidente que la mujer no se ha transformado. Martínez saca a la víctima de la trampa mortal. La extraña se debate entre sus brazos, con una máscara de agonía en su cara pálida. Bajo la tela chamuscada de sus *jeans*, se puede ver que sufre quemaduras graves en una pierna, que brilla por la sangre y la pus que la cubren. Tiene el brazo izquierdo apoyado contra el estómago y en el codo tiene una protuberancia, signo de que tiene una fractura, que se marca bajo la manga del jersey.

—¡Lilly, échame una mano!

Alejan a la mujer del accidente y la bajan a ras de suelo. Parece tener treinta y tantos años, o puede que cuarenta y pocos. Es de piel clara, tiene el pelo de un rubio sucio, el rostro surcado de lágrimas y se retuerce de dolor mientras balbucea histérica.

—¡No lo entienden! ¡Tenemos que…!

—Tranquila, tranquila —intenta calmarla Lilly mientras le aparta los cabellos húmedos de la cara—. Podemos ayudarte, tenemos un médico no muy lejos de aquí.

—¡Mike…! ¡Aún está…! —Los párpados se agitan frenéticamente, el cuerpo se sacude entre espasmos de dolor, los ojos se le ponen en blanco por la conmoción—. No podemos irnos, tenemos que… Hay que sacarlo… ¡¡Hay que sacarlo!!

Lilly le acaricia la mejilla, que está tan viscosa y húmeda como una ostra.

—Intenta tranquilizarte.

—… Tenemos que enterrarlo, es algo que… Antes de que él…

La cabeza de la mujer se desploma hacia el lado cuando cae inconsciente con la misma rapidez con la que se apaga una vela.

Lilly alza la vista hacia Martínez.

—El piloto —musita él, devolviéndole una mirada firme a Lilly.

En estos momentos, el humo ya se ha disipado y el calor ya no es tan asfixiante. Gus y Austin han vuelto para vigilar la retaguardia. Martínez se pone de pie y vuelve al helicóptero estrellado. Lilly lo sigue. Se encaraman a uno de los patines rotos y se impulsan lo suficiente para poder echar un vistazo al interior de la cabina. El olor a piel quemada los asalta en cuanto miran dentro.

El piloto está muerto. Dentro del recinto neblinoso y chisporroteante, el hombre, cuyo nombre es Mike y viste una chamarra de cuero chamuscada, yace desplomado en el asiento, aún con el cinturón de seguridad abrochado. Tiene todo el lado izquierdo del cuerpo ennegrecido y desfigurado por el incendio. Los dedos enguantados de una mano se han derretido y fundido con la palanca de mando. Por un breve instante, al mirar en el interior del infierno en vida que es la cabina, a Lilly le da la sensación de que ese tipo era un héroe. Consiguió llevar el helicóptero hasta la esponjosa superficie del arroyo, salvando así la vida de la pasajera, que tal vez fuera su mujer o su novia.

—Ya es demasiado tarde para hacer nada por este hombre —murmura Martínez, a su lado.

—Lo sé —responde bajando de nuevo hasta el suelo.

Echa un vistazo al claro, donde Austin está arrodillado junto a la mujer inconsciente para comprobarle el cuello en busca de pulso. Gus, nervioso, no le quita el ojo de encima al bosque. Lilly se limpia la cara.

—Pero… supongo que deberíamos hacer lo que nos ha pedido la mujer, ¿no?

Martínez baja del patín y mira la extensión de tierra, cada vez menos inundada por el humo, cortesía del viento que se lo lleva. Se frota los ojos.

—No lo sé.

—¡Jefe! —exclama Gus desde los límites del bosque, desde cuyas profundidades el viento arrastra ruidos perturbadores—. Creo que deberíamos plantearnos salir de aquí en chinga cuanto antes.

—¡Ya vamos! —responde Martínez antes de girarse hacia Lilly—. Nos llevamos a la mujer.

—Pero ¿qué pasa con…?

Martínez baja la voz.

—Sabes lo que va hacer el Gobernador con este hombre, ¿no?

Una corriente de ira invade a la chica.

—Esto no tiene nada que ver con el Gobernador.

—Lilly…

—Este pobre diablo le salvó la vida a la mujer.

—Escúchame. Ya nos va a complicar que ella cruce el bosque.

—¿Y crees que el Gobernador no se va enterar de que hemos dejado al piloto? —pregunta Lilly con un suspiro.

Martínez le da la espalda y escupe con furia. Se limpia la boca. Reflexiona sobre el asunto.

—¡Jefe! —vuelve a gritar Gus, que parece extremadamente nervioso.

—¡He dicho que ya vamos, carajo!

El hombre del pañuelo se queda mirando el suelo chamuscado, pensativo y atormentado… hasta que la decisión está clara.

SEIS

Consiguen volver al camión justo cuando el sol empieza a ponerse y las sombras del bosque se alargan a su alrededor. Exhaustos por el viaje de vuelta por la hondonada, donde se encontraron con varios caminantes, les piden a David y Barbara que les ayuden a arrastrar los cuerpos —cada uno atado a una camilla fabricada con troncos de abedul y ramas de sauce— aprisa, hasta la escotilla trasera del camión. Los levantan uno a uno y los meten en el abarrotado compartimento de carga.

—Tengan cuidado con ella —les advierte Lilly a David a Barbara mientras colocan la camilla sobre la que descansa la mujer entre dos pilas de cajas de comida.

La accidentada está empezando a recobrar el conocimiento y mueve la cabeza de un lado a otro, agitando los párpados. No queda mucho espacio para que quepa más gente en el camión, y a Barbara le toca recolocar a toda prisa las cajas y los montones de paquetes para hacer sitio.

—Está bastante mal, pero aguanta —comenta Lilly, subiéndose al compartimento—. Ojalá pudiera decir lo mismo del piloto.

Todos se giran hacia la escotilla, donde Gus y Martínez están levantando el cadáver del hombre, cuyos restos desfigurados siguen atados a la cama portátil, para meterlo en la parte trasera del camión. David tiene que hacer hueco para el cuerpo, así que empuja una pila de latas de duraznos contra la pared y consigue despejar un estrecho trozo de suelo, entre una torre de paquetes de especias y media docena de tanques de propano.

David se limpia las manos artríticas en la camisa blanca mientras contempla los restos abrasados del piloto.

—Esto plantea un dilema.

Lilly echa la vista atrás mientras Martínez escudriña el oscuro espacio.

—Hay que enterrarlo. Es una larga historia.

—Pero ¿y si...? —pregunta David con los ojos fijos sobre el cadáver.

—Vigílalo —le ordena Martínez—. Si se transforma durante el camino, métele un balazo. Le prometimos a la señora que...

—¡No va a conseguirlo!

El repentino estallido consigue que Lilly dedique de nuevo toda su atención a la mujer, que se retuerce sobre el suelo de hierro, envuelta todavía en ramas de sauce, sacudiendo la cabeza ensangrentada. Los ojos, febriles y abiertos de par en par, están clavados en el techo del camión. Balbucea de forma incoherente, como si estuviera hablando en sueños.

—Mike, estamos al sur... ¡¡Y... y la torre!?

—Tranquila, cielo. Ahora estás a salvo —intenta tranquilizarla Lilly, arrodillada a su lado.

Barbara se dirige a la esquina contraria del compartimento y arranca con rapidez el aro de protección de un garrafón de cuatro litros de agua filtrada. Acto seguido, se dirige con ella hacia la mujer herida.

—Toma, cariño, dale un trago.

Mientras bebe, la mujer se retuerce en la camilla, invadida por una ola de dolor que le recorre el cuerpo. Tose e intenta hablar.

—Mike, ¿está...?

—¡Mierda!

Es la voz de Austin, que proviene de la parte de atrás, mientras el joven lucha por subirse al camión. Nervioso, ve que un grupo de caminantes emerge del bosque. Están a veinte metros, pero la distancia es cada vez menor. Son al menos diez, todos varones de gran tamaño con bocas hambrientas que lanzan mordiscos al aire a medida que se aproximan. Los ojos lechosos brillan bajo la luz del atardecer. Austin sube a bordo con la pistola empuñada en una mano sudorosa.

—¡Váyanse a la chingada!

El golpazo de las puertas de la cabina al cerrarse sobresalta a todo el mundo. El motor ruge. El chasis se estremece y vibra bajo sus pies. Lilly se agarra a las cajas mientras el camión da marcha atrás, envuelto en un remolino de humo y polvo.

La mujer joven ve a través de la lona ondeante cómo los caminantes están cada vez más cerca.

El vehículo va disparado contra los muertos, derribándolos como si fueran bolos y aplastándolos bajo las ruedas; los pisotea mientras el motor chirría ruidosamente, y durante un momento patina por culpa de la grasa de los órganos podridos.

Las ruedas ganan firmeza sobre el asfalto, Gus mete la primera y el camión sale a toda madre, derrapando por la autopista, de vuelta a Woodbury. Lilly mira a la güera.

—Aguanta, cielo, te vas a poner bien. Vamos a llevarte a que te vea un médico.

Barbara derrama más agua sobre los labios agrietados y quemados de la mujer.

—Me llamo Lilly y ella es Barbara. ¿Me dices tu nombre?

La malherida balbucea algo inaudible, sus palabras quedan amortiguadas por el estrépito del camión.

—Repítemelo, cariño —le pide Lilly acercándose más—. Dime cómo te llamas.

—Chrisss... Chris... tina —consigue decir entre dientes.

—Christina, no te preocupes... Todo va a salir bien, vas a salir de esta.

Le acaricia la frente empapada en sudor a la mujer, que tiembla y se retuerce en la camilla, respirando rápida y agitadamente. Entrecierra los ojos y mueve los labios, pronunciando una letanía silenciosa y agónica que nadie alcanza a oír.

Lilly le acaricia los cabellos apelmazados.

—Todo va a salir bien —repite sin cesar, más para convencerse a ella misma que a la víctima.

El camión ruge por la autopista con el alerón trasero cortando el aire.

Lilly da un vistazo atrás y ve los altos pinos del exterior pasando a toda velocidad, convertidos en un manchón. La puesta de sol tras las copas de los árboles provoca un efecto estroboscópico que resulta casi hipnótico. Durante una fracción de segundo, se pregunta si de verdad todo va a salir bien. Quizá ahora Woodbury sea un lugar más estable. Quizá los métodos maquiavélicos del Gobernador les mantengan a salvo del exterior. Quiere creer en Woodbury. Quizá esa sea la clave, creer sin más. Quizá con ello baste para salir adelante...

Quizá, quizá, quizá, quizá...

—¿Dó... dónde estoy? —pregunta una voz ronca, ahogada y temblorosa.

El doctor Stevens se halla ante una cama, ataviado con su raída bata de laboratorio y sus gafas con montura de alambre.

—Vas a estar mareada durante un rato —le dice—. Te hemos suministrado un par de tranquilizantes.

La mujer que responde al nombre de Christina yace tumbada boca arriba en una camilla improvisada, en las catacumbas de cemento de color ceniza que hay bajo la pista de carreras. Lleva puesta una bata usada de terciopelo y tiene el brazo derecho protegido por un sustituto de escayola fabricado con ramitas y adhesivo médico. Se gira para evitar que la cruda luz halógena le dé en el rostro, pálido y ceniciento.

—Alice, sujeta esto un momento —le pide Stevens entregándole el vial de fluidos intravenosos a la joven enfermera, que también lleva una bata de laboratorio ajada y tiene el pelo rubio recogido en una coleta. Alice se obliga a sonreír mientras sujeta en lo alto el vial, que está conectado a una aguja inyectada en la piel de la convaleciente.

—¿Dón... dónde estoy? —consigue preguntar de nuevo Christina con una especie de graznido.

Stevens se dirige a una pila que hay al lado, se lava las manos y se las seca antes de responder.

—Podría serte sincero y decir que estás en el Noveno Círculo del Infierno pero, por el momento, voy a abstenerme de hacer comentarios personales. —La encara y, con una cálida aunque algo cínica sonrisa, le dice—: Estás en Woodbury, Georgia, una metrópolis en continuo crecimiento de quién carajos sabe cuántos habitantes. Soy el doctor Stevens y ella es Alice. Son las siete y cuarto y, por lo que tengo entendido, te rescataron de entre los restos de un helicóptero estrellado esta tarde, ¿me equivoco?

Christina consigue asentir y se encoge por culpa de una punzada de dolor en el abdomen.

—Esa zona la vas a tener delicada durante un tiempo —le cuenta Stevens mientras se seca las manos con la toalla—. Tenías quemaduras de tercer grado en el veinte por ciento del cuerpo. La buena noticia es que no creo que vayas a necesitar injertos de piel, solo tienes un edema de nada que estamos tratando de forma intravenosa. Por suerte para ti, nos quedaban tres litros de glucosa… litros que te estás tragando como si fueras un marinero borracho. Quién sabe cómo, pero el caso es que te las arreglaste para fracturarte el brazo en dos sitios distintos. También estaremos pendientes de eso. Me dijeron que te llamas Christina, ¿no?

Ella asiente.

Stevens enciende una linterna de bolsillo y se agacha para inspeccionarle los ojos.

—¿Cómo va tu memoria a corto plazo, Christina?

Al respirar, siente un terrible dolor cuando el aire recorre su garganta con un tenue silbido.

—La memoria bien… El piloto… Mike, se llama… Se llamaba… ¿Lo han…?

El doctor se guarda la linterna y adopta un gesto solemne.

—Lamento decirte que tu amigo murió en el accidente.

—Ya lo sé… —dice Christina, esforzándose por asentir con la cabeza—, pero me preguntaba… El cuerpo, ¿lo han traído?

—De hecho, sí.

—Bien —afirma tragando saliva con fuerza— porque le prometí que le daría un entierro cristiano.

El hombre baja la mirada al suelo.

—Eso es muy loable, darle un entierro cristiano —comenta. Stevens y Alice intercambian miradas. Él vuelve a mirar a la paciente y, con una sonrisa, le dice—: Cada cosa a su tiempo, ¿de acuerdo? Por ahora, vamos a centrarnos en que vuelvas a estar en forma.

—¿Pasa algo? ¿He dicho algo malo?

—No es nada —responde, mirando pensativo a la mujer herida—, no te preocupes.

—¿Pasa algo porque quiera enterrar a mi piloto como Dios manda?

—Mira, te voy a ser sincero. —Stevens suspira—. Dudo mucho que lo vayas a enterrar.

Christina gruñe al incorporarse. Alice la ayuda a sentarse y le sujeta el brazo en alto con delicadeza. Christina mira al doctor.

—¿Dónde demonios está el problema?

Stevens dirige la mirada a Alice y luego a la paciente.

—El problema está en el Gobernador.

—¿Quién?

—El que manda aquí —responde Stevens. Se quita las gafas, saca un pañuelo y limpia los cristales con cuidado mientras continúa—: Supongo que se cree que es una especie de funcionario público. De ahí el nombre.

—¿A ese hombre…? —pregunta Christina con el ceño fruncido, en una mueca de confusión, buscando las palabras—. ¿Lo han…?

—¿Que si lo han qué?

—¿Lo han…? ¿Cómo decirlo? —Se encoge de hombros—. ¿Lo han «votado»? ¿Es un funcionario electo?

El médico le dedica otra mirada cargada de significado a Alice.

—Pues, bueno, la verdad es que es una pregunta interesante.

—Sí que lo han votado —refunfuña Alice—, pero solo una persona: él.

El doctor se frota los ojos.

—Es un asunto complicado —dice, midiendo sus palabras—. Tú eres nueva aquí. Este hombre… es el macho alfa de la perrera. Es el líder por omisión. Mantiene el orden encargándose del trabajo sucio.

—Una fina sonrisa que desprende desdén por los cuatro costados cruza los delgados rasgos de Stevens—. El problema es que el Gobernador le ha agarrado gusto.

—No te entiendo —admite Christina.

—Mira —le explica Stevens volviéndose a poner las gafas y pasándose los dedos por el cabello con aire cansado—, hagan lo que hagan con los restos de tu amigo, hazme caso. Lóralo por tu cuenta y ríndele homenaje en silencio.

—No lo entiendo.

Stevens cruza una mirada con Alice y pierde la sonrisa.

—Te pondrás bien —le dice a Christina, mirándola a los ojos—. Dentro de una semana, más o menos, cuando se te cure el brazo, puede que quieras irte de aquí.

—Pero si yo no…

—Y otra cosa —le dice Stevens, mirándola fijamente, muy serio y con una voz una octava más grave—. Este hombre, el Gobernador… no es de fiar. ¿Lo entiendes? Es capaz de todo, así que mejor ni te acerques a él. Y espera con paciencia el momento en el que puedas irte de aquí. ¿Entiendes lo que te digo?

Ella no le contesta y, en lugar de ello, clava los ojos en los suyos, mientras asimila lo que le ha dicho.

La oscuridad se cierne sobre el pueblo. Tras algunas ventanas ya se atisba la luz de las linternas; otras vibran con la impredecible corriente de los generadores. Por la noche, Woodbury hace gala del ambiente surrealista y moderno propio de un asentamiento del siglo XXI que se ha visto transportado al siglo XIX, un ambiente que se ha extendido por casi todos los asentamientos del mundo posplaga. En una esquina hay unas antorchas cuya luz baña un McDonald's tapiado y profanado y, con un color naranja amarillento, se refleja en las ruinas de los arcos dorados medio derruidos.

Los hombres de Martínez, apostados en grúas situadas en lugares estratégicos de la barricada, están empezando a enfrentarse con un número cada vez mayor de sombras que se acercan desde las arboledas cercanas. La afluencia de caminantes ha aumentado ligeramente desde que la partida de reconocimiento volvió, y ahora los destacamentos armados con pistolas del calibre .50 que hay en los extremos norte y oeste retumban con el sonido intermitente de los disparos. El pueblito, sumido en el crepúsculo neblinoso y púrpura del ocaso, parece un campo de guerra.

Lilly Caul deja atrás un pórtico con escaparates de camino a su departamento, avanzando como puede bajo el peso de una caja de duraznos repleta de provisiones. A su espalda alcanza a oír el eco de la retahíla de disparos automáticos que inunda la calle desierta. Se detiene y echa la mirada atrás al oír una voz que se alza por encima de los disparos.

—¡Lilly, espera!

Las descargas de luz estroboscópica de las balas trazadoras que vuelan por el cielo dibujan la silueta de un joven vestido de cuero y con los cabellos chinos y oscuros al aire que se dirige hacia ella a zancadas. Austin lleva al hombro una bolsa de lona cargada de suministros. Vive a media manzana de distancia del piso de Lilly, al oeste. Se acerca con una enorme sonrisa expectante en mitad del rostro.

—Deja que te ayude.

—No hace falta, Austin, puedo yo sola —le asegura mientras él intenta quitarle la caja de las manos. Durante un momento incómodo, es como si jugaran al estira y afloja. Al final, Lilly se da por vencida—. De acuerdo, está bien, agárrala.

Austin camina feliz junto a ella, cargando con la caja.

—Vaya subidón de adrenalina hoy, ¿eh?

—Tranquilo, Austin, no te exaltes.

Se dirigen al edificio de Lilly. A lo lejos patrulla un hombre armado por delante de una hilera de remolques que hay al final de la calle. Austin le dispara a la chica la misma sonrisita provocadora que lleva semanas dedicándole.

—Parece que hemos probado juntos el sabor de la camaradería del campo de batalla, ¿eh? Nos hemos unido bastante, ¿no?

—Austin, para, por favor.

—Estás empezando a caer bajo mis encantos, ¿verdad?

Ella mueve la cabeza y suelta una pequeña carcajada pese a que Austin la está poniendo nerviosa.

—Hay que reconocer que eres incansable.

—¿Qué plan tienes para esta noche?

—¿Me estás pidiendo una cita?

—Hay combate en el estadio. ¿Por qué no dejas que te lleve? Me traeré los regalices que me he encontrado hoy.

—No soy muy fan… —dice Lilly, perdiendo la sonrisa.

—¿De qué? ¿Del regaliz?

—Qué gracioso… Esos combates son una animalada. Preferiría comer cristales rotos.

—Si tú lo dices… —Austin se resigna y se encoge de hombros. Los ojos le brillan al tener una idea—. A ver qué te parece esto: en vez de tener una cita, ¿por qué no me das unos cuantos consejos algún día?

—¿Consejos sobre qué?

—Sobre cómo enfrentarme a los muertos —dice adoptando de golpe una expresión solemne—. Voy a serte sincero. Desde que empezó esta situación de mierda, como que me he estado escondiendo en grupos grandes. En realidad nunca he tenido que arreglármelas yo solo. Tengo mucho que aprender. No soy como tú.

—¿A qué te refieres? —le pregunta mientras caminan.

—Tú eres lo máximo, Lilly… Eres fría y calculadora, eres muy Clint Eastwood.

Llegan a la carretera que hay enfrente del edificio donde vive ella y que ahora está envuelto entre las sombras. En la creciente oscuridad, las vides muertas de kuzu que cubren la fachada de ladrillo rojo recuerdan a un tejido canceroso.

Lilly se detiene y gira hacia Austin.

—Gracias por ayudarme, yo puedo —le dice, tomando la caja y mirándolo—. Eso sí, te voy a decir una cosa. —Se humedece los labios y siente una punzada emocional en su interior—. Antes no era así. Tendrías que haberme visto al principio: me daba miedo hasta mi propia sombra. Pero hubo gente que me ayudó cuando me hizo falta, y no tenían por qué hacerlo, créeme. Pero el caso es que me ayudaron.

El chico asiente en silencio y espera a que Lilly termine, porque parece que algo la carcome por dentro. Algo importante.

—Te enseñaré unos cuantos trucos —dice por fin— Y por cierto, esta es la única manera de sobrevivir: ayudándonos los unos a los otros.

Él sonríe; por primera vez desde que Lilly lo conoce, muestra una sonrisa cálida, sincera e inocente.

—Gracias, Lilly. Perdona por haberme portado como un idiota.

—No te has portado como un idiota —lo tranquiliza y, sin previo aviso, se inclina por encima de la caja y le da un beso inocente en la mejilla—. Lo que pasa es que eres joven.

Se da la vuelta y entra en el edificio, cerrándole educadamente la puerta en las narices.

Austin se queda parado de pie durante bastante rato, con la mirada perdida en la puerta de roble, frotándose la mejilla como si se la hubieran mojado con agua bendita.

—¿Doc?

Tres golpes rápidos y fuertes acaban con la tranquilidad de la enfermería improvisada, seguidos por la inconfundible voz ronca con un ligero acento rural de Georgia que espera tras la puerta.

—¿Se puede visitar a la nueva paciente?

Al otro lado de la habitación de cemento, el doctor Stevens y Alice se miran entre sí. Están ante una palangana de acero inoxidable, esterilizando instrumentos en un balde de agua hirviendo desde la cual sube un vapor que cruza sus rostros tensos.

—¡Un momento! —grita Stevens mientras se seca las manos y se dirige a la puerta.

Antes de abrirla, echa un vistazo a la paciente, sentada en un lado de la camilla y balanceando las piernas larguiruchas y vendadas. Christina, aún en bata, le da sorbos a una taza de plástico con agua filtrada, y se tapa el abdomen con una manta de lana. Tiene el rostro hinchado y tenso, pero sigue siendo hermoso, incluso con el pelo rubio enmarañado y recogido con una liga.

En lo que tarda en abrir la puerta, sucede algo entre ellos que tanto médico como paciente dan por sobreentendido.

—¡Me han dicho que una señorita muy valiente se ha unido a nosotros! —exclama el visitante, entrando en la sala como si fuera una fuerza de la naturaleza. El Gobernador va vestido como un soldado retirado (chaleco de cazador, suéter negro de cuello alto y pantalones de camuflaje metidos por dentro de las botas negras de combate), lo que le da el aspecto de un dictador degenerado del tercer mundo. El pelo negro, que le cae por los hombros, brilla y se agita mientras entra en la enfermería con toda naturalidad.

—He venido a presentar mis respetos —dice, con el bigote retorcido formando una sonrisa.

Gabe y Bruce entran tras él, tan serios y alertas como si fueran agentes secretos.

—Ahí está —dice Philip Blake en dirección a la chica que descansa sentada en la camilla. Se acerca, agarra una silla plegable de metal que hay cerca y la suelta al revés al lado de la cama. Se sienta y le pregunta a Christina—: ¿Cómo te va, pequeña?

Ella deja la taza de agua y se tapa el escote recatadamente con la manta.

—Bien, supongo. Todo gracias a esta gente.

El Gobernador se espatarra en la silla y reposa los brazos delgaduchos en el respaldo. La mira con la alegría excesivamente entusiasta de un vendedor ambulante.

—El doctor Stevens y Alice, aquí presentes, son los mejores, ya lo creo que lo son. No sé cómo nos las arreglaríamos sin ellos.

—Christina, te presento a Philip Blake —dice Stevens desde el otro lado de la habitación—. También se le conoce como «el Gobernador». —El doctor suspira y aparta la mirada, como si este despliegue de cordialidad falsa le diera asco—. Philip, ella es Christina.

—Christina —ronronea el Gobernador, probando si el nombre es de su talla—. Creo que es el nombre más bonito que he oído nunca.

De repente, a la recién llegada le entra un escalofrío de recelo. Hay algo en los ojos del hombre, hundidos y oscuros como los de un puma, que la inquieta.

El Gobernador no le quita la vista de encima, sombría y brillante, ni cuando se dirige al resto del grupo.

—Escuchen, ¿les molesta si la señorita y yo hablamos en privado?

Christina quiere alzar la voz, negarse, pero la personalidad del hombre es tan fuerte como un río, que ruge inundando la enfermería. Sin mediar palabra, los demás se miran entre sí y, uno a uno, resignados y mansos, abandonan la habitación. El último en salir es Dave, que se detiene en el umbral de la puerta.

—Estaré aquí fuera, jefe —le comunica.

Y entonces...

Clic.

SIETE

—Bueno, pues bienvenida a Woodbury, Christina —dice el Gobernador, sin dejar de dedicarle una sonrisa electrizante a la mujer—. ¿Puedo preguntarte de dónde eres?

Christina respira hondo, con la mirada fija en su regazo. Por alguna razón que ni ella alcanza a comprender, siente la necesidad de no decir que trabajaba en un canal de televisión.

—De un suburbio de Atlanta. La pasamos bastante mal —dice en su lugar.

—Yo soy de un pueblucho de mierda que se llama Waynesboro, en las afueras de Savannah —dice con una sonrisa aún mayor—. No somos tan refinados como los ricachones de *Fortunatlanta*.

—Te aseguro que de rica no tengo nada —responde encogiéndose de hombros.

—Toda esa zona se ha ido a la mierda, ¿no? Esa guerra sí que la ganaron los mordedores —dice disparándole otra vez esa sonrisa—. A no ser que sepas algo que yo no sé.

Ella se queda mirándolo sin decir nada.

La sonrisa del Gobernador se desvanece.

—¿Me cuentas cómo acabaste en ese helicóptero?

Por un instante, duda.

—El piloto era… amigo mío. Se llamaba Mike. —Se obliga a abandonar las reticencias—. El caso es que le prometí que le daría un entierro cristiano. —Siente la ardiente mirada del Gobernador, que la abrasa como si fuera un horno, y le pregunta—: ¿Crees que sería posible?

El hombre enjuto acerca más aún la silla a la cama.

—Creo que algo podremos organizar, si haces lo que te pida.

—¿Si hago qué?

—Contestar algunas preguntas, nada más —dice encogiéndose de hombros. Saca un paquete de chicles del bolsillo del chaleco, toma uno y se lo mete en la boca. Le ofrece otro a ella, que lo rechaza. Los guarda, se acerca de nuevo y le dice—: Mira, Christina, el caso es que tengo una responsabilidad para con mi gente. Tengo que hacerte... una especie de auditoría.

—Te contaré todo lo que quieras saber —le asegura.

—¿El piloto y tú estaban solos o había más gente con ustedes antes del despegue?

Ella vuelve a tragar saliva con fuerza y se envalentona.

—Nos refugiábamos con más gente.

—¿Dónde?

—Pues... donde pudimos —dice, encogiéndose de hombros.

El Gobernador sonríe y sacude la cabeza.

—A ver, Christina, eso no me sirve.

Toma la silla y la pone pegada a la camilla, tan cerca que ella puede oler su aroma a cigarros, chicle y algo identificable como carne pasada.

—En los juicios —afirma el Gobernador—, los buenos abogados pueden arreglárselas para protestar si creen que el testigo está ocultando información.

«Está a punto de pasarse de la raya», resuena dentro de la cabeza de Christina. «No te fíes de él, no tiene límites».

—No sabía que estuviera siendo juzganda —dice con un susurro bajo.

El rostro del hombre, enjuto y surcado de arrugas, se transforma, perdiendo todo rastro de afabilidad.

—No me tengas miedo.

—No te tengo miedo —le responde.

—Lo cierto es que no quiero obligar a nadie a que haga algo que no quiera, no quiero que nadie salga herido.

Con el aire distraído de quien ajusta los binoculares, pone una mano nudosa en el borde de la cama, entre los muslos de Christina. Provocadoramente, sin tocarla, tan solo reposando entre las piernas vendadas de la mujer. Él no aparta la mirada de ella en ningún momento.

—Lo que ocurre es que haré lo que haga falta para garantizar la supervivencia de esta comunidad. ¿Está claro?

—Sí —asiente ella, mirándole la mano y la porquería que tiene bajo las uñas.

—Entonces, ¿por qué no empiezas a hablar, cariño, y yo te escucho?

Christina suspira angustiada y cambia de postura. Fija la mirada en su regazo.

—Trabajaba en el Canal 9, WROM, la afiliación de la Fox del norte de Atlanta. Era la productora de algunas secciones: mercaditos de repostería, mascotas perdidas y cosas así. Trabajaba en la torre enorme esa de Peachtree, la que tiene un helipuerto en el techo.

—Cada vez le cuesta más respirar y el dolor la atenaza mientras habla—. Cuando sucedió la Transformación, unos veinte nos quedamos encerrados en el estudio. Durante un tiempo, sobrevivimos gracias a la comida de la cafetería del cuarto piso, y después empezamos a ir a buscar suministros con el helicóptero que utilizaban para cubrir las noticias de tráfico.

Christina se queda sin aliento unos instantes.

—¿Les quedan suministros? —pregunta el Gobernador mirándola fijamente.

—No queda nada —niega mientras sacude la cabeza—. Ni comida ni electricidad ni nada. Cuando se acabó la comida, todos empezaron a pelearse entre ellos.

Cierra los ojos e intenta reprimir los recuerdos que inundan su mente como si fueran imágenes de una película *snuff*: las gráficas cubiertas de sangre, los monitores llenos de nieve, aquella cabeza cortada en el congelador infestado y los gritos que se oían todas las noches.

—Mike, bendito sea, me protegió… Era el piloto de tráfico, trabajamos juntos durante años. Y por fin, él y yo… conseguimos colarnos por la azotea y huir en su helicóptero. Creíamos que éramos libres pero no nos dimos cuenta... de que había alguien en nuestro grupo que estaba obsesionado con evitar que alguien más se fuera. Saboteó el motor. Lo supimos de inmediato. Apenas sí logramos salir de la ciudad. Recorrimos unos ochenta kilómetros o así antes de empezar a oír... antes de ver... —Sacude la cabeza con pesadumbre y alza la vista—. Bueno, ya conoces el resto de la historia —dice, intentando que no se notara que está temblando. Su tono se vuelve más cortante y triste cuando concluye—: No sé qué quieres de mí.

—Has pasado por mucho —le dice el Gobernador dándole una palmadita en el muslo.

El comportamiento del hombre cambia de repente. Le sonríe, se aparta de la cama y se pone de pie.

—Siento que hayas tenido que sufrir tanto. Vivimos tiempos difíciles, pero aquí estás a salvo.

—¿A salvo?

Christina no puede evitar el estallido de ira. Los ojos se le inundan de lágrimas de rabia. Su lado agresivo sale a la superficie, su personalidad de productora que no aguanta estupideces de nadie.

—¿Estás bromeando?

—Te lo digo totalmente en serio, cielo. Estamos creando algo bueno y duradero, y siempre andamos buscando buenas personas que se nos unan.

—Creo que paso —le dice con los ojos echando chispas—. Prefiero arriesgarme ahí fuera y enfrentarme a los mordedores.

—Cálmate, guapa. Sé que has sufrido mucho, pero eso no es motivo para rechazar una oferta tan buena. Aquí estamos levantando una comunidad.

—¡Vamos! —le espeta, casi escupiéndole—. Lo sé todo sobre ti.

—Bueno, se acabó —dice el Gobernador, como si fuera un profesor que intenta tranquilizar a un estudiante revoltoso—. Vamos a relajarnos un poco.

—Puede que tu pantomima de líder benevolente engañe a estos tontos...

El Gobernador se abalanza sobre ella y le da una bofetada con el dorso de la mano en la cara amoratada, con la fuerza suficiente para estamparle la cabeza contra la pared.

Christina ahoga un grito, parpadea y afronta el dolor. Se frota el rostro y consigue recuperar el suficiente aliento como para dirigirle la palabra al Gobernador de forma calmada.

—He colaborado con gente como tú en el trabajo. ¿En serio te autoproclamaste gobernador? No eres más que el típico abusivo de la escuela que ha encontrado un patio de recreo donde mandar. El doctor ya me habló de ti.

Alzándose sobre ella, el Gobernador asiente y esboza una sonrisa fría. Las facciones se le endurecen. Entrecierra los ojos, cuyos iris oscuros reflejan la luz halógena como si fueran dos cabezas plateadas de alfiler.

—Lo he intentado —murmura, más para sí mismo que para ella—, Dios sabe que lo he intentado.

Arremete de nuevo contra ella, pero esta vez va por el cuello. Christina se tensa en la cama mientras el Gobernador la asfixia. Ella le mira a los ojos y se tranquiliza de repente mientras la estrangula. El cuerpo empieza a sufrir convulsiones de forma involuntaria en la camilla, haciendo que las ruedas rechinen, pero ya no siente dolor. La sangre abandona su tez. Quiere morirse.

—Ya casi está… —susurra con dulzura el Gobernador—, calma, calma… Todo va a salir bien.

Los ojos se le ponen en blanco mientras el cuerpo adopta un estado lívido bajo las garras del Gobernador. Las piernas dan patadas espasmódicas y derriban el soporte metálico del fluido intravenoso, que cae al suelo derramando la glucosa.

En silencio, el cuerpo de la mujer se vuelve del todo rígido y los ojos adoptan una mirada congelada, pálida y vacua. Un momento después, el Gobernador la suelta.

Philip Blake se aleja de la camilla sobre la que la mujer de Atlanta yace muerta, con todas las extremidades retorcidas y colgando por el lado de la cama. Recupera el aliento, inhalando y exhalando profundamente mientras recupera la compostura.

En algún recodo escondido de su cerebro, una voz protesta y lucha, pero el Gobernador la encierra de nuevo en ese lugar oscuro y fragmentado de su mente.

—No quedaba más remedio —murmura para sí mismo en un tono casi inaudible, como si estuviera discutiendo—. No podía hacer otra cosa, no podía…

—¡¡Jefe!?

El sonido amortiguado de la voz de Gabe que proviene del otro lado de la puerta lo devuelve a la realidad.

—Un momento —grita, recuperando la fuerza de su voz—. Dame un segundo.

Traga saliva y se acerca al lavabo. Abre el grifo, se moja la cara, se lava las manos y se seca con una toalla húmeda. Justo cuando está a punto de irse, atisba su propio reflejo en el armario de acero inoxidable que hay sobre el lavabo. El rostro le devuelve la mirada desde la superficie líquida y plateada, como si fuera una aparición fantasmal, traslúcida, aún por nacer. Le da la espalda.

—¡Entra, Gabe!

La puerta se abre y el hombre calvo y rechoncho se asoma.

—¿Todo está bien?

—Voy a necesitar que me eches una mano con una cosa —dice el Gobernador señalando el cadáver de la mujer—. Hay que hacerlo bien. No hables, escucha.

En la segunda planta de un bloque de departamentos situado al lado del estadio, sumido en el polvo y el silencio, el doctor Stevens está repantingado y somnoliento, con la bata de laboratorio desabrochada y un ejemplar de la revista *Bon Appétit* abierta sobre su panza regordeta de aristócrata. En la caja que descansa a su lado hay una botella medio vacía de Pinot Noir de contrabando. Alguien llama a la puerta y el hombre pega un brinco en el sillón. Busca las gafas a tientas.

—¡Doc! —llama una voz amortiguada tras la puerta, y Stevens se levanta en el acto.

Mareado a causa del vino y la falta de sueño, cruza tambaleándose la sala de estar (por llamarla de alguna manera) de su austero departamento, que es un laberinto de cajas de cartón y montones de material de lectura que se ha ido encontrando. Iluminado por la luz tenue de varias lámparas de queroseno, el departamento es el refugio apocalíptico de alguien que ha sido un intelectual toda su vida. Durante un tiempo, Stevens estuvo pendiente de los mensajes esporádicos con información sobre la plaga que publicaron el CDC y Washington, de los que normalmente se enteraba de boca de los grupos de supervivientes o por circulares que se imprimían a toda prisa y por encargo. Sin embargo, ahora todos esos datos están acumulando polvo en el alféizar de la ventana, olvidados por el doctor, atenazado por la tristeza de haber perdido a su familia, una tristeza que le consume por dentro como si fuera radiactiva.

—Tenemos que hablar —dice el hombre del pasillo cuando Stevens abre la puerta.

El Gobernador está de pie, envuelto en la oscuridad del corredor. A su alrededor merodean Gabe y Bruce, rifle al hombro. El rostro adusto e hirsuto del Gobernador brilla con una alegría falsa.

—No te molestes en sacar leche y galletas, que no nos vamos a quedar mucho tiempo.

Stevens se encoge de hombros y acompaña a los tres hombres hasta la sala de estar. El doctor, que sigue mareado, hace un gesto en dirección a un sofá destrozado y atiborrado de periódicos.

—Si encuentran sitio para sentarse en esta pocilga, adelante.

—Nos quedamos de pie —dice el Gobernador con un tono monocorde, inspeccionando el cuchitril. Gabe y Bruce se mueven alrededor de Stevens como depredadores rodeando a su presa.

—Bueno, y ¿a qué debo esta inesperada…? —comienza a decir el doctor antes de que el cañón de una Colt le bese la nuca. Stevens se da cuenta de que Gabe le está presionando la boca de la semiautomática contra el cordón de las gafas y tiene el arma amartillada y lista para disparar.

—Tú estudiaste historia, Doc —comenta el Gobernador, dando vueltas alrededor de Stevens al estilo de un chacal—. Seguro que te acuerdas de cuando en la Guerra Fría los camaradas rusos presumían de tener la bomba nuclear más grande que nosotros… Había una expresión que usaban a menudo: destrucción mutua asegurada. DMA, lo llamaban.

—Conozco el término, sí —asiente el doctor, con la boca seca y el corazón desbocado.

—Pues eso es lo que pasa aquí —prosigue el Gobernador, colocándose delante de él—. Si yo caigo, tú caes. Y viceversa. ¿Me entiendes?

—Sinceramente —responde tragando saliva—, no tengo ni idea de qué me estás hablando.

—Esa mujer, Christina, creía que yo era mal tipo —dice sin parar de andar a su alrededor—. Tú no sabrás por casualidad de dónde habrá sacado esa idea, ¿no?

—Mira, no… —empieza Stevens.

—¡Cierra la maldita boca! —grita el Gobernador sacando una pistola negra de 9 mm; la amartilla y aprieta el cañón bajo la barbilla del doctor—. Tienes las manos manchadas de sangre, Doc. La muerte de la chica es culpa tuya.

—¿Muerte? —pregunta Stevens, cuya cabeza está inclinada hacia arriba por la presión del cañón—. ¿Qué hiciste?

—Lo que tenía que hacer.

—¿Qué le hiciste?

—La quité de la ecuación —sisea entre dientes—. Era una amenaza para la seguridad. ¿Sabes por qué?

—Pero ¿qué…?

—¿Sabes por qué era una amenaza para la seguridad, Doc? —insiste, apretándole más el cañón—. Era una amenaza para la seguridad por tu culpa y solo por tu culpa.

—No sé de qué me hablas.

—Eres un hombre inteligente, Doc. Creo que sabes exactamente de lo que te hablo —afirma el Gobernador, que afloja la presión, guarda la pistola y sigue andando en círculos—. Gabe, ya basta. Déjalo en paz.

Su secuaz aparta el arma y se retira. El doctor, con las manos temblando, respira aliviado. Mira al Gobernador.

—¿Qué quieres, Philip?

—¡¡Quiero que me seas leal, carajo!!

El repentino rugido gutural del hombre parece cambiar la presión del aire de la habitación. Los otros tres hombres se quedan más quietos que un muerto. El doctor agacha la mirada con los puños apretados y el corazón desbocado.

El Gobernador continúa dando vueltas alrededor de Stevens.

—¿Sabes lo que pasa cuando manchas la imagen que tienen de mí en el pueblo? Que la gente se pone nerviosa. Y cuando se ponen nerviosos, se vuelven descuidados.

—Philip —comienza el doctor mirando al suelo—, no sé qué te dijo esa mujer…

—La vida de la gente depende de que haya equilibrio, Doc, y estás jodiendo ese equilibrio.

—¿Qué quieres que diga?

—No quiero que digas nada, lo que quiero es que escuches por una vez. Quiero que cierres esa bocota de listo que tienes, me escuches y pienses en algo.

El doctor exhala un pequeño suspiro exasperado, pero no llega a decir nada.

—Quiero que pienses en lo que le pasó a la chica antes de que vuelvas a intentar poner a alguien más en mi contra. —El Gobernador se le acerca y añade—: Quiero que le digas a ese supercerebro tuyo que se concentre en ello. ¿Vas a hacerme ese favor?

—Lo que tú mandes, Philip.

—Y quiero que tengas otra cosa en cuenta. Quiero que tengas presente la suerte que tienes… al poseer habilidades que hacen que sigas vivo.

El doctor alza la vista.

—¿A qué te refieres?

—A ver cómo te lo explico —dice el Gobernador posando los ojos sobre Stevens—. Más te vale rezar porque no nos encontremos con otro maldito médico. ¿Entiendes?

—Entiendo, Philip —asiente Stevens con la cabeza baja—. No hace falta que me amenaces.

El Gobernador lo mira y sonríe.

—Vamos, Doc, soy yo —lo tranquiliza, adoptando de nuevo la vieja actitud de vendedor ambulante—. ¿Por qué iba a amenazar a mi buen matasanos? —pregunta, y le da una palmadita en la espalda—. Solo somos un par de vecinos platicando, charlando sobre tonterías —Philip consulta el reloj y dice—: Mira, me encantaría quedarme a jugar damas contigo pero tengo…

De repente, un sonido del exterior lo interrumpe y llama la atención de todo el grupo.

Aunque al principio suena muy débil, el viento del este acarrea el chisporroteo inconfundible de un tiroteo con pistolas del .50 en plena acción. La duración y la furia del ruido, provocado en varias ocasiones por más de una arma, denotan que se trata de algo serio.

—¡Esperen! —ordena el Gobernador alzando la mano y girando la cabeza hacia la ventana.

Por el sonido, el tiroteo parece estar teniendo lugar en la esquina noreste de la barricada, pero a esta distancia es difícil estar seguro.

—Está pasando algo grande —le dice a Gabe.

Tanto Gabe como Bruce empuñan sus ametralladoras Bushmaster ante ellos y les quitan el seguro.

—¡Vamos!

El Gobernador sale como un rayo de la habitación con Gabe y Bruce pisándole los talones.

Abandonan a toda velocidad el edificio donde vive Stevens con las ametralladoras preparadas y con el Gobernador a la cabeza, empuñando su pistola de 9 mm, cargada y amartillada.

El viento esparce basura entre los pies de los tres hombres mientras dirigen sus pasos hacia el este. El eco de los disparos ya se ha desvanecido en la brisa pero a unos 275 metros de distancia ven un par de focos reflectores gemelos de tungsteno que perfilan los edificios.

—¡Bob!

El Gobernador ve al viejo médico espatarrado contra un escaparate, a media manzana. Cubierto con una manta raída, el borracho está agazapado, temblando, con los ojos abiertos y mirando hacia el lugar de donde proviene el alboroto. Por su mirada, uno adivina que el tiroteo despertó hace poco y tiene el rostro pálido y nervioso característico de quien se despierta de una pesadilla para verse sumido en otra. Philip Blake se apresura hacia él.

—¿Ves algo, amigo? ¿Nos están atacando? ¿Qué ocurre?

El médico escupe un momento, jadeando y resoplando.

—No estoy seguro, he oído a un hombre… Venía del muro hace un momento…

Se dobla rindiéndose ante un ataque de tos.

—¿Qué dijo, Bob? —pregunta el Gobernador posando la mano sobre el hombro del viejo y agitándolo suavemente.

—Dijo… «hay nuevos», algo así, «gente nueva».

El Gobernador suspira aliviado.

—¿Seguro, Bob?

El hombre mayor asiente.

—Dijo no sé qué sobre gente nueva que había llegado con un grupo de caminantes pegados a las nalgas. Se los echaron a todos, eso sí. A los caminantes, me refiero.

Philip le da una palmadita.

—Pues es un alivio, Bob. Quédate aquí mientras comprobamos la situación.

—Sí, señor, así lo haré.

Voltea hacia sus hombres y les habla en voz baja.

—Hasta que no controlemos la situación, tengan las armas a mano.

—Hecho, jefe —responde Gabe, bajando el cañón de la Bushmaster y acunándola en sus fornidos brazos. Con la mano enguantada, suelta el gatillo pero deja el dedo índice contra la culata. Bruce lo imita, sorbiéndose la nariz con nerviosismo.

El Gobernador contempla su reflejo en la ventana de la ferretería. Se peina el bigote, se aparta un mechón de pelo negro como el carbón de delante de los ojos y se dirige a sus hombres con un susurro.

—Bueno, chicos, vamos a recibirlos con una fiesta de bienvenida.

Al principio, de pie bajo un halo de luz de magnesio y envuelto en una nube de pólvora, Martínez no oye las pisadas ruidosas que se le acercan desde un tramo oscuro de una calle adyacente porque está demasiado distraído por la confusión que se ha instaurado en la ciudad después de la reciente llegada de forasteros.

—Se las llevo al mandamás —le dice Martínez a Gus, que está cerca de un agujero en la pared y sujeta un puñado de armas confiscadas: un par de porras antidisturbios, una hacha, un par de pistolas del calibre .45 y una especie de espada japonesa adornada que todavía está guardada en la funda, también ornamentada. El aire huele a carne podrida y acero caliente, y la noche ha caído sobre el pueblo.

Detrás de Gus, semiocultos por el humo de las armas recién disparadas, yacen unos cuerpos mutilados fuera de la barricada, esparcidos por el pavimento del hueco. Los cadáveres que acaban de eliminar humean en el frío de la noche y han dejado los adoquines llenos de salpicaduras negras y brillantes.

—¡Como vuelva a oír que un mordedor se ha acercado a menos de seis metros del muro, van a ser ustedes quienes los oigan bien de cerca! ¡Pónganse a limpiar! —ladra Martínez mirando a los ojos de cada uno de los doce hombres que descansan sumisos alrededor de Gus.

—Ustedes, síganme —ordena a los recién llegados.

Los tres desconocidos, dos hombres y una mujer, se detienen por un instante, atenazados por la indecisión y las dudas, con las espaldas pegadas contra la barricada como prisioneros a los que hubieran agarrado fugándose. Desarmados, desorientados y sucios de tanto viajar, los hombres visten con equipo antidisturbios y la mujer, una capa que, a primera vista, parece sacada de otros tiempos, como si fuera el hábito de un monasterio o de alguna sociedad secreta.

El latino se acerca al trío y empieza a dirigirles la palabra cuando el sonido de una voz conocida a sus espaldas lo interrumpe.

—¡Yo me encargo, Martínez!

Voltea y se encuentra al Gobernador, que se acerca hacia ellos con Gabe y Bruce siguiéndolo de cerca.

El Gobernador adopta a la perfección el papel de anfitrión del pueblo: todo afabilidad y sonrisas; salvo por el hecho de que no para de abrir y cerrar los puños.

—Me gustaría ser yo el que acompañe a nuestros invitados.

Martínez asiente y se retira en silencio. El Gobernador se toma un momento para inspeccionar el hueco que ha dejado el remolque que falta.

—Necesito que vayas al muro —le explica a Martínez en voz baja haciendo un gesto en dirección a la masacre que cubre el suelo— para encargarte de los caminantes que seguramente habrán atraído.

—Sí, señor Gobernador —asiente sin parar—. Cuando avisamos de que habían llegado no tenía ni idea de que vendrías a recibirlos. Son todos tuyos.

—Síganme, amigos —dice el Gobernador con una sonrisa—. Les voy a dar una visita guiada.

OCHO

Esa noche, Austin llega pronto al estadio, a eso de las nueve menos cuarto, y se sienta solo en la zona inferior delantera, al final de la segunda fila, tras la verja de malla oxidada. Piensa en Lilly y se pregunta si tendría que haberle insistido más para que lo acompañara esta noche. Piensa en cómo lo miró antes, esa misma tarde, en la dulzura que brilló en sus ojos de color avellana justo antes de que lo besara y siente una extraña mezcla de emoción y pánico que le arde en el estómago.

Los enormes focos de tungsteno cobran vida alrededor del estadio e iluminan la pista de tierra y el recinto sucio. Los asientos de alrededor de Austin se llenan poco a poco con habitantes que no dejan de parlotear y que están deseosos de ver sangre y experimentar una catarsis. El aire refresca, y apesta a aceite de motor y a la carne putrefacta de los caminantes. El chico se siente extraño, como si realmente no estuviera allí, sino en otro lugar.

El joven lleva una sudadera, unos *jeans* y botas de motociclista, y el pelo largo recogido con una cinta de cuero. Remolonea en el asiento, que está frío y duro, y siente el dolor en los músculos, causado por las aventuras que ha tenido en la excursión de la tarde. No consigue ponerse cómodo. Dirige la mirada hacia el otro lado del estadio y ve que los pórticos oscuros están llenos de grupos de cadáveres andantes, cada uno atado con gruesas cadenas y sujetado por un adiestrador. Los adiestradores empiezan a guiar a los mordedores al exterior y los exponen a la cegadora luz del campo. Los focos plateados hacen que los rostros muertos parezcan sacados del teatro kabuki, pintados como si fueran payasos grotescos.

La multitud enloquece, abuchea y aplaude. Los gruñidos y gemidos mucosos que emiten los caminantes mientras se colocan en sus puestos en los límites marcados con gravilla se mezclan con los gritos de los espectadores y crean un estruendo sobrenatural. Austin contempla el espectáculo pero no puede quitarse a Lilly de la cabeza. El estrépito que le rodea se desvanece... Se desvanece... Se desvanece... hasta que lo único que oye en su cabeza es la dulce voz de Lilly haciéndole una promesa.

«Te enseñaré unos cuantos trucos; la única manera de sobrevivir; ayudarnos los unos a los otros».

El muchacho nota que algo se le clava en las costillas, y vuelve a la realidad.

Mira a su alrededor y se da cuenta de que un hombre mayor se ha sentado justo a su lado.

Tiene una barba amarillenta por la nicotina que adorna un rostro anciano tan arrugado como un pergamino, y lleva un abrigo negro y raído, además de un sombrero de ala ancha. Es un judío jasídico viejo y enérgico que, quién sabe cómo, consiguió sobrevivir en las calles de Atlanta tras la Transformación. Se llama Saul y al sonreírle a Austin deja ver unos dientes podridos y manchados.

—Esta noche la vamos a pasar de miedo, ¿verdad?

—Claro —contesta, sintiéndose mareado y aturdido—. Qué ganas tengo de que empiece.

Austin gira hacia el grupo de muertos que rodea la pista y al verlos se le revuelve el estómago. A uno de los mordedores, un varón obeso que lleva un overol de pintor manchado de bilis, se le sale parte del intestino delgado por una herida que tiene en la barriga porcina. A otra le falta media cara y los dientes superiores le brillan bajo los focos mientras forcejea con la cadena. Austin está perdiendo a toda velocidad la afición por los combates. Lilly tiene razón. Baja la vista hacia el suelo pegajoso que hay bajo el banco, lleno de colillas, charcos de refresco y cerveza rancia. Cierra los ojos y se imagina el rostro dulce de la chica, el rastro de pecas que le surca el puente de la nariz y la curva esbelta que traza su cuello.

—Perdón —se disculpa al levantarse y abrirse paso a empujones por delante del anciano.

—¡Más vale que te des prisa, que el espectáculo va a empezar en un minuto! —farfulla el vejestorio sin dejar de parpadear.

El chico ya casi ha salido de la fila de las gradas. No mira atrás.

Mientras recorre la ciudad, dejando a sus espaldas las sombras de los aparadores y los edificios oscuros y tapiados de la zona centro, Austin se encuentra con seis personas que le vienen de cara desde el otro lado de la calle.

Se baja aún más la capucha, mete las manos en los bolsillos y sigue andando con la cabeza agachada. Evita el contacto visual con el grupo, entre los cuales reconoce al Gobernador, que camina delante de tres desconocidos como si fuera un guía turístico, con el pecho henchido de orgullo. Bruce y Gabe cierran la comitiva, rifles de asalto en mano y listos para ser usados.

—El puesto de la Guardia está a poco más de kilómetro y medio, pero está totalmente abandonado —les cuenta a los desconocidos.

Austin nunca había visto a esta gente antes, pero el Gobernador les está dando un tratamiento VIP.

—Dentro queda todo tipo de suministros, y les hemos estado sacando partido. Gafas de visión nocturna, rifles de francotirador, munición… Bueno, ya lo han visto en directo. Este sitio se hubiera ido a la chingada si no tuviéramos todo esto.

Conforme el joven cruza por la acera de enfrente, consigue ver mejor a los recién llegados.

Los dos hombres y la mujer parecen maltrechos, sombríos y puede que hasta un poco nerviosos. De los dos varones, vestidos con equipo antidisturbios, el mayor parece más duro, cruel y astuto. Tiene el pelo rubio, algo de barba y camina al lado del Gobernador.

—Parece que han tenido suerte. —Austin alcanza a oírlo—. ¿Adónde nos llevan? Vamos hacia esas luces. ¿Qué es? ¿Un partido de béisbol?

Antes de que doblen la esquina, Austin echa un vistazo por encima del hombro para poder ver con mayor claridad a los otros dos. El joven lleva un casco antidisturbios y parece asiático, aunque no puede calcular la edad que tiene a esa distancia y con tan poca luz. Mirar a la mujer es mucho más interesante. Tiene los rasgos delgados y bien definidos, aunque apenas se le ve el rostro, que oculta bajo la capucha. Al chico le parece que debe de rondar los treinta y algo. Es afroamericana, adusta y posee una belleza étnica.

Por un momento, a Austin le dan mala espina.

—Bueno, forasteros. —Oye que dice el Gobernador a medida que desaparecen de su vista—. Parece que no somos los únicos que hemos tenido suerte. Han llegado en la noche ideal. Hoy tenemos combate…

El viento y las sombras ahogan el resto de la conversación cuando el grupo desaparece en la esquina. Austin suspira, se deshace de la inexplicable sensación de miedo que le embarga y continúa su camino hacia el piso de Lilly.

Un minuto después está enfrente del edificio donde vive la mujer. El viento ha arreciado y la basura se arremolina en la entrada. Austin se detiene, se baja la capucha, se aparta un mechón de chinos de los ojos y ensaya en silencio lo que quiere decir.

Se pone frente a la puerta y respira hondo.

Lilly está sentada junto a la ventana en un sillón desgastado. En una mesita cercana hay una vela que parpadea y un libro de cocina abierto en el capítulo de guarniciones sureñas. Unos golpes en la puerta la sacan de su ensimismamiento.

Ha estado pensando en Josh Hamilton y en las comidas tan deliciosas que hubiera preparado de haber sobrevivido. La mezcla de pena y arrepentimiento le dieron ganas de comer algo mejor que carne enlatada y arroz instantáneo. También ha dedicado buena parte de la noche a pensar en el Gobernador.

Últimamente, el miedo que le tiene al hombre se ha empezado a transformar en otra cosa. No consigue olvidar la imagen del Gobernador sentenciando al asesino de Josh, el carnicero del pueblo, a sufrir una muerte horrible a manos de los caminantes hambrientos. Entre avergonzada y satisfecha, Lilly no deja de revivir la venganza en sus pensamientos más oscuros. El hombre se llevó su merecido. Quizá, y solo quizá, el Gobernador sea el único recurso que tienen para enmendar esa clase de injusticias. Ojo por ojo.

—¿Pero quién carajos...? —gruñe mientras se levanta del sillón.

Atraviesa la habitación descalza, arrastrando los pantalones de campana por el suelo de madera sucio. Viste una camiseta interior térmica de color verde oliva con el cuello rasgado con mucho cuidado para que haga una V perfecta, bajo la que lleva un brassier deportivo. Alrededor del cuello esbelto luce collares de cuero y cuentas. Se recogió los mechones rubios en un peinado a la Brigitte Bardot. Su estrafalario sentido de la moda —que desarrolló en las tiendas de segunda mano y en las del Ejército de Salvación de Marietta— ha sobrevivido incluso en el mundo posplaga. En cierto modo, su estilo es como su armadura, un mecanismo de defensa.

Abre la puerta y ve a Austin, que está de pie en la oscuridad.

—Perdón por volver a molestarte —dice avergonzado, con un brazo sujetándose el otro como si se le fuera a caer.

Lleva la capucha de la sudadera bien calada, parte de su bonita cara queda oculta y por un momento a Lilly le parece una persona completamente distinta. Los ojos ya no tienen el brillo arrogante de siempre, los rasgos se le han suavizado y la verdadera persona que se ocultaba bajo el caparazón que se había creado ha salido a la luz. Él la mira.

—¿Te agarro ocupada?

—Sí —dice sonriendo—, estaba hablando por teléfono con mi agente de bolsa para que distribuyera mis millones entre todos los fondos de cobertura que tengo en paraísos fiscales.

—¿Vuelvo en otro momento?

—Es una «broma», Austin —dice Lilly con un suspiro—. ¿Te acuerdas de lo que es el humor?

El chico asiente con expresión triste.

—Ah, claro. —Consigue sonreír—. Es que esta noche estoy un poco raro.

—¿Qué puedo hacer por ti?

—Pues, a ver...

Echa un vistazo a la calle oscura. Casi todo el pueblo está en el estadio viendo el espectáculo nocturno y el viento esparce la basura por las aceras desiertas y silba entre los difuntos cables de alta tensión, provocando un zumbido espeluznante. Solo unos pocos hombres de Martínez se han quedado en sus puestos, en las esquinas de las barricadas, para patrullar por el muro con los AR-15 y los binoculares. De vez en vez barren los bosques cercanos con la luz plateada de un foco reflector.

—Estaba pensando, ehm, que igual si no estás muy ocupada —tartamudea evitando mirarla a los ojos—, a lo mejor podrías, no sé, entrenar un poco esta noche.

—¿Entrenar? —pregunta ella mirándolo con recelo.

—Me refiero —explica Austin carraspeando y con la mirada en el suelo— a lo que me dijiste de que a lo mejor me enseñabas algunos trucos... me dabas algún consejo que otro para... pues... pues para enfrentarme a los mordedores y protegerme.

Ella le mira y respira hondo antes de sonreír.

—Espera un momento, voy por las pistolas.

Se dirigen a la estación de tren que hay en las afueras, al este del pueblo, alejándose de las luces y el ruido del estadio todo lo que pueden. Para cuando llegan, Lilly ya se subió el cuello de la chamarra para protegerse del tiempo, que es cada vez más frío. El aire huele a metano y gases de pantano mezclados con un aroma a podredumbre y el olor los envuelve en las sombras de la zona de estacionamiento, iluminada por la luz tenue de luna. Lilly pone al chico en varios tipos de situaciones, a prueba, lo reta. Austin lleva la Glock de 9 mm, además de un cuchillo de cazador atado con tiras de cuero en el muslo derecho.

—Vamos, no te pares —le dice Lilly a Austin cuando avanza despacio por el límite del bosque, pistola en mano y con el dedo fuera del gatillo.

Llevan ya casi una hora y el chico empieza a ponerse nervioso. El bosque está lleno de vida nocturna, como demuestra el ruido de los grillos y de las ramas que crujen y de sombras amenazantes que no dejan de moverse tras los árboles.

—Tienes que estar siempre en movimiento —le dice ella, que camina a su lado con la autoridad y la calma de un sargento instructor—, pero ni muy rápido ni muy lento, y mantente alerta.

—A ver si adivino: tal y como lo estoy haciendo, ¿no? —responde Austin con un deje de desesperación en la voz.

La pistola tiene acoplado al cañón un silenciador de Lilly. Lleva la cara bien cubierta por la capucha. Alrededor del bosque hay una valla de tela metálica que antes era una medida de seguridad de la estación. En una hilera de vías abandonas y cubiertas por la maleza hay esparcido un rastro de cenizas.

—Te dije que te quitaras la capa —le recuerda Lilly—. Así limitas tu visión periférica.

Austin sigue su consejo y continúa avanzando por el borde del bosque.

—¿Qué tal así?

—Mejor. Siempre debes saber por dónde te mueves. Esa es la clave. Es más importante que el arma que uses o cómo empuñes el rifle, el hacha o lo que lleves. Siempre debes ser consciente de lo que tienes a ambos lados y a la espalda para poder emprender una huida rápida si hace falta.

—Entiendo.

—Y nunca, nunca, jamás de los jamases dejes que te rodeen. Son lentos, pero si se juntan los suficientes acabarás teniendo que enfrentarte a una horda.

—Sí, ya me lo dijiste.

—Lo importante es que siempre sepas hacia dónde huir si llega el momento. Recuerda: siempre vas a ser más rápido que ellos… pero eso no significa que no puedan acorralarte.

El joven asiente y mira atrás cada cierto tiempo para vigilar la oscuridad que envuelve el camino. Se da la vuelta y retrocede poco a poco sobre sus propios pasos un momento, inspeccionando las sombras.

Lilly lo observa.

—Baja el arma un momento —le pide— y agarra el cuchillo. —Lilly contempla cómo cambia de armas y luego dice—: Bien, ahora supongamos que estás sin munición, aislado y puede que hasta perdido.

—Lilly —protesta mirándola de refilón—, esto ya lo hemos practicado dos veces.

—Mira qué bien, hasta sabes contar…

—Vamos…

—Y lo volveremos a practicar por tercera vez, así que contéstame a la pregunta. ¿Cómo se agarra el cuchillo?

Austin suspira y retrocede siguiendo la línea del bosque. Las botas crujen sobre la ceniza.

—Se agarra con la hoja hacia abajo, tomándolo bien por la empuñadura. Lilly, no soy tonto.

—Yo nunca he dicho que seas tonto. Dime por qué se agarra así.

Él sigue retrocediendo por el lindero, como ausente, sacudiendo la cabeza.

—Para poder incrustarlo con mucha fuerza en el cráneo, porque hay que atacar con decisión.

Lilly se da cuenta de que a seis metros hay un pedazo de madera suelto —un madero de vía bañado en alquitrán— en el camino. Se acerca en silencio.

—Sigue —dice, dándole una patada sutil al madero, que cae en mitad del camino de Austin—, ¿por qué hay que atacar con decisión?

Austin, que sigue reculando de forma despreocupada, suspira cansado.

—Hay que atacar con decisión porque solo tienes una oportunidad para destruir el cerebro —responde, cuchillo en mano, mientras se acerca lentamente hacia el trozo de madera sin darse cuenta de que está ahí—. No soy idiota, Lilly.

—Claro que no —le dice con una sonrisa—, si eres todo un ninja. Hay que ver cómo saliste del bosque hoy en el lugar del accidente. Eres un fiera.

—No tengo miedo, Lilly, te lo he dicho un millón de veces. Llevo sobreviviendo...

Se tropieza con el madero.

—¡Ay! ¡MIERDA! —exclama al caer, levantando una nube de ceniza.

Al principio, Lilly se ríe mientras que Austin permanece sentado unos instantes, derrotado, avergonzado y humillado. Los ojos le brillan en la oscuridad con pesadumbre y los chinos le caen sobre la cara. Parece un perro apaleado. Lilly deja de reírse y un sentimiento de culpa le encoge el estómago.

—Perdón, perdón —murmura arrodillándose para ponerse a su altura—. No quería... —comienza, acariciándole el hombro—. Perdón, me he portado como una imbécil.

—No pasa nada —responde, respirando hondo y con la mirada baja—, me lo merezco.

—No. No —niega ella sentándose a su lado—. No te mereces nada de esto.

—No te preocupes —dice Austin mirándola—. Estás intentando ayudarme y te lo agradezco.

—La mitad del tiempo no sé ni lo que hago —confiesa frotándose la cara—. Lo único que sé es... que hay que estar preparados. Tenemos que ser... Me da asco decirlo, pero tenemos que ser tan sanguinarios como esos cabrones de los mordedores. Es la única manera de sobrevivir.

Sus miradas se cruzan. El zumbido que les rodea se intensifica y el estruendo de los sonidos nocturnos aumenta. En la lejanía, apenas audible, se oyen los aullidos de los espectadores en el estadio que piden ver sangre como hienas.

Al final, Austin toma la palabra.

—Empiezas a hablar como el Gobernador.

La chica contempla el horizonte con la mirada perdida y se queda en silencio, escuchando los sonidos que trae la brisa.

Él se humedece los labios y la mira.

—Lilly, he estado pensando... ¿Qué hacemos si no hay nada por qué luchar? ¿Y si esto es lo único que queda? ¿Y si no hay nada más? Ella reflexiona sobre lo que dice el chico.

—Da igual. Mientras nos tengamos los unos a los otros y estemos dispuestos a hacer lo que haga falta, sobreviviremos.

Las palabras de Lilly resuenan en el aire nocturno durante unos segundos. Casi sin darse cuenta, se han ido acercando el uno al otro. Ella tiene posada una mano en el hombro del joven y él ha recorrido la espalda de Lilly con la suya, hasta llegar a su zona lumbar.

Lilly experimenta una especie de epifanía y se da cuenta de que, aunque al principio se refiriera a que la comunidad tenía que permanecer unida, ahora solo piensa en Austin y ella. Casi sin querer, se inclina hacia el chico y él le corresponde. Siente como si algo estuviera resolviéndose, como si se dejara llevar; nota cómo sus labios se unen y cómo están a punto de besarse, pero en ese momento, Lilly se aparta.

—¿Pero qué es esto? Por Dios, ¿qué es esto?

Nota algo húmedo en la cintura y baja la vista.

El dobladillo de la sudadera de Austin está empapado en sangre. El líquido cae al suelo cubierto de hojas, en pequeños riachuelos, tan negros y brillantes como el aceite de motor. La hoja del cuchillo sobresale de un rasgón de los *jeans*, donde ha penetrado a través de la piel de la cadera por culpa de la caída. Austin se pone la mano sobre la herida.

—Mierda —farfulla entre dientes mientras la sangre se le escurre entre los dedos—. Creía que me había picado algún bicho.

—¡Vamos! —exclama Lilly poniéndose de pie de un salto y dándole la mano para ayudarle a levantarse con cuidado—. Tenemos que ir a que te vea el doctor Stevens.

Su nombre completo era Christina Meredith Haben. Creció en Kirkwood, Georgia, y fue a la universidad en los años ochenta para estudiar Telecomunicaciones en Oberlin. Estando soltera tuvo un hijo al que dio a luz y entregó en adopción el día antes del 11s. La pasó mal en varias desventuras románticas, nunca encontró a su príncipe azul, nunca contrajo matrimonio y siempre se consideró casada con su trabajo de productora en jefe de secciones de una de las mayores cadenas del sur. Había ganado tres Emmys, un Clio y un par de premios CableACE, otorgados a la mejor programación por cable. Se enorgullecía de los galardones, y con razón, pero nunca se sintió respetada por sus superiores, quienes, a su juicio, nunca le pagaron el sueldo que se merecía.

Pero ahora, tendida sobre los mosaicos sucios del suelo e iluminada por la luz fluorescente, todos los arrepentimientos, miedos, frustraciones, esperanzas y deseos de Christina Haben han dejado de existir, se han extinguido junto a la vida de la mujer, cuyos restos están esparcidos por el piso manchado de vísceras, mientras diecisiete caminantes cautivos le desgarran los órganos y los tejidos.

La orgía de ruidos acuosos y frenéticos rebota en las paredes de cemento durante el festín que se dan los muertos con las partes casi inidentificables que antes formaban a Christina. La sangre, el líquido cefalorraquídeo y la bilis se mezclan en las esquinas del cuarto como si fueran licores multicolores, escurriéndose entre las uniones de los mosaicos, pintando flores de un color escarlata oscuro en las paredes y empapando a los caminantes enloquecidos. Escogidos por su integridad física y destinados a la arena de gladiadores, la mayoría de estos monstruos debieron de ser varones adultos; algunos de ellos se encorvan como simios bajo la luz brillante mientras mordisquean masas cartilaginosas que pertenecían a la mitad inferior del esqueleto de Christina Haben.

Al otro lado de la habitación hay un par de ventanales rectangulares en la puerta del garaje que da acceso a la habitación. Rodeado por el marco de la ventana de la izquierda hay un rostro delgado, curtido y adornado por un bigote que contempla el banquete.

La cara del Gobernador refleja pocas emociones, aparte de una satisfacción solemne mientras observa atentamente el espectáculo que está teniendo lugar en el cuarto que hay al otro lado del pasillo silencioso en el que se encuentra. Tiene la oreja izquierda vendada, un recuerdo de un desencuentro reciente con los recién llegados. El dolor lo invade y lo hace apretar los puños. Le recorre la columna como si fuera una descarga eléctrica que le rodea y define cuál es su misión con una claridad cristalina. Todas las dudas, todos los titubeos... En resumen, la humanidad que le quedaba se ha visto relegada a un segundo plano por la ira y la venganza y la voz de su interior que le sirve de guía. Ahora sabe cuál es la única manera de evitar que el reguero de pólvora prenda. Sabe lo que tiene hacer para...

Las pisadas que se arrastran desde el otro extremo del pasillo interrumpen sus pensamientos.

Lilly rodea a Austin con el brazo mientras acaban de bajar las escaleras, doblan una esquina y se apresuran por el pasillo principal que atraviesa las catacumbas malolientes de cemento que albergan los garajes y las zonas de servicio.

Al principio no ve a la figura oscura asomada a la ventana del pórtico del final del pasillo porque está demasiado preocupada por la herida de Austin, a la que no deja de aplicar presión con la mano derecha mientras se dirige dando tumbos hacia la enfermería.

—Pero mira quién ha venido —dice la figura cuando Lilly y Austin se acercan.

—Ah hola —dice ella, incómoda, mientras camina pesadamente con Austin, que mancha el suelo con unas pocas gotas de sangre. Su vida no corre peligro pero la hemorragia tiene la suficiente importancia como para que resulte preocupante—. Tengo que llevarlo al médico.

—Espero que el otro hombre haya acabado peor —bromea el Gobernador mientras ellos se paran afuera de la puerta de garaje abollada.

Austin consigue forzar una sonrisa en su rostro cubierto por los chinos largos y húmedos.

—No es nada, heridas más graves he sufrido... Me caí encima del cuchillo como un idiota —dice, sujetándose el costado—. La hemorragia casi ha parado, ahora estoy como una rosa.

A través del cristal sellado se oyen los sonidos amortiguados del frenético festín, parecido a los rugidos que emitiría un estómago inmenso. Lilly consigue echar un vistazo a través de una ventana y contempla la orgía repugnante que tiene lugar en el recinto y mira a Austin, que también lo ve. No dicen nada. Ella apenas reacciona ante la visión. Hubo un tiempo en el que le habría provocado náuseas. Clava la mirada en el Gobernador.

—Veo que están tomándose sus vitaminas y minerales.

—Aquí no desperdiciamos nada —afirma el Gobernador encogiéndose de hombros y señalando la ventana con la cabeza—. La pobre chica del helicóptero murió, supongo que por heridas internas causadas en el accidente. Pobrecilla. —Se asoma al cristal y dice—: Ahora el piloto y ella sirven al bien común.

La mujer se da cuenta de que tiene la oreja vendada. Le lanza otra mirada a su amigo, que también mira la venda ensangrentada que oculta el órgano mutilado del Gobernador.

—No es que sea asunto mío —dice Austin por fin, señalando la oreja—, pero ¿estás bien? Parece que tienes una buena herida ahí.

—Resulta que los nuevos, los que llegaron aquí anoche, resultaron ser más peligrosos de lo que pensaba —murmura el Gobernador sin apartar los ojos de la ventana.

—Sí, te vi antes con ellos —comenta el joven—. Estabas dándoles una visita guiada, ¿no? ¿Qué pasó?

El hombre voltea y fija la vista en Lilly, como si fuera ella quien hubiera formulado la pregunta.

—Intento ser todo lo amable que puedo con la gente para que se sientan cómodos. En estos tiempos, todos estamos del mismo lado, ¿no?

—Claro que sí —asiente Lilly—. Entonces, ¿qué problema tenían?

—Resulta que eran la avanzada de otro asentamiento cercano y no venían precisamente a ser buenos vecinos.

—¿Qué hicieron?

—Me imagino —comienza el Gobernador, mirándola fijamente— que iban a intentar saquearnos.

—¿Cómo que saquearnos?

—Pasa mucho últimamente. Los exploradores se cuelan, aseguran la zona y se llevan todo: comida, agua, hasta la ropa que llevas puesta.

—¿Y qué pasó?

—Pues que tuvimos más que palabras, porque no pensaba dejar que nos chingaran ni de broma. Una de ellos, la mujer de color, intentó arrancarme la oreja de un mordisco.

Lilly intercambia otra mirada tensa con Austin. Mira al Gobernador.

—Mierda…, pero ¿qué les pasa? Son unos pinches salvajes.

—Todos somos salvajes, Lilly. Lo que tenemos que hacer es ser los más salvajes del barrio. —Respira hondo y continúa—: Las cosas se pusieron difíciles con el líder. El hombre dio bastante guerra. Al final le corté la mano.

La chica se queda inmóvil. Tiene sentimientos contradictorios que le atenazan y reavivan las llamas de traumas reprimidos, recuerdos de una bala destrozando la nuca de Josh Hamilton.

—Mierda… —murmura casi para sí misma.

El Gobernador toma otra bocanada de aire y suspira irritado.

—Stevens lo mantiene con vida. A lo mejor nos da algo de información. O igual no. Sea como sea, ahora estamos a salvo, y eso es lo que importa.

Lilly asiente con la cabeza y empieza a hablar pero el Gobernador la interrumpe.

—No pienso permitir que nadie nos perjudique —dice, mirándolos directamente. Una única perla de sangre le recorre el cuello desde la oreja. Se la limpia y suspira de nuevo antes de continuar—: Ustedes son mi prioridad número uno y no hay más que hablar.

Lilly traga saliva. Por primera vez desde que llegó siente algo que no sea desprecio hacia el Gobernador; si bien no es de fiar, puede que sea un atisbo de comprensión.

—Bueno, será mejor que lleve a Austin a la enfermería.

—Bien —responde el Gobernador con una sonrisa cansada—, llévate al fortachón este a que le pongan una curita.

Lilly rodea a su amigo con el brazo y le ayuda a avanzar por el pasillo. Antes de dar la vuelta, se detiene y mira a Philip.

—Oye, Gobernador —le dice con voz tenue—, gracias.

Mientras atraviesan el laberinto de pasillos que conduce a la clínica, se topan con Bruce. El enorme afroamericano avanza con decisión desde la dirección contraria, con las botas arrancando ecos del suelo, su pistola del calibre .45 rebotando contra el muslo grande y musculoso y una expresión de urgencia en la cara. Alza la mirada cuando ve a los chicos.

—Eh, muchachos —dice con su voz de barítono—, ¿han visto al Gobernador por aquí?

Ella le dice dónde está.

—Esta noche debe de haber luna llena, ¿no? —añade.

Bruce la mira con gesto tenso y los ojos entrecerrados, como si estuviera preguntándose cuánto sabe Lilly exactamente.

—¿A qué te refieres?

—Al parecer las cosas se están desmadrando cada vez más —responde encogiéndose de hombros.

—¿Cómo?

—No sé, lo de los estúpidos que intentaron saquearnos, la gente que está como loca y eso.

—Ah, ok… —dice aliviado— sí, vaya locura. Me tengo que ir, los dejo.

En un abrir y cerrar de ojos los deja y se dirige hacia los recintos de los caminantes.

Lilly frunce el ceño mientras lo observa.

Algo no le cuadra.

NUEVE

Cuando llegan a la enfermería, Lilly y Austin se encuentran al doctor Stevens, preocupado, inclinado sobre un varón adulto que yace semidesnudo sobre una camilla en la esquina. El hombre tiene unos treinta y algo, está en forma, tiene el pelo güero y un asomo de barba. Una toalla le cubre los genitales y una venda empapada en sangre protege el muñón derecho. El doctor le está quitando con cuidado unas hombreras machacadas y cubiertas de sangre.

—¿Doc? Te traigo otro paciente —anuncia Lilly mientras cruza la habitación con Austin renqueando tras ella. La chica no sabe quién es la persona inconsciente de la camilla, pero Austin sí parece reconocer de inmediato al güero y le da un codazo a Lilly en las costillas.

—Es él, ese es el tipo… —susurra Austin—, el tipo con el que se peleó el Gobernador.

—¿Y ahora qué pasa? —dice Stevens levantando la vista de la camilla y mirándolos por encima de la montura metálica de las gafas. Al ver los dedos ensangrentados de Austin haciendo presión sobre las costillas, dice—: Ponlo ahí, en seguida los atiendo. —Mira hacia atrás y llama a la enfermera—: Alice, échame una mano con Austin, por favor.

La mujer sale del almacén adyacente cargada con un puñado de vendas de algodón, cinta adhesiva médica y gasas. Lleva puesta la bata de laboratorio y tiene el pelo recogido, lo que deja a la vista su rostro juvenil, que muestra signos de que está exhausta. Mira a los ojos a Lilly, pero atraviesa la habitación sin mediar palabra.

Lilly ayuda a Austin a subirse a la mesa de examen que hay en la esquina de enfrente.

—¿Quién es el paciente, Doc? —pregunta haciéndose la tonta mientras ayuda con delicadeza a su amigo a subirse al borde de la mesa.

Austin se encoge un poco al sentir una punzada de dolor pero parece prestarle más atención al tipo que yace inconsciente. Alice llega y empieza a bajar con cuidado el cierre de la sudadera del joven para inspeccionar la herida.

Al otro lado de la clínica, el doctor le pone una bata de hospital raída al hombre de la barba, guiando los brazos inertes dentro de las mangas.

—Creo que alguien dijo que se llamaba Rick, pero no estoy seguro.

Lilly se acerca a la camilla y mira con asco al extraño.

—Pues a mí me dijeron que atacó al Gobernador.

Stevens no la mira y se limita a apretar los labios con escepticismo, mientras ata con delicadeza la parte trasera de la bata.

—Y ¿quién te dijo eso, si se puede saber?

—El mismísimo Gobernador.

El doctor esboza una sonrisa triste.

—Ya decía yo. —La mira y le pregunta—: ¿Y tú le crees?

—¿A qué te refieres?

Lilly se acerca y contempla al hombre de la camilla. Tiene el rostro surcado por el estupor inexpresivo de la inconsciencia, la boca entreabierta y respira con suavidad. Aquel güero podría ser cualquier cosa: carnicero, panadero, fabricante de velas, asesino en serie, santo, cualquier cosa.

—¿Por qué iba a mentir sobre el asunto? ¿Qué ganaría?

Stevens termina de atar la bata y, con cuidado, tapa al paciente con una sábana.

—Me parece que has olvidado que nuestro intrépido líder es un mentiroso patológico —comenta en tono despreocupado, como si estuviera hablando del clima. Se pone frente a la mujer y le dice—: Es lo de siempre, Lilly. Busca la palabra «sociópata» en el diccionario, a ver si sale su foto.

—A ver, sé que no es precisamente la madre Teresa pero… ¿y si es justo lo que necesitamos en estos tiempos?

—¿Lo que necesitamos? —pregunta el doctor— ¿Lo dices en serio? ¿Él es lo que necesitamos?

Stevens niega con la cabeza, se aparta de ella y se acerca al medidor de pulso que hay en una mesa, al lado de la camilla. El aparato está apagado, y la pantalla vacía. La máquina está conectada a una batería de coche de doce voltios y parece que se hubiera caído de un camión. El doctor la toquetea durante unos momentos para reajustar los terminales.

—¿Sabes lo que nos hace falta de verdad? Un monitor que funcione.

—Tenemos que mantenernos unidos —insiste la chica—. Esta gente es una amenaza.

—¿Acaso naciste ayer, Lilly? Hace tiempo me dijiste que precisamente el Gobernador suponía una amenaza para la seguridad, ¿te acuerdas? ¿Qué ha pasado con todo eso de la lucha por la libertad?

Lilly lo mira con los ojos entrecerrados. La enfermería se sume en una quietud absoluta. Alice y Austin notan la tensión y su silencio hace que la situación sea todavía más incómoda.

—Podría habernos matado y no lo hizo. Solo quiero sobrevivir. ¿Qué es lo que tienes contra él?

—Lo que tengo contra él está en esta misma camilla —responde señalando al hombre inconsciente—. Creo que fue el Gobernador quien lo atacó a él y no al revés.

—¿Qué dices?

—Lo que digo es que el Gobernador mutiló a este hombre sin motivo alguno —asiente el doctor.

—Eso es una tontería.

Stevens la mira pensativo. Su tono de voz se vuelve más grave y frío.

—¿Qué te pasó?

—Ya te lo dije, Doc: intento sobrevivir.

—Piensa, Lilly. ¿Por qué esta gente iba a venir aquí con malas intenciones? Solo van dando palos de ciego, como todos.

Stevens contempla al hombre tumbado; sus ojos se mueven ligeramente bajo los párpados, sumido en un sueño febril y desesperado.

La respiración se le acelera durante unos instantes, pero en seguida se calma de nuevo.

El silencio se alarga. Por fin, Austin alza la voz desde el otro lado de la clínica.

—Doc, con este tipo había otras dos personas, uno más joven y una mujer. ¿Sabes dónde están o adónde han ido?

El doctor niega con la cabeza y baja la mirada al suelo.

—No lo sé —dice con apenas un susurro antes de mirar a Lilly—, pero te aseguro una cosa: no me gustaría estar en su lugar.

Desde el otro lado de una puerta de garaje cerrada que hay al final de un pasillo desierto, en el sótano del estadio, se oye una voz amortiguada, ronca a causa del cansancio, debilitada por la tensión, queda, femenina e indescifrable para los dos hombres que están afuera.

—Lleva así desde que la metí —le cuenta Bruce al Gobernador, que tiene los brazos cruzados con aire autoritario—, hablando sola.

—Interesante —comenta él, con los sentidos agudizados por la violencia que se respira en el ambiente. Siente la vibración de los generadores en los huesos. Capta el olor de la descomposición y el yeso que se pudre.

—Esta gente está como una pinche cabra —añade Bruce sacudiendo la cabeza calva y brillante mientras su mano descansa de forma instintiva sobre la empuñadura del .357 que lleva enfundado en la cadera.

—No te creas… saben muy bien lo que hacen —musita el Gobernador.

Nota cómo le palpita la oreja. Expectante, la piel se le pone de gallina. «Control». La represión surge de la voz que vive en la zona más primitiva de su cerebro. «A las mujeres hay que controlarlas, manejarlas, domarlas».

Durante un breve instante, a Philip Blake le parece que hay una parte de su ser que está fuera de su cuerpo, observando cómo se desarrollan los acontecimientos, fascinada por la voz interior, que es como una segunda naturaleza y una segunda piel que le dice: «Tienes que averiguar qué sabe esta gente, de dónde vienen, qué tienen y, lo más importante: cuán peligrosos son».

—Esa mujer es dura —añade Bruce—. No va a decir ni palabra.

—Yo sé cómo doblegarla —murmura el Gobernador—. Yo me encargo.

Respira hondo, tomando aire con lentitud, preparándose. Presiente el peligro. A los recién llegados no les costaría casi nada herirlo y destruir su comunidad, así que debe recurrir a esa parte de él que sabe cómo hacer daño a los demás, que sabe destrozar a la gente, cómo controlar a las mujeres. Ni siquiera parpadea.

Se limita a mirar a Bruce y decirle:

—Abre.

Los engranajes de la puerta rechinan cuando esta sube hasta chocar con el tope superior. Al fondo de la estancia, en medio de la oscuridad, la mujer, con las rastas apelmazadas contra la cara, da un brinco y forcejea con las cuerdas.

—Lo siento —se disculpa el Gobernador—, no quería interrumpir.

El fino haz de luz que entra del pasillo ilumina el ojo izquierdo de la mujer, semioculto entre el cabello; solo ese ojo, clavado con hostilidad en los visitantes que se alzan como gigantes en el umbral de la puerta, perfilados por las bombillas enrejadas que recorren el techo del pasillo que queda a sus espaldas.

El Gobernador da un paso adelante y Bruce lo sigue.

—Parece que estabas teniendo una alegre y animada charla con… Espera, ¿con quién estabas hablando, exactamente? Mira, da igual, ni me importa. Vamos a empezar.

Con el cuello delgado atado a la pared, la mujer del suelo parece un animal exótico enjaulado: oscura, ágil y esbelta como una pantera, incluso vestida con esa ropa de trabajo andrajosa. Cada brazo está atado a una esquina del cuarto y la piel color café brilla por el sudor, que empapa y da brillo a las trenzas que le caen sobre los hombros y la espalda. Entre los cabellos ve que el hombre delgado se le acerca con calma amenazadora y lo fulmina con la mirada.

—Bruce, hazme un favor —dice con voz ausente y formal, como si fuera un trabajador que fuera a encargarse de una tubería defectuosa o a rellenar un bache—. Quítale los pantalones y átale una pierna a esa pared de ahí.

Su secuaz se acerca y cumple las órdenes. La mujer se tensa cuando le quitan los pantalones de un tirón con la brusquedad con la que se arranca una curita de una herida. El hombretón retrocede y se saca un rollo de cuerda del cinturón. Empieza a atarle una pierna como quien ata al ganado.

—Y átale la otra a esa pared—le pide.

La mujer no aparta la mirada, que echa chispas, del Gobernador. Tras las rastas hay unos ojos tan llenos de odio que podrían derretir el acero.

El Gobernador se le acerca y empieza a desabrocharse el cinturón.

—No te resistas demasiado, nena —le dice mientras se quita el cinto y se desabotona los pantalones de camuflaje—. Te conviene guardar fuerzas.

La chica le lanza una mirada asesina, tan poderosa como un agujero negro. Todas las partículas del cuarto, moléculas y átomos se ven atraídos hacia el vacío que son sus ojos. El Gobernador se acerca más, alimentándose de su odio como si fuera un pararrayos.

—Cuando acabes, Bruce, déjanos solos —le pide sin apartar la vista de la mujer—. Queremos algo de privacidad —dice con una sonrisa—. Y cierra la puerta al salir. —Su sonrisa se ensancha y se dirige a la prisionera—: Dime una cosa, muchacha. ¿Cuánto tiempo crees que tardaría en destrozarte la vida, hacer que dejes de sentirte segura y dejarte bien jodida?

La única respuesta que obtiene de la mujer es una mirada penetrante y ancestral idéntica a la de un animal que se agazapa y eriza el pelaje justo antes de enzarzarse en una lucha a muerte.

—Creo que con media hora me bastará —dice, con esa gran sonrisa parecida a la de una serpiente, a pocos centímetros de su cara—, pero la verdad es que tengo pensado hacer esto todos los días cada vez que pueda…

Tiene los pantalones por los tobillos. Bruce se retira hacia la puerta mientras el Gobernador se los acaba de quitar. Un escalofrío le recorre la espalda.

Cuando sale, baja la puerta. El eco del impacto contra el suelo hace que la prisionera vuelva a dar un leve brinco.

La voz del Gobernador inunda la habitación cuando se quita la ropa interior.

—Qué bien nos la vamos a pasar.

En la superficie. Bajo el aire nocturno. En la tranquilidad del pueblo a oscuras. Tarde. Dos siluetas pasan juntas por delante de los aparadores destartalados.

—No logro entender del todo este rollo —dice Austin Ballard, que va con las manos en los bolsillos por el camino abandonado, temblando de frío. La capucha de la sudadera oculta sus chinos y el rostro, iluminado a ráfagas por la luz intermitente, aún refleja el terror que siente ante lo que acaba de ver.

—¿Lo de la sala de alimentación? —pregunta Lilly caminando junto a él con la chamarra abrochada hasta el cuello. Se envuelve el cuerpo con los brazos, protegiéndose el estómago con un gesto inconsciente de autodefensa.

—Sí, y lo del tipo al que le cortaron la mano. ¿Qué carajos está pasando, Lilly?

Antes de que pueda responderle, se oye el eco de una pistola de alto calibre disparando. El ruido hace que ambos se sobresalten. Martínez y sus hombres siguen en las calles, dejando la vida para acabar con los mordedores descarriados que se acercan al muro atraídos por el ruido del estadio.

—Lo de siempre —dice Lilly sin llegar a creerlo—, ya te acostumbrarás.

—A veces es como si los caminantes fueran el menor de nuestros problemas —dice el chico temblando—. ¿Tú crees que es verdad que esos tipos están planeando saquearnos?

—Quién sabe…

—¿Cuántos crees que sean?

Ella se encoge de hombros. No puede quitarse de encima la sensación de que ha empezado algo peligroso e inevitable. Los acontecimientos parecen ir a la deriva hacia un destino desconocido, como un glaciar negro que se moviera bajo sus pies sin que se dieran cuenta. Por primera vez desde que llegó a esta comunidad y conoció a sus habitantes tan dispares, Lilly Caul siente que un miedo le cala los huesos, de cuya fuente no logra identificar.

—No lo sé —dice por fin—, pero creo que podemos decirle adiós a eso de dormir tranquilamente durante un tiempo.

—Para serte sincero, tampoco es que haya dormido muy bien desde la Transformación. —La herida le provoca una punzada de dolor que lo hace encogerse y se sujeta el costado mientras camina y dice—: De hecho, desde que esto empezó, no he dormido ni una noche de un tirón.

—Pues ahora que lo dices, yo tampoco.

Caminan un trecho en silencio hasta que Austin vuelve a hablar.

—¿Te puedo preguntar una cosa?

—Dime.

—¿De verdad estás del lado del Gobernador?

Lilly se ha estado haciendo la misma pregunta. ¿Era un caso de síndrome de Estocolmo, ese fenómeno psicológico tan raro por el que los rehenes empiezan a sentir empatía y aprecio hacia sus captores? ¿O es que estaba canalizando toda su ira y sentimientos reprimidos a través del hombre, como si fuera un perro de presa conectado directamente a su subconsciente? De lo único de lo que está segura es de que tiene miedo.

—Sé que es un psicópata —dice, midiendo sus palabras—. Créeme, si las circunstancias fueran otras, me cruzaría de banqueta si lo viera caminando hacia mí.

—Así que me estás diciendo —dice el joven, insatisfecho, nervioso y trabándose— que es… que es en plan de… que a grandes males, grandes remedios, ¿no? Más o menos…

—Lo que digo —comienza Lilly— es que sabiendo cómo están las cosas fuera, podríamos correr grave peligro de nuevo. Puede que el peligro más grave al que nos hayamos enfrentado desde que se fundó el pueblo. —Reflexiona—. Creo que veo al Gobernador como, no sé, como si estuviera combatiendo el fuego con fuego. —Acto seguido, añade con voz algo más baja e insegura—: Mientras esté de nuestro lado.

Un estallido de pólvora en la lejanía les hace dar un brinco.

Llegan al final del tramo principal, donde dos calles se encuentran en la oscuridad con un cruce de ferrocarriles de piedra. En la negra noche, la señal rota y las hierbas que llegan a la altura del hombro hacen que el lugar parezca sacado del fin del mundo. Lilly se detiene, preparándose para irse sola a su departamento al norte del pueblo.

—Bueno, pues nada… —dice Austin sin saber qué hacer con las manos—. Que vivan las noches de insomnio.

—Vamos a hacer algo —propone ella con una sonrisa cansada—. Vente a mi departamento y así me aburres con tus anécdotas de cuando hacías surf en la costa de Panama City Beach. Qué tal que, igual me aburres tanto que hasta me duermo.

Por un segundo, parece que a Austin Ballard le quitaron una espinita que tenía clavada.

Pasan la noche en la sala improvisada de Lilly, entre las cajas de cartón, los restos de la alfombra y las cosas inútiles que dejaron los inquilinos anteriores, cuya identidad desconocen. La mujer prepara un poco de café instantáneo en una olla y los dos se sientan a la luz de la lámpara para charlar sin más. Hablan sobre sus respectivas infancias y resulta que ambos crecieron en entornos parecidos, llenos de callejones sin salida, grupos de Boy Scouts y conciertos de rock. Después mantienen la típica conversación sobre cómo han sido sus vidas tras la Transformación y lo que harán si se descubre una cura y los Problemas desaparecen.

Austin dice que probablemente se mudará a algún lugar cálido, buscará una mujer buena, sentará cabeza y se dedicará a construir tablas de surf o algo así. Lilly le cuenta que sueña con ser diseñadora de modas ir a Nueva York —como si aún existiera— y hacerse un espacio en el mundo. Lilly le tiene cada vez más cariño al buen joven melenudo. Le fascina que bajo esa capa de fanfarronería haya una persona tan amable y decente, y se pregunta si toda esa pose de coqueto no sería una especie de mecanismo de defensa extraño. Puede que esté lidiando con lo mismo que todos los supervivientes, eso que nadie sabe definir con exactitud pero que es como una especie de trastorno de estrés postraumático muy agresivo. Sea como sea, y al margen de las revelaciones que ha tenido sobre él, Lilly se alegra de tener compañía esta noche y hablan hasta la madrugada.

Bien entrada la noche hay un momento en el que, tras un silencio incómodo, Lilly echa un vistazo al departamento oscuro, pensando e intentando recordar dónde metió su pequeño guardadito de alcohol.

—Oye —dice por fin—, si la memoria no me falla, me parece que tengo escondida media botella de licor para usar en caso de emergencia.

Austin la mira incrédulo.

—¿Estás segura de que quieres sacarla?

—*Carpe diem* —murmura mientras rebusca entre las mantas de sobra, las botellas de agua, la munición, las curitas y el desinfectante—. Aquí estás, preciosa —dice cuando encuentra la botella grabada que contiene un líquido del color del té.

Vuelve junto al chico y quita el tapón.

—Por las noches en las que se duerme de un tirón —brinda antes de echar un buen trago y secarse los labios.

Se sienta en el sofá al lado de Austin y le pasa la botella. El joven, que vuelve a estar encogido de dolor, también toma un trago y hace una mueca cuando el licor le abrasa la garganta y le provoca una punzada en las costillas.

—Mierda, estoy hecho una niña.

—¿Qué dices? Nada de niña. Un chico de tu edad que se va de misión fuera de la zona segura no es una niña —le asegura tomando la botella y empinándola otra vez—. Te irá bien.

—¿Cómo que «chico»? —le pregunta irritado—. ¿Y tú qué eres, una abuela? Lilly, tengo casi veintitrés años —dice con una sonrisa—. Dame eso.

Le quita la botella y le da otro trago que le hace temblar por el ardor. Tose y se coge el costado.

—¡Mierda!

—¿Estás bien? —le pregunta Lilly mientras ahoga una risita—. ¿Quieres agua? ¿No? —Le quita la botella y bebe otra vez antes de continuar—: El caso es que yo podría ser... tu hermana mayor.

Eructa y se ríe, tapándose la boca.

—Mi madre, perdón.

Austin se ríe y el dolor vuelve a invadirle las costillas, obligándolo a doblarse.

Beben y hablan durante un rato, hasta que el chico empieza a toser de nuevo mientras se sujeta el costado.

—¿Estás bien? —le pregunta Lilly acercándose para apartarle un chino de delante de los ojos—. ¿Quieres un paracetamol?

—¡Que estoy bien! —le espeta él antes de suspirar, adolorido—. Perdón... Gracias por ofrecérmelo, pero estoy bien. —Se aproxima a ella y le toca la mano mientras le dice—: Perdón por estar tan... de malas. Me siento idiota... como si fuera un maldito discapacitado. ¿Cómo chingados pude ser tan torpe?

—¿Te puedes callar? —le pregunta Lilly—. Ni eres torpe ni eres un discapacitado.

—Gracias —le dice tocándole la mano—, de verdad.

Durante un instante, Lilly siente cómo la oscuridad que la envuelve se mueve y se transforma. Siente algo en el estómago, una especie de calidez que nace allí y le llena el cuerpo desde la cabeza a los pies. Quiere besarlo. Más vale que lo acepte. Tiene que besarlo muchas veces. Quiere demostrarle que no es una niña, que es un hombre bueno, fuerte, viril y decente... Pero hay algo que la detiene. Estas cosas no se le dan bien. No es que sea puritana —de hecho, se ha acostado con bastantes hombres—, pero no consigue dar el paso. En su lugar, se limita a mirar al joven y al parecer su rostro le envía una señal a Austin de que pasa algo interesante. Él deja de sonreír. Le toca la cara. Ella se humedece los labios y evalúa la situación. Tiene muchísimas ganas de agarrarlo y darle un beso.

Por fin, para romper el hielo, Austin toma la palabra.

—¿Vas a quedarte con la botella toda la noche?

Con una sonrisa, Lilly se la pasa. El joven vacía gran parte de la botella con una serie de tragos largos, pero esta vez sin estremecerse ni encogerse de dolor. Se limita a mirar a Lilly.

—Creo que debería advertirte una cosa —le dice con los ojos marrones invadidos por la vergüenza, el arrepentimiento y puede que incluso por un poco de lástima—. No tengo condones.

Todo empieza con unas risotadas ebrias. Lilly se ríe como no se había reído desde que empezó la plaga, a carcajadas alegres y estruendosas. Se ríe tanto que acaba doblándose sobre sí misma, hasta que le duelen los costados y los ojos empiezan a inundársele de lágrimas. Austin no puede evitar que la hilaridad lo contagie y se ríe sin parar, hasta que se da cuenta de que Lilly lo ha agarrado por la parte frontal de la sudadera y está diciendo algo sobre que los condones le importan una mierda y, antes de que entiendan siquiera lo que ocurre, ella le ha dado un jalón para acercarle la cara y tienen los labios pegados.

Una pasión etílica entra en erupción. Sus cuerpos se funden en uno solo y empiezan a enrollarse con tanto ímpetu que tiran la botella, la lámpara de al lado del sofá y el montón de libros que ella tenía pensado leer en algún momento. Austin se escurre del sofá y se estampa contra el suelo. Lilly se abalanza sobre él y su lengua penetra en la boca de Austin, probando el licor dulce de su aliento y el almizcle picante de su aroma y se entierra entre sus piernas.

Se bañan en el calor que desprenden, fruto del deseo oculto reprimido durante tantos meses y se tocan a fondo en el suelo durante varios minutos. Ella siente las caricias con las que Austin recorre la curva de sus pechos bajo la playera, las suaves caderas y el botón del placer que tiene entre las ingles, y se moja y nota cómo se le acelera la respiración, que se vuelve más profunda a causa de la excitación. Al final, Lilly se da cuenta de que Austin vuelve a estar encogido por el dolor del costado, ve la venda donde se le ha enganchado la sudadera hasta el pecho y se retira. Solo con verlo se le parte el alma, porque se siente responsable y quiere consolarlo más que nada en el mundo.

—Ven aquí —le dice mientras lo toma de la mano y lo ayuda a subirse al sofá—. Mírame —le susurra cuando se deja caer en el asiento respirando entrecortadamente—, mira.

Se desviste prenda a prenda sin quitarle los ojos de encima a Austin, que ya se está desabrochando el cinturón. Lilly se quita la playera y le mira con ojos pícaros. Se toma su tiempo. Conforme se deshace de la ropa, la dobla. Los *jeans*, el brasier, las medias… Lo cautiva, lo tiene embelesado. Finalmente, se queda frente a él, completamente desnuda e iluminada por la luna, con el pelo en la cara y la cabeza dándole vueltas por el alcohol y la lujuria. Se le eriza el vello de los brazos.

Se le acerca sin mediar palabra y, clavando la mirada en él, se le sienta encima. Suspira con deseo mientras lo guía hacia su interior. La sensación es magnífica. La vista se le llena de luces y chispas, mientras salta arriba y abajo de forma rítmica. Él arquea la espalda y la embiste. Ya no está herido. Ya no es un niño haciéndose el interesante.

Austin es el primero en llegar al clímax y el orgasmo los estremece a ambos. Lilly tiembla cuando un cosquilleo le sube desde las puntas de los pies, hasta que llega al plexo solar y estalla. El orgasmo la conmociona y hace que casi se separe de Austin, pero se agarra a su pelo chino, brillante y largo, y aterriza entre sus brazos sudorosos, llena de satisfacción. Se desploman el uno sobre el otro, abrazándose y dejando que vuelva la calma, como quien espera a que baje la marea.

Ambos yacen abrazados durante una eternidad, escuchando un silencio roto únicamente por la sinfonía tenue y sincopada de su respiración. Lilly se tapa con una manta y vuelve al mundo real de forma desagradable. Una puñalada de dolor le nace en las sienes y le baja hasta el puente de la nariz. ¿Qué ha hecho? A medida que la excitación se desvanece, un nudo de arrepentimiento empieza a formársele en el estómago y mira por la ventana.

—Austin, oye… —empieza a decir.

—No —la interrumpe mientras le acaricia el hombro, antes de ponerse los pantalones—. No hace falta que digas nada.

—¿Decir qué?

—No sé… —responde encogiendo los hombros— algo sobre que estas cosas pasan y que no hay que darle mucha importancia y que ha sido por el alcohol o algo en ese plan.

—No iba a decir eso —contesta ella con una sonrisa triste.

—Quiero hacer las cosas bien contigo, Lilly —le asegura sonriendo—. No quiero presionarte ni nada por el estilo.

Ella le da un beso en la frente.

Y entonces empiezan a arreglar el desorden: recogen lo que se había caído de la mesita, vuelven a poner las lámparas en su sitio, apilan los libros y se visten de nuevo. Ninguno de los dos tiene mucho que decir, aunque ambos se mueren de ganas de hablar del tema.

Más tarde, casi al amanecer, Austin comenta algo.

—Oye, hay una cosa de la sala de alimentación esa de los garajes que hay bajo el estadio que no puedo quitarme de la cabeza.

—¿Qué? —pregunta Lilly dejándose caer sobre el sofá, exhausta.

—No quiero ser un asqueroso —dice tomando aire—, pero es que llevo un tiempo dándole vueltas a esto.

—¿A qué?

—Bueno, a ver… —comienza— se supone que el Gobernador les dio a los caminantes al piloto y a la chica para que se los comieran, ¿no?

—Sí —asiente, sin querer pensar en el asunto—. Supongo. Qué mal…

—Insisto en que no quiero resultar asqueroso —dice mientras se muerde el labio—, pero es que no consigo quitarme la sensación de que falta algo.

—¿Qué?

—Las cabezas —responde mirándola—. No había cabezas. ¿Dónde carajos estaban las cabezas?

DIEZ

Bruce Allan Cooper está fuera del garaje que hay en el sótano bajo el estadio. La única fuente de luz es una bombilla de tungsteno protegida por una reja, que parpadea en el pasillo estrecho. Intenta no prestar atención a los ruidos que provienen del otro lado de la puerta. ¿Cómo carajos se puede hacer esto durante tanto tiempo? Los gritos rabiosos de la chica negra han degenerado hasta convertirse en llantos ahogados y confusos.

Bruce está cruzado de brazos —tan gruesos como conductos de estufa— y piensa en los tiempos preplaga, cuando administraba una gasolinera con su padre. Por aquel entonces ya perdía la noción del tiempo cuando modificaba un Camaro 427 con ejes de levas y cámaras de combustión hemisféricas; ahora la ha vuelto a perder, esta vez pensando en su antigua novia, Shauna, y en lo que solían tardar en hacerlo, un recuerdo que le proporciona una felicidad melancólica. Pero esto... esto es distinto.

Lleva tanto rato de pie que le están empezando a dar calambres en las piernas y va balanceando el peso de un pie a otro. Pesa más de ciento diez kilos y es tan musculoso como un cargador, pero esto roza el absurdo. No puede estar ahí eternamente.

Durante los últimos veinte minutos, más o menos, ha oído al Gobernador murmurarle a la mujer, azuzarla, burlarse de ella y provocarla. Dios sabe lo que le estará haciendo ahora.

El silencio se hace añicos.

Bruce pega el oído a la puerta. Pero ¿qué carajos le está haciendo a esa mujer?

En la celda oscura, el Gobernador se alza sobre la silueta inerte de la mujer y se abrocha los pantalones y el cinturón. Las ataduras que sujetan las muñecas ensangrentadas de la prisionera son lo único que evita que su cuerpo destrozado toque el suelo. Solo se oye su respiración trabajosa; las rastas le cuelgan delante del rostro magullado y en sus labios se mezclan lágrimas, mocos y sangre, formando un amasijo de fluidos que gotea al suelo desde la boca hinchada. El Gobernador recupera el aliento y baja la vista hacia ella. Se siente de maravilla, aunque exhausto y agotado por el esfuerzo. Le duelen las manos y tiene los nudillos pelados de tanto pegarle en los dientes. Al final le había agarrado el modo a eso de estrangularla hasta dejarla inconsciente y despertarla con una bofetada o un puñetazo en el estómago en el momento justo. Se mantuvo alejado todo lo posible de la boca, pero se esmeró con el resto de orificios. Un motor interior le proporcionó un suministro continuo de fuerzas para estar siempre alerta e implacable.

—Bueno, de acuerdo… —le dice con voz calmada—. Me dejé llevar un poco.

Ella resopla y se sorbe la nariz mientras intenta, con todas sus fuerzas, no perder el conocimiento. No puede levantar la cabeza, pero está claro que quiere hacerlo. Tiene muchas ganas de hablarle. El suelo que hay bajo ella está lleno de fluidos y sangre, y las rastas cuelgan sobre el charco. Tiene la camiseta de licra agujereada por todas partes y la zona del pecho está desgarrada. Las piernas desnudas, todavía abiertas por las ataduras, brillan por el sudor y dejan al descubierto moretones y raspones, fruto del trabajo del Gobernador sobre su piel acaramelada.

—Pero no me arrepiento de nada —asegura el Gobernador clavando su mirada en ella—. He disfrutado cada minuto. ¿Y tú?

Espera a que la mujer diga algo pero ella se limita a resoplar, jadear y emitir una mezcla extraña de tos, sollozos y gemidos. Él esboza una sonrisa.

—¿No? Me lo imaginaba.

Se dirige hacia la puerta y la golpea. Acto seguido, se alisa el pelo.

—Hemos terminado —le grita a Bruce—. Déjame salir.

El mecanismo viejo de la puerta rechina cuando esta sube y deja entrar la luz cruda del pasillo.

Bruce está tan callado e impasible como un indio de madera. El Gobernador ni siquiera le dirige la mirada, sino que voltea hacia la mujer, inclina la cabeza y la observa durante unos instantes. No cabe duda de que es dura, en eso Bruce tenía razón. La zorra no va a hablar de ninguna manera. Pero ahora, justo ahora, el Gobernador se da cuenta de algo que le provoca un escalofrío de placer inesperado. Tiene que fijarse mucho para notarlo por culpa del pelo que le tapa los rasgos, pero el ruido la delata. Se percata de ello y sonríe.

Está llorando.

—Llora, cariño —la anima el Gobernador, regocijándose—. Suéltalo todo. Te lo has ganado. No tienes nada de qué avergonzarte. Llora, pobrecita. —Se gira para irse.

Y en ese momento se detiene cuando oye algo. Se da la vuelta hacia su prisionera y vuelve a inclinar la cabeza. Por un breve instante, le parece que ella dice algo. Aguza el oído y *oye* que dice algo, entre jadeos de dolor.

—No… no lloro por mí —dice mirando al suelo dando cabezadas de dolor y teniendo que respirar superficialmente para poder articular palabra—. Lloro por ti.

Él la mira fijamente.

La afroamericana alza la cabeza lo suficiente como para establecer contacto visual a través de la cortina de trenzas mojadas. Tiene el rostro moreno cubierto de mocos y sangre, las lágrimas le recorren las mejillas hinchadas y los ojos se clavan en el Gobernador. Todo el dolor, la desesperación, la angustia y el sentimiento de pérdida que reinan en el mundo cruel de la plaga se reflejan por un instante en su rostro esculpido y profanado, hasta que se desvanecen, cauterizados por el odio que arde al rojo vivo de la mujer… y lo único que queda es una máscara de instinto asesino salvaje.

—Pienso en todas las cosas que te voy a hacer —dice tranquila, casi hasta relajada—, y eso me hace llorar. Me da miedo.

—Qué linda. —Sonríe—. Descansa cuanto puedas, al menos. Luego vendrá alguien a limpiarte e igual a vendarte. Y puede que también se divierta. Pero, sobre todo, te preparará para cuando vuelva esta noche. —Le guiña un ojo y dice—: Solo quiero que sepas lo que te espera. —Se gira y le hace un gesto de despedida por encima del hombro—: Chao.

Se va.

La puerta se cierra con un ruido metálico.

El amanecer agarra al Gobernador de camino a casa.

El aire huele a limpio, a tierra y a tréboles, y el ambiente lúgubre de las catacumbas se desvanece bajo la luz dorada y la brisa primaveral matutina de Georgia. El Gobernador abandona su actitud de tipo duro durante el trayecto y se mete en el papel de líder benévolo de la ciudad. Se cruza con unos cuantos madrugadores y los saluda alegremente, deseándoles que tengan buenos días mientras esboza la típica sonrisa jovial del clásico agente de policía del pueblo.

Su forma de caminar es más alegre, al saberse el rey de su pequeño castillo y deshaciéndose de los pensamientos sobre destrozar mujeres y dominar a los forasteros, ideas que vuelve a esconder en las zonas más recónditas de su mente. El ruido de los motores de los camiones y de los martillos clavando clavos ya inundan el aire debido a que Martínez y su gente están reforzando las nuevas secciones de la barricada.

De camino al edificio, se encuentra con una mujer y sus dos hijos, que corretean por la calle.

Se aparta para dejar pasar a los niños con una risita.

—Buenos días —saluda a la mujer.

—¡Niños, por favor! —les grita preocupada su madre, una mujer mayor de Augusta—. ¡Les he dicho que no corran! —gira hacia Philip y le dedica una sonrisita recatada—: Buenos días, Gobernador.

El hombre prosigue su caminata y se encuentra a Bob encorvado en la acera, al lado de los escalones.

—Bob, por favor, come algo —dice mientras se acerca al desastre de hombre, que descansa tirado bajo una marquesina que hay al lado de la puerta del Gobernador—. No me gusta nada ver cómo te echas a perder de esta manera. Ya no usamos el sistema de trueque, así que seguro te darán algo de comida.

Bob emite un borboteo y eructa.

—Bueno, de acuerdo… Si así me quito a la niñera de encima…

—Gracias, Bob —le dice mientras se dirige al vestíbulo—. Solo me preocupo por ti.

Bob farfulla algo como «sí, sí…».

El Gobernador entra en el edificio. Hay un mosca azul enorme revoloteando por la escalera. En los pasillos reina el mismo silencio que en una cripta vacía.

Una vez que entra en su departamento, se encuentra a su querida niña muerta agachada en el suelo de la sala de estar, con los ojos vacíos clavados en la alfombra manchada, haciendo ruiditos que casi parecen ronquidos. A su alrededor flota un olor fétido. El Gobernador se dirige hacia ella lleno de cariño.

—Ya lo sé, ya lo sé —le dice con afecto—. Perdón por haber estado fuera hasta tan tarde… O hasta tan pronto, según se vea.

De repente, la niña profiere un rugido tan chillón que parece que están torturando a un gato, se pone de pie como accionada por un resorte y se abalanza sobre él.

Él le propina una bofetada fuerte con el dorso de la mano y la estampa contra la pared.

—¡Pórtate bien, maldita sea!

Ella se tambalea y lo mira con ojos lechosos. Una expresión parecida al miedo cruza su rostro azul y amoratado, la boca rígida y sin labios se tuerce y la niña aparenta ser extrañamente mansa y dócil. Al verla así, el Gobernador se calma.

—Lo siento, cariño. —Se pregunta si tendrá hambre—. ¿Por qué estás de tan mal humor últimamente? —Ve que la cubeta está volteada y le pregunta—: ¿No tienes comida?

La recoge y mete un pie amputado que se había salido.

—Debes tener más cuidado. Si volteas la cubeta, sale rodando fuera de tu alcance. Ya deberías saberlo.

Mira dentro del recipiente. Su contenido está muy descompuesto. El pie está tan hinchado y amoratado que parece un globo. Las partes del cuerpo están cubiertas por una capa velluda de moho y tienen una peste indescriptible que literalmente hace llorar, y nadan en una sustancia espesa y viscosa que los patólogos conocen muy bien: el mejunje amarillo y parecido a la bilis que indica que el proceso de descomposición avanzada ha comenzado y que todos los gusanos y moscas se han ido y han dejado atrás una masa de proteínas deshidratadas.

—No quieres eso, ¿verdad? —le pregunta el Gobernador a la niña cadáver, sujetando con asco el pie negro e hinchado. Lo sujeta entre el pulgar y el índice, formando una especie de pinza, y se lo tira a la criatura—: Toma, adelante.

Devora con avidez el aperitivo a cuatro patas, con la espalda encorvada como si fuera un simio. De repente, parece tensarse por el sabor.

—¡Puaf! —gruñe mientras escupe los trozos masticados.

El Gobernador se limita a sacudir la cabeza con pesar y se retira al comedor, regañándola por encima del hombro.

—¿Lo ves? Eso es lo que te pasa por voltear la cubeta, se echa a perder la comida. —Baja la voz y añade—: La verdad es que no sé cómo puedes comerte eso ni aunque esté fresco.

Se deja caer sobre el sillón, que rechina cuando lo reclina. Le pesan los párpados, le duelen las muñecas y tiene los genitales irritados de tanto ejercicio. Se tumba y piensa en la vez en que llegó a probar la comida de Penny.

Fue una noche, ya tarde, hace tres meses. El Gobernador estaba borracho e intentaba que la niña muerta se tranquilizara. Pasó casi de forma espontánea. Agarró sin más un trozo de tejido, parte de un dedo humano de cuyo dueño ni se acuerda, y se lo metió en la boca. Para llevar la contraria a los dichos, el sabor no se parecía para nada al del pollo. Sabía amargo, metálico y fuerte, con un regusto a cobre por la sangre, pero con una textura parecida a la carne estofada, muy dura y granulada. Lo escupió de inmediato.

Entre gourmets se dice que la comida sabe mejor y satisface más cuanto más cercano es su ADN al del consumidor; de ahí que en las culturas orientales haya platos tan exóticos como sesos de chimpancé trepanado y distintos tipos de mollejas. Sin embargo, Philip Blake sabe que eso es mentira: los humanos saben a mierda. A lo mejor, si se sirvieran crudos y con aderezo (humano tártaro, por decir), los tejidos y los órganos podrían ser aceptables, pero al Gobernador no se le antoja probar.

—Te traería más comida, cielo —le dice con dulzura al pequeño cadáver del otro cuarto.

El Gobernador está descansando en el sofá mientras escucha el sonido relajante de las burbujas que borbotean en las sombras al otro lado del comedor: el silbido suave de los acuarios está por todas partes en el piso, como si fuera ruido blanco o estática de un canal extinto.

—Lo que pasa es que papi está muy cansado hoy y necesita echar una siesta, así que tendrás que esperar… a que me despierte.

Se duerme en seguida, arropado por el sonido de las burbujas y no tiene ni idea de cuánto tiempo ha pasado cuando le despiertan unos golpes que le hacen incorporarse con un brinco.

Al principio cree que es Penny, que está haciendo ruido en la otra habitación. Sin embargo, vuelve a oír los golpes, esta vez más fuertes, y se da cuenta de que provienen de la puerta trasera.

—Espero que sea importante —farfulla mientras cruza el apartamento dando tumbos.

Abre la puerta.

—¿Qué sucede?

—Aquí tienes lo que me pediste —dice Gabe desde el otro lado de la puerta de malla, con un contenedor de metal salpicado de sangre en las manos.

El hombre de cuello grueso tiene un aire sombrío y parece nervioso, inseguro de su entorno. No deja de mirar atrás. La caja de munición que sostiene, cortesía del puesto de la Guardia, les ha servido varias veces de biocontenedor improvisado.

—Son los dos del helicóptero. —Parpadea—. Ah, y he metido una cosa extra. —Vuelve a parpadear—. No sabía si querías quedártela. Si no, tírala y ya está.

—Gracias —musita el Gobernador, y le quita la caja, que está caliente y pegajosa por culpa de la sangre—. Encárgate de que duerma un poco, ¿de acuerdo? Que no suba nadie.

—De acuerdo, jefe.

Gabe se da la vuelta y baja las escaleras con rapidez, contento por haberse deshecho del paquete.

El Gobernador cierra la puerta y regresa al comedor.

Penny se tambalea hacia él cuando pasa; estira la cadena, olisquea el aire y extiende los bracitos larguiruchos y muertos para agarrar el aperitivo. Huele la carne de los difuntos. No aparta los ojos —dos monedas enormes de plata— de la caja.

—¡No! —la regaña el Gobernador—. Esto no es para ti, cielo.

La niña gruñe y escupe.

El Gobernador reflexiona.

—Bueno, está bien, espera…

Pensándolo mejor, abre la tapa y mete la mano en el contenedor. Dentro hay cosas húmedas y carnosas metidas en bolsas herméticas grandes. Una de ellas, una mano humana amputada y retorcida como si fuera un rollizo cangrejo blanco muerto y congelado, lleva una sonrisa a los labios del Gobernador.

—Supongo que esto sí te lo puedes quedar. —Saca la mano que perteneció al intruso llamado Rick y se la tira a la niña—. Con eso deberías estar tranquila lo suficiente como para echar una siesta.

La niña cadáver se agasaja con el apéndice chorreante, sorbiendo con ruido y ansia mientras los cartílagos se quiebran como huesos de pollo entre sus dientes negros y pequeños. El Gobernador se va al comedor y se lleva el contenedor con él.

En la habitación mal iluminada saca los otros dos objetos de las bolsas.

—Tienen invitados —dice a las sombras, arrodillándose y liberando una cabeza de mujer amputada de su envoltorio de plástico.

El cráneo chorreante pertenece a la mujer que se llamaba Christina. El rostro está tan pastoso, esponjoso y blando como la masa de pan y en él hay grabada una expresión de puro terror.

—Bueno, en realidad son vecinos nuevos.

Levanta la tapa de un acuario nuevo que hay contra la pared y sumerge la cabeza de la productora de noticias en el fluido.

—Así les hacen compañía —dice con un tono dulce, casi tierno, mientras mete el segundo cráneo, el del piloto, en las aguas turbias del acuario de al lado.

Suspira. Cerca, en alguna parte, la mosca zumba sin que nadie la vea, implacable.

—Me voy a descansar.

Vuelve al sillón y se deja caer en él soltando un gruñido, con una mezcla de cansancio y satisfacción.

A lo largo de la habitación hay veintiséis acuarios y cada uno de ellos contiene al menos dos cabezas humanas. Algunos hasta tienen tres o cuatro. Los filtros borbotean, las burbujas estallan, las luces superiores emiten un zumbido tenue. Cada aparato está conectado a una regleta maestra con un cable tan grueso como una anaconda que recorre el zócalo y sube por la esquina de la pared, hasta el generador que hay en la azotea.

Hay filas de rostros descoloridos y amoratados encerrados en frascos verdes llenos de agua, donde se retuercen como si hubiera un titiritero tirando de unas cuerdas invisibles. Los párpados, tan delgados y surcados de venas como si fueran hojas secas y viejas, parpadean a intervalos irregulares; los globos oculares, velados por las cataratas, están concentrados en reflejos fugaces y sombras refractadas por el agua. Las bocas se abren y se cierran de manera intermitente, como si fueran un juego para poner a prueba los reflejos que ocupara todos los paneles de vidrio. El Gobernador lleva coleccionando las cabezas desde hace un año con el mismo cuidado que el conservador de un museo. El proceso de selección se rige por instinto y el efecto que produce ver tantas cabezas muertas es muy inquietante.

Se recuesta en el sillón y los resortes rechinan al levantarse el reposapiés. Se apoltrona, aplastado por el peso del cansancio, y contempla las caras. Apenas se fija en el nuevo rostro, la cabeza de una mujer que años antes fue famosa por su excelente producción de secciones en la WROM Fox de Atlanta y que ahora jadea y escupe burbujas sin sentir nada. El Gobernador solo ve el conjunto, la totalidad de cabezas, la imagen general de todas esas víctimas aleatorias.

Los gritos de la chica negra delgada del sótano aún resuenan en el fondo de su cabeza. La parte de su personalidad que aborrece ese tipo de comportamiento sigue quejándose y protestando en una área recóndita de su cerebro. «¿Cómo pudiste hacerle eso a otro ser humano?» Contempla las cabezas. «¿Cómo puede alguien hacerle eso a otra persona?» Se concentra en las teces pálidas e hinchadas.

El horror nauseabundo que suponen todas esas caras indefensas, que susurran pidiendo una salvación que jamás llegará, es tan deprimente, tan siniestro, tan adecuado en los tiempos actuales, que de algún modo consigue atravesar los pensamientos de Philip Blake y purificarlo. De alguna manera, sella su mente herida con la naturaleza cáustica de la realidad. Le suministra una vacuna contra la duda, la indecisión, la piedad y la empatía. A fin de cuentas, así es como podríamos acabar todos: cabezas flotando en tanques por toda la eternidad. ¿Quién sabe? Este es el extremo lógico, un recordatorio perenne de qué es lo que te espera si eres débil durante una sola milésima de segundo. Las cabezas representan al antiguo Philip Blake. El débil, el pusilánime, el que siempre se estaba quejando. «¿Cómo pudiste hacer algo tan horrible? ¿Cómo puede hacerse algo así?». Mantiene la mirada fija. Las cabezas le dan fuerzas, le dan poder, son su fuente de energía.

—Cincuenta y siete canales y no hay nada bueno en ninguno —murmura con una voz una octava más grave de lo normal.

«¿Cómo…?

¿Pudiste…?

¿Hacerlo…?».

Hace caso omiso de su voz interior y se adormila mirando las bocas que se mueven expulsando burbujas, retorciéndose y profiriendo gritos silenciosos y acuosos. «¿Cómo?». Se sume en la oscuridad del sueño. Con la mirada fija. Absorbiendo. Empieza a soñar. El mundo de la pesadilla se filtra en el mundo real y se encuentra corriendo por un bosque oscuro. Intenta gritar pero no tiene voz. Abre la boca y grita en silencio. No le sale ningún sonido, solo burbujas que flotan en la oscuridad para luego desvanecerse. El bosque se cierra sobre él. Permanece firme, con los puños cerrados y una ira salvaje emanándole de la boca. Quémalo todo. Quémalo todo. Destrúyelo. Destrúyelo todo. Ahora. ¡Ahora! ¡AHORA!

Un rato después, el Gobernador se despierta de golpe. Al principio no sabe si es de día o de noche. Se le durmieron las piernas y le duele el cuello por haberlo tenido apoyado contra el reposacabezas en un ángulo extraño.

Se levanta, va al baño y se despeja. Mientras se mira en el espejo oye los resoplidos y los gruñidos de su niñita encadenada a la pared de la otra habitación. El despertador de cuerda que tiene en la mesita le advierte que es casi mediodía.

Se siente revitalizado. Fuerte. Le espera un día duro. Se lava la sangre de la mujer negra que tiene debajo de las uñas con un jabón de piedra pómez. Se asea, se pone ropa limpia, toma un desayuno rápido que consiste en leche en polvo, cereales y café instantáneo que calienta en un hornito, y le da a Penny otro aperitivo que saca del contenedor de acero.

—Papi se tiene que ir a trabajar —le dice con alegría al pequeño cadáver mientras se dirige hacia la puerta. Recoge la pistola y el *walkie-talkie* que había dejado cargando y se despide—: Te quiero, cielo. Pórtate bien mientras no estoy.

Saliendo del edificio se pone en contacto con Bruce por radio.

—Reúnete conmigo en el estadio —dice por el micrófono—, en lo alto de la entrada de servicio.

Apaga el aparato sin esperar a que Bruce responda.

Diez minutos más tarde, el Gobernador espera en lo alto de una escalera grasienta que conduce al laberinto subterráneo compuesto de cavernas oscuras. El cielo que cubre el estadio tiene un aspecto amenazador y el día se está volviendo oscuro y borrascoso.

—Hola, jefe —dice el hombre calvo mientras sale dando zancadas del estacionamiento.

—¿Dónde carajos estabas?

—He venido directo, perdón.

El Gobernador echa la vista atrás; un par de transeúntes le llaman la atención. Baja la voz.

—¿Cómo está la mujer?

—Sigue hablando sola. En mi opinión, la zorra esa ha perdido la cabeza.

—¿Está limpia?

—Sí, bastante. Albert le hizo una visita, la inspeccionó y le dio algo de comida, pero ni la ha tocado. Supongo que bebería un poco de agua, pero nada más.

—¿Sigue despierta?

—Hasta donde yo sé, sí. Le eché un vistazo hace una hora.

—¿Cómo era su… conducta?

—¿Que cómo era su qué?

—Su conducta, Bruce —suspira el Gobernador—. Que cómo estaba. ¿Qué carajos estaba haciendo?

—No sé —responde encogiéndose de hombros—, estaba mirando al suelo y hablando con sus amigos imaginarios. —Se humedece los labios y dice—: ¿Te puedo preguntar una cosa?

—¿Qué?

—¿Te contó algo? ¿Te dio información?

—No le pregunté nada… —dice el Gobernador pasándose la mano por el pelo largo—, así que tampoco hay nada que me tenga que contar, ¿no te parece?

—¿No le preguntaste nada? —se extraña Bruce, frunciendo el ceño.

—Nada.

—¿Y eso?

El Gobernador contempla el horizonte, donde divisa la columna de humo que expulsa un *buldozer* que empuja montones de tierra contra la barricada, mientras que los obreros aseguran las últimas secciones. El estruendo de los motores y los martillos inunda el aire.

—Ya le preguntaré —responde, pensando sobre el asunto—. Ya que hablamos de esto, quiero que me hagas un favor. ¿Dónde está encerrado el chico?

—¿El niño asiático? En el nivel B, en el almacén que hay al lado de la enfermería.

—Quiero que lo traslades al cuarto de al lado de la mujer.

Bruce frunce el ceño más aún y arrugas y pliegues se le expanden por la cabeza calva.

—Ok, pero… ¿quieres que oiga lo que pasa en la habitación?

—No eres tan tonto, ¿eh, Bruce? —le dice el Gobernador con una sonrisa gélida—. Quiero que el chico oiga todo lo que le voy a hacer a esa zorra esta noche. Así, uno de los dos hablará. Tú confía en mí.

Bruce empieza a decir algo pero el Gobernador se da la vuelta y se va sin abrir la boca.

En la tranquilidad polvorienta del departamento, Lilly y Austin consiguen dormir unas pocas horas por la mañana, aunque apenas descansan. Cuando por fin se levantan, a eso de la una, la atmósfera apacible de la noche anterior ha dado paso a una serie de situaciones incómodas.

—Ah, perdón… —se disculpa Austin cuando abre la puerta del baño y se encuentra a Lilly en el retrete con la camiseta del Instituto Tecnológico de Georgia puesta y las medias por los tobillos. Él se voltea de inmediato.

—No te preocupes —lo tranquiliza—. Un par de minutos y podrás entrar.

—Ok.

Se mete las manos en los bolsillos y deambula por el pasillo. Un rato antes, esa misma mañana, se había quedado dormido en el suelo del comedor, tapado con un costal del camión, mientras Lilly dormía en el futón roto del dormitorio.

—¿Tienes tiempo para darme otra lección hoy? —grita Austin desde el recibidor.

—Mira que te gusta que te castiguen —le responde desde el baño mientras le jala y se limpia delante del espejo. Sale y le da un puñetazo amistoso en el brazo antes de continuar—: ¿Y si esperamos a que se te cure el costado antes?

—¿Qué plan tienes para esta noche?

—¿Para esta noche?

—Si quieres te hago la cena —le dice con ojos brillantes e inocentes.

—Ehm... pues... Vaya.

Lilly está desesperada por decir las palabras adecuadas. No quiere perder la amistad de Austin. Sentimientos contradictorios la invaden mientras busca la manera de formular la frase. Se siente más unida a él y a la vez extrañamente separada. Lo que sí es cierto es que no puede ignorar lo que siente por el joven desaliñado. Tiene buen corazón, los tiene bien puestos, es leal y, por qué negarlo, también es muy bueno en la cama. Pero ¿qué sabe realmente sobre él? ¿Qué sabe nadie realmente sobre nadie en esta sociedad nueva y hecha mierda en la que viven? ¿Será Austin uno de esos hombres chapados a la antigua que creen que tener sexo es como firmar un contrato? Y, por cierto, ¿por qué es incapaz de aceptar lo que siente por él? ¿Qué le pasa? La respuesta se le escapa: miedo, instinto de supervivencia, culpa, odio hacia sí misma... Lilly no consigue saberlo con exactitud, pero hay una cosa que sí tiene clara y es que no está preparada para tener una relación. Aún no. Y en los ojos de Austin ve que él está bastante dispuesto.

—Lo pensaré —responde Lilly por fin.

—Lilly, es solo una cena... —dice alicaído—. No te estoy diciendo que vayamos a escoger los muebles.

—Ya lo sé, pero es que... lo tengo que pensar.

—¿La cagué en algo?

—No, para nada. Pero... —hace una pausa— es que...

—Por favor —le pide Austin con una sonrisa—, no me digas: «no es por ti, es por mí».

—Está bien, perdón. —Ríe—. Lo que digo es que necesito que me des algo de tiempo.

El muchacho le hace una pequeña reverencia.

—Como guste, gentil dama. Te daré tiempo y espacio.

Austin se va al comedor y toma la pistola, la chamarra y la mochila. Ella lo acompaña a la puerta.

Salen.

—Parece que se avecina una tormenta —comenta él levantando la mirada hacia las nubes oscuras que cubren el cielo.

—Y que lo digas —corrobora Lilly entrecerrando los ojos bajo la luz gris. Vuelve a dolerle la cabeza.

El chico empieza a bajar las escaleras, pero Lilly se acerca y le agarra con delicadeza del brazo.

—Austin, espera —comienza y busca las palabras apropiadas—. Perdón, me lo estoy tomando muy a pecho. Lo que pasa es que quiero que vayamos despacio. Lo que pasó anoche…

Austin la toma de los brazos y clava los ojos en los de ella.

—Lo que pasó anoche fue precioso y no quiero cagarla.

El rostro del joven se vuelve tierno. Le acaricia el pelo y le da un besito en la mejilla de forma inocente e improvisada. Le besa la sien con mucho cariño, sin más.

—¿Quieres que te diga la verdad? —le pregunta Austin mirándola a los ojos—. Vale la pena esperar por ti.

Y sin decir ni una palabra más, baja las escaleras y se aleja arrastrando los pies bajo la tormenta cercana.

Esa tarde, la lluvia va y viene. Martínez se ve obligado a posponer el último turno de la construcción de la esquina noreste de la muralla y él y sus hombres se refugian bajo los techos que hay a lo largo de la estación abandonada, donde se limitan a esperar mientras fuman, contemplan el tiempo y vigilan el bosque que se extiende al norte.

En las últimas semanas ha aumentado el número de avistamientos de caminantes en los matorrales y los pantanos que hay tras las arboledas de pinos blancos. En estos momentos, un telón de agua cae desde lo alto del firmamento, bombardeando el bosque y purificando los campos. Es una tempestad implacable de tamaño y proporciones bíblicas. El latino está nervioso y se concentra en fumarse un cigarro sin filtro que se ha liado él mismo y que consume hasta el límite mientras observa el torrencial. Lo último que necesita ahora es que alguien haga una escena.

Sin embargo, una escena es justo lo que se va a pasar, cortesía de Lilly Caul, que corre por el estacionamiento de al lado cubriéndose la cabeza con la chamarra para protegerse de la lluvia. La mujer se le acerca con el rostro ansioso y se apresura, sin aliento, a resguardarse en el refugio temporal, donde sacude la chamarra para deshacerse de la humedad.

—Vaya tromba que ha caído de repente —le dice entre jadeos a Martínez.

—Buenas, Lilly —la saluda mientras aplasta el cigarro en la acera.

—¿Cómo te va? —pregunta cuando se recupera, mirando a su alrededor.

—Ahí vamos.

—¿Y lo de los intrusos?

—¿Quiénes?

—Los forasteros —le aclara mientras se seca la cara—. Los que vinieron la otra noche.

—Pues ni idea. —Se encoge de hombros, mirando nervioso a su equipo—. Yo no tengo nada que ver con eso.

—¿No los están interrogando? ¿Qué pasa?

—Se supone que tú no tendrías que saber nada de esto —contesta él, con una mirada extraña en los ojos.

—¿De qué?

La agarra y la aleja de su gente. Se dirigen al borde más lejano del techo. La lluvia ahora es un chaparrón constante y el ruido de la tormenta, parecido al de un motor a reacción, enmascara la charla.

—Mira —le dice Martínez, cuidando sus palabras—, esto no tiene nada que ver con nosotros. Te aconsejo que no te metas.

—Pero ¿qué carajos te pasa? Solo te hice una pregunta.

—El Gobernador quiere mantener el asunto en secreto para que la gente no se preocupe.

—No me preocupo. —Suspira—. Lo que pasa es que tenía curiosidad por saber si habían descubierto algo.

—Ni lo sé, ni quiero saberlo.

—Mierda, pero ¿a ti qué te pasa?

La ira surge del interior de Martínez y le recorre el cuerpo por la espalda, hasta hacer que se le seque la boca. Tiene ganas de estrangular a la metiche esta. La agarra de los hombros.

—Escúchame, bastantes problemas tengo ya como para tener que ocuparme también de esta pinche mierda. ¡No te entrometas! ¡Déjalo!

Lilly se aparta de él.

—¡Eh, relájate! —le espeta frotándose el hombro—. No sé qué mosca te picó, pero desquítate con otro.

El hombre respira hondo.

—Mira, perdón, es que solo nos dicen lo que necesitamos saber, nada más. El Gobernador sabe lo que hace. Ya nos dirá lo que haga falta.

Ella le hace un gesto de despedida, se voltea y se aleja bajo la lluvia mientras murmura «Está bien».

Martínez la ve desaparecer en la niebla.

—El Gobernador sabe lo que hace —repite en voz baja, como si quisiera convencerse a sí mismo.

ONCE

Un diluvio incesante cae sobre la zona central y meridional de Georgia durante casi tres días seguidos. A mitad de semana, la tormenta se desplaza, provocando trombas de agua repentinas, destrozando cables de alta tensión en su viaje hacia la costa este. Las tierras que rodean Woodbury quedan empapadas y llenas de lodazales y hondonadas. Los terrenos baldíos del sur están tan inundados y encharcados que los hombres del muro ven cómo los grupos de caminantes que abandonan el bosque se amontonan en las zonas anegadas como si fueran sanguijuelas enormes y brillantes, subiéndose unos encima de otros. Para los tiradores apostados en las esquinas noreste y sureste, acabar con los caminantes con sus armas del calibre .50 resulta tan fácil como quitarle un dulce a un niño. Sin embargo, aparte de estos ejemplos escandalosos y grotescos de lo que el Gobernador ha empezado a llamar «gestión de residuos», esa semana el pueblo de Woodbury vive una calma inusual. De hecho, no es hasta la siguiente que Lilly se da cuenta de que algo falla.

Hasta ese momento, la chica hace lo posible por pasar desapercibida. Se pasa el tiempo metida en casa, haciendo caso de lo que le dijo Martínez: que se callara lo que supiera sobre los forasteros hostiles que hay entre ellos. Dedica los días a leer, contemplar la lluvia y pensar. Pasa las noches en vela, dándole vueltas a qué hacer respecto a lo de Austin. El jueves, el joven se presenta en su casa con una botella de vino robada del almacén del juzgado y un ramo de salvia rusa que ha recogido cerca de la oficina de correos.

A Lilly le emociona tanto el gesto que lo deja pasar, pero insiste en que no diga ni una palabra sobre el asunto de la relación ni sobre la noche en la que se pasaron de la raya. Parece que Austin es feliz solo con pasar el rato con ella y se toman la botella de vino entera mientras juegan Pictionary. En un momento dado, Austin la hace reír tanto que la mujer escupe el vino, cuando el chico le dice que su dibujo, una especie de huevo frito, representa su cerebro drogado. El joven no se va hasta que la luz gris del amanecer baña las juntas de las ventanas tapiadas. Al día siguiente, Lilly se ve obligada a admitir que le gusta —pese a las circunstancias tan extrañas en las que lo ha conocido— y que quizá, y solo quizá, estaría dispuesta a replantearse las cosas con él.

Llega la mañana del domingo. Justo una semana después de la fatídica noche, Lilly se despierta sobresaltada algo antes del alba. En su interior hay algo abstracto e indefinido que la inquieta desde hace un tiempo y que, por alguna razón —por algo que ha soñado o por algo que se ha filtrado a través de su subconsciente a lo largo de la semana—, le impacta con toda sus fuerzas justo en ese momento, esa misma mañana, como un martillazo, entre ceja y ceja.

Sale de un salto de la cama y cruza la habitación a toda prisa. Sobre un escritorio que ha improvisado usando dos bloques de cemento y un pedazo de tablaroca hay una carpeta. La abre con brusquedad y pasa las páginas, frenética.

—Ay, no… No, no, no —dice en voz baja mientras inspecciona el calendario.

Lleva casi un año realizando un registro impecable de los sucesos en el tiempo. Por muchas razones. Quiere saber cuándo son las fiestas, quiere saber cuándo cambian las estaciones y, sobre todo, desea seguir unida al orden del pasado, a su vida civilizada y su normalidad. Quiere estar en contacto con el paso del tiempo, aunque ya hay muchos que se han rendido en esta época oscura y ya no distinguen la Navidad del Ramadán.

Mira la fecha y cierra el calendario de golpe.

—Ay, mierda… mierda… mierda —musita mientras se aparta del escritorio.

La cabeza le da vueltas, siente que el suelo está a punto de desplomarse bajo sus pies. Nerviosa, anda en círculos a oscuras por la habitación durante unos instantes. Divaga y sus pensamientos chocan entre sí de forma caótica. No puede ser que sea 23. Es imposible. Seguro que se lo está imaginando. Está paranoica. Pero ¿cómo puede estar segura? ¿Cómo se puede estar seguro de nada en este pinche Mundo de la Plaga? Tiene que haber algo que pueda hacer para tranquilizarse y demostrarse a sí misma que es solo una paranoia. De pronto, se detiene y se le ocurre una idea.

—¡Claro!

Truena los dedos y sale corriendo hacia el armario de metal viejo y destartalado de la esquina en el que guarda las chamarras, las pistolas y la munición. Agarra el chaleco de *jeans*, el par de pistolas Ruger del calibre .22, los silenciadores y un par de cargadores curvos de veinticinco rondas. Se pone la chamarra, acopla los silenciadores y se mete las pistolas tras el cinturón. Guarda los cargadores en los bolsillos, respira hondo, se sube el cuello de la chamarra y sale del departamento.

Antes del amanecer, el aire de fuera es tan frío que ve su aliento. El pueblo está durmiendo y el sol solo empieza a asomarse por las copas de los árboles del bosque del este, enviando haces de luz angelicales que atraviesan los bancos de niebla que flotan casi a ras del suelo. Lilly cruza la calle y baja de prisa por la estrecha acera, en dirección a la vieja oficina de correos abandonada.

Más allá de correos, justo al otro lado del muro sur, fuera de la zona segura, hay una farmacia que han saqueado unas cuantas veces. Lilly tiene que conseguir entrar en ella, solo unos instantes, para comprobar si está loca o no. No obstante, hay un problema.

Está fuera del muro y, por culpa de las lluvias, los caminantes han incrementado su actividad en la zona.

En el sótano pobremente iluminado que hay bajo el estadio, Bruce oye los golpes delatores que resuenan tras la última puerta de garaje a la izquierda.

Se mentaliza para lo que está a punto de ver, se agacha, abre el cerrojo, levanta el cierre y estira la puerta hacia arriba, que sube arrancando rechinidos del mecanismo oxidado, revelando una estancia de cemento que antes se utilizaba para almacenar chasis grasientos y piezas de repuesto. Ahora es un lugar dedicado a la humillación y el dolor en el cual el Gobernador se alza en medio de la oscuridad, jadeando por el esfuerzo.

—Qué bien me la he pasado —murmura.

La cara le brilla por el sudor. Las manchas húmedas que le asoman bajo las axilas y la sangre que hay en sus manos son más abundantes que después de la última sesión, dos días atrás. Es la tercera ronda de tortura de la semana y, como se ha pasado la noche echándose a la mujer, ahora está exhausto y se le nota en los ojos hundidos.

Bruce consigue atisbar durante una fracción de segundo la silueta destrozada que yace tras el Gobernador. El torso cuelga a unos centímetros sobre el suelo, sujeto a duras penas por las cuerdas. Las rastas caen lacias y del rostro hinchado gotean varios fluidos. Los hombros, estrechos, suben y bajan rítmicamente, mientras los pulmones luchan por conseguir algo de aire. Las piernas desnudas de la mujer parecen las de una muñeca rota. A primera vista, apenas se diría que sigue con vida, pero si uno presta más atención puede detectar el fuego ardiendo tras los ojos ensangrentados, un reactor nuclear de furia que la mantiene consciente y le ayuda a aferrarse a una mínima esperanza de vengarse.

—Cierra —le ordena el Gobernador, agarrando una toalla que Bruce lleva al hombro.

Él obedece y estampa la puerta contra el suelo. El impacto produce un estruendo metálico.

—No va a decirnos nada —afirma el Gobernador mientras se seca la cara con la toalla—. ¿Cuántas veces hemos hecho esto ya? ¿Tres? ¿Cuatro? Ya perdí la cuenta. —Arroja la toalla y pregunta—: Y el chaval, ¿qué? ¿Ya cayó?

Bruce niega con la cabeza.

—Gabe dice que lo oye todo a través de la pared y que llora como un bebé día sí, día no. Está así desde que empezaste con la mujer.

El Gobernador toma aire y estira los músculos sobrecargados del cuello mientras se truena los nudillos.

—Pero no ha soltado prenda, ¿verdad?

—Según Gabe, lo único que hizo fue llorar sin parar, nada más. No dijo ni mu —explica Bruce encogiéndose de hombros.

—Lo que faltaba —comenta el Gobernador mientras respira hondo, reflexiona y le da vueltas a la cuestión—. Estos tipos son más duros de lo que pensaba, son como unas pinches nueces que no hay manera de cascar.

—¿Puedo sugerir algo? —propone Bruce.

—¿Qué?

—En la cárcel —cuenta mientras vuelve a encogerse de hombros—, para conseguir que la gente confiese, la aíslan.

—¿Y? —pregunta el Gobernador, clavando los ojos en él.

—Lo que digo es que lo encerremos, separado de los demás, como un pinche confinamiento solitario. Tal vez sea la forma más fácil de conseguir que se derrumbe.

—Esto no es una cárcel, Bruce, sino un pueblo que tengo que… —Parpadea e inclina la cabeza ante la revelación que acaba de tener, y dice—: Espera.

—¿Qué pasa, jefe?

—Espera… espera un momento.

—¿Qué pasa?

—¿No dijo Gabe que esos trajes antidisturbios que llevaban se usan en las prisiones? —pregunta el Gobernador, con la mirada fija en el enorme afroamericano.

Bruce asiente en silencio mientras contempla el pasillo, reflexionando sobre ello.

Philip Blake se dirige a las escaleras.

—Ahora caigo —musita mientras camina—, el tipo ese, Rick, llevaba un overol de presidiario debajo del equipo.

—¿Adónde vas, jefe? —pregunta Bruce corriendo tras él, que ya ha subido unos escalones.

—Limpia a la zorra esa... —le ordena mirando hacia atrás—, y luego ve por Gabe y reúnanse conmigo en la enfermería. ¡Creo que se me ocurrió una forma mejor de lidiar con esto!

Lilly se detiene junto al muro, con el corazón acelerado. El sol ya salió y los primeros rayos de luz de la mañana irradian calor sobre su nuca. A unos cuarenta y cinco metros, la silueta musculosa recortada contra el amanecer de uno de los hombres patrulla por una pasarela improvisada.

Espera a que el guardia pase por detrás de un tubo de ventilación para moverse.

Trepa veloz por el dique, salta al otro lado y aterriza con pesadez en la autovía de grava. El impacto de las botas arranca un sonoro crujido de las rocas, por lo que se agacha durante un instante, con el pulso acelerado, para ver si el guardia se ha percatado de su presencia.

Tras unos segundos de silencio absoluto, cruza con sigilo el camino pedregoso y se cuela detrás de un edificio calcinado. Comprueba la pistola y desliza la corredera. Mantiene el arma a mano mientras avanza despacio por una carretera lateral cubierta de despojos abandonados y montones de caminantes decapitados en descomposición. El hedor es indescriptible y el viento frío esparce la peste a su alrededor como si fuera una red que la atrapara.

Lilly llega a la oficina de correos. Camina agazapada, avanzando en silencio por delante de los carteles rasgados que muestran a carteros felices entregando paquetes de colores a los niños y de los anuncios pintarrajeados con grafiti de jubilados sonrientes que coleccionan sellos. Oye algo que se arrastra a su espalda, tal vez hojas movidas por el viento y no mira atrás.

Continúa hacia el sur.

Los restos bombardeados de Medicamentos y Artículos Variados Gold Star se alzan al final de la carretera. Es un pequeño edificio cuadrado medio derruido de ladrillo rojo que tiene la fachada tapiada y llena de balazos. El antiguo cartel del mortero con el logo «R/X» que indica que se despachan recetas cuelga de unos cables raídos y se balancea por la brisa. Lilly corre hacia la entrada pero la puerta está cerrada y tiene que abrirla de un empujón con el hombro.

Irrumpe en el interior oscuro de la tienda y una lluvia de cristales pertenecientes a la puerta rota aterriza sobre el suelo. El corazón le late desbocado mientras contempla la zona catastrófica que antaño vendía jarabe para la tos, pegamento dental y algodón a las granjeras y a los habitantes agripados.

Los pasillos han sido desvalijados por completo: las estanterías están desoladas y solo quedan unos pocos paquetes vacíos y unos cuantos charcos de fluidos inidentificables aquí y allá. Se abre paso a través de los residuos y se dirige al mostrador que hay tras los sombríos corredores traseros.

Justo a su derecha, capta un ruido que le llama la atención: un silbido en el aire y una botella volcándose. Alza el arma en un abrir y cerrar de ojos. Ve una mancha de pelaje amarillo y suelta el percutor al advertir que es un gato silvestre y maltrecho que se escabulle entre los anaqueles caídos de enjuague bucal y blanqueador dental, con un ratón entre las fauces.

Lilly deja escapar un suspiro de alivio, se da la vuelta hacia el mostrador... y grita.

El viejo dependiente de la farmacia se tambalea desde las sombras con los brazos estirados y las manos negras y retorcidas cerrándose en forma de garras, abriendo y cerrando una boca gigante y putrefacta, como si fuera una trituradora. El rostro alargado y con papada tiene la misma consistencia que la masa de pan y está recubierta por un moho del color del óxido viejo. En la tez, dos ojos lechosos tan grandes como dos huevos pasados por agua. Lleva puesta una bata blanca manchada de sangre y bilis.

Lilly se aparta de un salto, alzando la pistola y volcando un expositor de comida de perro.

Se cae de sentón y las latas impactan contra el suelo con un gran estruendo. Sin aire en los pulmones, empieza a disparar. El estallido de los disparos silenciosos destella y resuena en el reducido espacio del local. La mitad de las balas acaba alzándose y revienta los tubos fluorescentes pero la otra mitad se aloja en la cabeza calva del farmacéutico. El cráneo vuela en mil pedazos y las astillas de hueso, la sangre y los tejidos salpican los anaqueles vacíos. El enorme mordedor se desploma como un roble viejo y cae justo encima de Lilly, quien grita y se retuerce bajo el peso muerto y hediondo del cadáver, cuyo olor es insoportable. Al final consigue rodar y librarse del cuerpo.

Durante unos instantes frenéticos y silenciosos, se limita a quedarse agachada, junto al mordedor derribado. Consigue reprimir el asco, la necesidad de huir de la horrible y oscura tienda y la voz en su interior, que le dice que está loca, que es una necedad jugarse la vida por conseguir algo de reconocimiento personal.

Aleja esos pensamientos de su cabeza y consigue recuperar sus pertenencias.

El mostrador está a seis metros de distancia, sumido en la oscuridad. A medida que Lilly va sorteando con cuidado el pasillo trasero, los ojos se le acostumbran a la penumbra. Alcanza a ver el mostrador, lleno de fluidos pegajosos y resecos, documentos amontonados y un moho tan espeso que parece que hubiera un abrigo de piel cubriéndolo todo.

Cruza la puertita del mostrador y empieza a rebuscar entre lo poco que queda en los estantes de la farmacia. No hay nada, salvo medicamentos inútiles e infusiones que los saqueadores no se han llevado: productos contra el acné, antihemorroidales y fármacos de nombres crípticos cuya función nadie se ha molestado en averiguar. En cambio, las medicinas valiosas que afectan al sistema nervioso central, los opiáceos y los analgésicos desaparecieron hace mucho tiempo, pero no le importa.

No quiere drogarse, ni anestesiarse ni acabar con el dolor.

Después de lo que parece una búsqueda eterna y angustiosa, acaba encontrado lo que quiere en el suelo, tras el CPU de la computadora, entre un montón de cajas descartadas y pastilleros de plástico. Solo queda una caja que al parecer alguien pisó en algún momento, ya que está plana y tiene la parte superior rota, aunque el contenido sigue intacto dentro del blíster sellado.

Lo mete en su bolsillo, se pone de pie y se larga de ahí.

Quince minutos después, está de vuelta en su departamento, con el kit.

Cinco minutos después de eso, espera a ver si su vida está a punto de cambiar.

«Era un buen hombre», dice una voz amortiguada al otro lado de la puerta cerrada de la enfermería, con un tono sardónico, un ligero acento y un sarcasmo cansado que son la seña de identidad inconfundible del doctor Stevens. «"Era", en pasado».

El Gobernador está en la puerta, con Gabe y Bruce. Los tres hombres se detienen antes de entrar para escuchar con mucha atención los murmullos que se oyen al otro lado.

«Encontramos este pueblo bastante pronto», continúa la voz del doctor. «Al ver el puesto de la Guardia Nacional, los callejones estrechos y demás, decidimos que seríamos capaces de defender este sitio, así que nos lo apropiamos». Se produce un silencio, no más largo que un latido, durante el que se oye un grifo abierto. «Al principio fue duro», prosigue la voz, «pero consiguió cumplir los objetivos».

El Gobernador cierra los puños mientras escucha. La furia le tensa la espalda y se mezcla con la adrenalina cruda de lo que está descubriendo.

«Philip se convirtió en el líder del grupo en seguida. Hizo lo que tenía que hacer, lo que era necesario para que la gente estuviera segura. Pero al cabo de un tiempo...».

La rabia produce una descarga eléctrica en la columna del Gobernador, cuyos dedos empiezan a hormiguearle y cuya boca se llena de una amarga y dura bilis. Se inclina hacia la puerta para poder escuchar mejor.

«... algunos teníamos claro que estaba haciendo lo que hacía más por diversión que por protegernos. Resultaba obvio que era un simple cabrón retorcido. Ni siquiera puedo hablar de lo de su hija».

Ha oído suficiente. Dirige la mano al picaporte pero algo lo detiene.

Al otro lado de la puerta se alza otra voz, una más grave y ronca, que habla con el acento bastante cerrado de la clase obrera de

Kentucky: «¿Por qué dejas que las cosas sigan así? Las luchas, lo de alimentar a los zombis...».

La voz del doctor: «¿Qué crees que le haría a cualquiera que se opusiera a él? Odio a ese hijo de puta pero no puedo hacer nada. Haga lo que haga... el caso es que mantiene a salvo a la gente, y eso es suficiente para la mayoría».

El Gobernador reprime la necesidad que siente de echar la puerta abajo de un golpe y matarlos a todos.

Stevens: «Mientras haya un muro entre ellos y los mordedores les da igual quién esté con ellos en su lado de la muralla».

Philip Blake abre la puerta de una patada que hace que el candado salte, vuele por la habitación y aterrice sobre los mosaicos como si fuera un cartucho gastado. La puerta se estampa contra la pared contigua y los que están dentro de la habitación se sobresaltan.

—Bien dicho, doctor —lo felicita el Gobernador mientras camina con paso tranquilo hacia la enfermería, seguido de cerca por sus socios—. Bien dicho.

Si es posible que una habitación entera chisporrotee por la electricidad estática, entonces eso es justo lo que ocurre en el instante en el que los ojos de todo el mundo —Stevens, el forastero sentado en la cama y Alice, que está junto a la pila— se fijan en el hombre delgado que entra en la enfermería con las manos a la cadera, como si el lugar le perteneciera. La expresión fría y divertida que surca el rostro del Gobernador contrasta con las expresiones hoscas y hurañas de Bruce y Gabe, que entran como si fueran perros de presa siguiendo a su amo.

—¿Qué quieres? —dice al fin el doctor con voz tensa.

—Me dijiste que viniera hoy, Doc —responde el Gobernador con la misma simpatía casual que mostraría cualquier paciente al ir a hacerse una revisión—. Querías cambiarme la venda, ¿no? —pregunta mientras se señala la oreja herida—. ¿Te acuerdas?

El Gobernador clava la mirada en el forastero, que se ha quedado inmóvil, sentado en la cama.

—Bruce, apunta con la pistola a nuestro amigo zurdo.

El enorme afroamericano desenfunda tranquilamente una arma bañada en plata del calibre .357 y encañona al hombre llamado Rick.

—Siéntate, Philip —le pide el doctor—. No tardaré. —La voz adopta un tono más grave que rezuma desdén—: Seguro tienes cosas más importantes que hacer.

Él se deja caer en una camilla bañada por la luz de los halógenos. El tal Rick no puede apartar los ojos del Gobernador, y este le devuelve la mirada. Son dos depredadores natos en plena naturaleza, con los lomos arqueados y tanteándose el uno al otro. El Gobernador sonríe.

—Tienes buena pinta, forastero. ¿Te estás curando bien?

Espera a que el intruso le conteste pero no hay respuesta.

—Bueno —murmura para sí mismo mientras Stevens se inclina para inspeccionarle la oreja vendada con más atención—, todo lo bien que sea posible.

Por fin, el güero del otro lado de la enfermería consigue responderle.

—Bueno, y… ¿cuándo vas a empezar a torturarme?

—¿A ti? Nunca —responde el Gobernador con un brillo burlón en la mirada—. Te tengo calado desde el principio, tú no vas a decir nada. Tienes familia allá de donde hayas venido y no vas a venderlos.

Stevens retira el vendaje con cuidado e ilumina la oreja mutilada con una linterna.

—No, lo que iba a hacer era torturar a los demás delante de ti. No creía que fueras a ceder, pero estaba seguro de que alguno de los otros sí. —Le guiña el ojo y añade—: El caso es que ha habido un cambio de planes.

El hombre de la cama contempla el cañón largo del Magnum de Bruce antes de preguntar.

—¿Entonces qué?

—Vas a luchar en el estadio —le revela con tono alegre—. Al menos quiero que me entretengas —dice antes de retirar la mirada con una sonrisa débil—. Ahora mismo tengo pensado violar a esa zorra de mierda que me arrancó la oreja hasta que encuentre una manera de suicidarse.

La habitación, casi como si fuera un organismo, asimila las palabras del Gobernador en silencio, conmocionada. El extraño cuadro se estira y los únicos sonidos que se oyen son la cinta adhesiva que arranca Stevens y el susurro de las gasas.

—Y en cuanto al chico asiático de conductos lacrimales hiperactivos… —añade con una sonrisa que casi va de la oreja sana a la otra herida—, voy a dejar que se vaya.

Todos se quedan atónitos, callados. Rick, sorprendido, clava la vista en él.

—¿Cómo que vas a dejar que se vaya? ¿Por qué?

Stevens ya acabó de examinarle la oreja y le cambió la venda.

Se retira y el Gobernador suspira satisfecho, se da una palmada en ambos muslos con alegría y se levanta.

—¿Que por qué? —pregunta con una sonrisa—. Pues porque ha cantado más que un canario. Me ha dicho justo lo que quería oír.

El Gobernador hace una señal con la cabeza a sus hombres y se dirige a la puerta sin dejar de sonreír.

—Sé todo lo que hay que saber sobre esa prisión vuestra —murmura de camino a la salida—. Y si es tan imbécil como para volver, nos guiará hasta la mismísima entrada.

Los tres hombres salen de la habitación y cierran la puerta rota de un golpe.

La enfermería se queda sumida en un silencio insoportable.

Al día siguiente, a primera hora de la mañana, el artillero apostado en la esquina noreste de la barricada empieza a disparar con su arma del calibre .50 a un grupo de caminantes que merodea por el límite del bosque. La materia gris y el tejido muerto brotan a chorros y se mezclan con la brisa matutina.

El ruido despierta al pueblo entero. El ladrido de los disparos de alto calibre llega hasta un callejón estrecho que hay tras los edificios de viviendas del extremo de Main Street, donde arranca ecos de las paredes y perturba el sueño etílico de un hombre sucio y harapiento que está acurrucado bajo una escalera de incendios.

Bob se agita, tose e intenta recordar dónde está, qué año es y cómo demonios se llama. El agua de lluvia todavía fluye ruidosamente por los canales y cae a su alrededor. Tiene los pantalones mojados. Atontado por la borrachera y helado hasta los huesos, se frota el rostro sin afeitar y nota que las lágrimas le surcan las mejillas hundidas y arrugadas.

¿Había vuelto a soñar con Megan? ¿Había vuelto a tener otra pesadilla en la que no consigue alcanzarla, mientras ella cuelga ahorcada de la viga? Ni siquiera se acuerda. Le dan ganas de meterse dentro del contenedor que tiene al lado y esperar a la muerte pero, en vez de eso, se pone de pie como puede y se aleja dando tumbos hacia la luz del día.

Decide tomarse el desayuno —los pocos dedos de whisky barato que quedan en la botella que lleva en el bolsillo del abrigo— en la acera, recostado contra la fachada de ladrillo del edificio donde vive el Gobernador. Para Bob es su sitio de suerte, su segundo hogar. Se derrumba contra la pared, rebusca en el bolsillo con sus dedos grasientos y renegridos y saca «el quitapenas».

Echa un buen trago y empina la botella antes de ponerse cómodo contra el muro. Ya no es capaz de llorar porque la pena y la desesperación han acabado con las reservas de lágrimas. En vez de ello, se limita a exhalar un suspiro apestoso cargado de flema, se tumba y echa una siesta durante un tiempo indeterminado antes de oír la voz.

—¡Bob!

Parpadea unas cuantas veces y sus ojos vidriosos atisban la silueta borrosa de una mujer joven que se le acerca desde el otro lado de la calle. Al principio no logra acordarse de cómo se llama, pero la expresión que surca su rostro conforme se acerca, cargada de frustración, ansiedad e incluso un atisbo de enfado, consigue despertar algo en el fondo de él y aviva los recuerdos.

—¿Qué tal, Lilly? —la saluda mientras se echa la botella a los labios y vacía hasta la última gota. Se limpia la boca e intenta concentrarse en la mujer—. A los buenos días.

La mujer se acerca, se arrodilla y le quita el *whisky* con delicadeza.

—Bob, ¿qué haces? ¿Matarte en cámara lenta?

El hombre toma aliento y suspira. Su aliento es tan fétido e inflamable que podría encender una asador.

—He estado… planteándome la posibilidad.

—No digas eso —le reprocha mirándolo a los ojos—. No tiene gracia.

—Es que no era una broma.

—Bueno, lo que tú digas. —Se seca la boca y mira atrás, vigilando la calle, nerviosa—. No has visto a Austin, ¿verdad?

—¿A quién?

—Austin Ballard. Ya sabes, un chico joven algo desaliñado.

—¿El melenudo?

—Ese.

Bob vuelve a soltar una retahíla de toses secas y sibilantes, doblándose unos instantes para intentar expulsar la flema. Parpadea.

—No, señora. Llevo días sin ver al muy pillo. —Al fin, consigue controlar la tos, mira a Lilly fijamente con los ojos amarillentos y le pregunta—: Te gusta, ¿verdad?

Ella tiene la mirada perdida en los límites del pueblo y se está mordiendo una uña.

—¿Eh?

—¿Son novios? —pregunta Bob con una sonrisa torcida.

—¿Novios? —Suelta una risita cansada y niega con la cabeza—. Yo diría que no. No exactamente.

Bob no le quita el ojo de encima.

—La semana pasada los vi yendo a tu casa —comenta con otra sonrisita—. Seré un borrachazo pero no estoy ciego. Vi cómo andaban y cómo se hablaban.

—Es complicado… —le dice frotándose los ojos—, pero ahora mismo tengo que encontrarlo. Haz memoria. ¿Cuándo fue la última vez que lo viste?

—Lilly, no se me dan muy bien los detalles. Mi memoria no es precisame…

Ella lo agarra y lo sacude.

—¡Bob, despierta! ¡Esto es importante! ¡Tengo que encontrar a Austin, es *muy* importante! ¿Entiendes? —le da una bofetada suave e insiste— ¡Concéntrate! ¡Pon en marcha esas neuronas atontadas por la bebida y PIENSA!

El hombre tiembla con los ojos cansados y vidriosos abiertos de par en par. Sus labios, trémulos, son del color del hígado e intentan articular las palabras, pero está empezando a llorar.

—No… no… Hace… No tengo muy claro…

—Bob, lo siento.

El enfado, la urgencia y la frustración abandonan el rostro de la mujer, que lo suelta mientras se le suavizan los rasgos.

—Lo siento mucho —se disculpa y rodea al hombre con el brazo—. Estoy un poco… No estoy… Ahora estoy metida en…

—No pasa nada, cielo —le responde y recuesta la cabeza—. Yo también estoy haciendo cosas que no son propias de mí últimamente. No es que esté en mi mejor momento ahora mismo.

—Aún sufres, ¿verdad? Sufres mucho.

Bob vuelve a suspirar. Cuando está con esta mujer se siente como si todo hubiera vuelto casi a la normalidad.

Durante unos segundos se plantea contarle lo de los sueños con Megan. Se plantea contarle lo del agujero negro gigantesco de su corazón que está absorbiéndole hasta el último gramo de vida que le queda. Se plantea explicarle a Lilly que nunca se le dio muy bien lo de estar de luto. Perdió muchos amigos cercanos en Medio Oriente. Como era médico militar vio tanta muerte y sufrimiento que pensó que iba a destrozarlo por dentro. Sin embargo, no fue nada comparado con perder a Megan. Se plantea todo esto durante un único momento agónico, levanta la vista hacia Lilly y se limita a responder con un murmullo.

—Sí, querida, aún sufro.

Se quedan sentados un buen rato, con el cielo nublado sobre ellos. Ambos permanecen en silencio, sumidos en sus pensamientos, dándole vueltas a sus porvenires, sombríos e inseguros. Al final, la mujer voltea hacia Bob.

—¿Quieres que te traiga algo?

—Tengo otra de estas guardada en la salida de incendios —dice levantando la botella vacía y dándole un golpecito—. No necesito nada más.

Ella suspira.

Pasan otro largo rato sin mediar palabra. El hombre nota que se está volviendo a quedar dormido porque le pesan los párpados. Mira a Lilly.

— Parece que estás un poco nerviosa, cielo. ¿Quieres que yo te traiga algo a ti?

«Sí», piensa ella, con el peso del mundo sobre sus hombros. «¿Qué tal si me traes una pistola con dos balas para que Austin y yo podamos pegarnos un tiro?».

DOCE

Martínez recorre la pasarela que corona un camión estacionado en la esquina norte del muro cuando oye que alguien lo llama.

—¡Eh, Martínez! —La voz se alza por encima del viento y de los truenos lejanos que cortan el aire, al este.

Baja la vista y ve cómo Rudy, que antes era albañil en Savannah, cruza la obra. Rudy es tan robusto como una secuoya y se peina el pelo oscuro hacia atrás como si fuera Drácula.

—¿Qué quieres?

El latino lleva su atuendo típico: camiseta sin mangas, pañuelo en la cabeza y guantes de motociclista sin dedos. El hombre de cara alargada lleva un rifle Kalashnikov con un cargador curvo y la culata recortada. Desde el techo oxidado del camión, Kenworth alcanza a ver lo que hay en un kilómetro y medio a la redonda y, de ser necesario, podría echarse a unos cuantos caminantes con una sola ráfaga controlada de disparos. A Martínez no lo molesta nadie, ya sea hombre o mordedor, y esta visita inesperada ya lo está haciendo enojar.

—Mi turno no se acaba hasta dentro de dos horas.

Entrecerrando los ojos por el sol, Rudy se encoge de hombros con tranquilidad.

—Pues a mí me dijeron que te relevara, así que supongo que hoy acabas antes. El jefe quiere verte.

—Mierda —murmura Martínez para sí mismo, que no está de humor esta mañana para ir al despacho del director. Empieza a bajarse de la cabina, entre gruñidos—: ¿Qué carajos quiere?

Se baja de un salto del estribo.

—Yo qué sé, a mí no me cuenta esas cosas.

—Tú vigila ahí arriba —le ordena Martínez, contemplando los campos inundados del norte a través de la apertura estrecha que hay enfrente del camión. El terreno está desierto pero él tiene un mal presentimiento sobre lo que acecha tras las columnas de pinos lejanas y sombrías—. Hoy está siendo un día tranquilo… pero normalmente estas situaciones duran poco.

Rudy asiente y empieza a trepar por el costado de la cabina.

Martínez se aleja dando grandes zancadas.

—¿Vas a ir al combate de hoy? —Oye que le pregunta Rudy.

—Primero iré a ver qué quiere el Gobernador —farfulla sin que el otro hombre le oiga—. Cada cosa a su tiempo.

Martínez tarda exactamente once minutos en cruzar el pueblo caminando. Se detiene un par de veces para echarles bronca a unos obreros que están vagando en los rincones de la zona del mercado, algunos incluso bebiendo a las dos de la tarde. Cuando llega al edificio del Gobernador, el sol ha irrumpido entre las nubes y el día es tan húmedo como un sauna.

El latino, un hombre de grandes dimensiones, empieza a sudar mientras se cuela por la parte trasera y sube por la plataforma hasta la puerta de atrás de Philip Blake. Golpea con fuerza la viga.

—Mueve el culo —dice el Gobernador a modo de saludo y abre la contrapuerta.

Martínez nota que se le eriza el vello de la nuca en cuanto entra en la atmósfera agria de la cocina. El lugar huele a grasa y moho, un olor que enmascara la podredumbre también presente. Sobre la pila hay un ambientador de pino para el coche.

—¿Qué pasa, jefe? —pregunta soltando el rifle y apoyándose contra un armario bajo.

—Tengo trabajo para ti —le responde el Gobernador mientras llena un vaso con agua del grifo.

Este departamento es uno de los pocos que quedan en Woodbury en el que aún funcionan las tuberías, aunque a veces el agua que sale es del pozo, marrón y con óxido. El Gobernador vacía el vaso de un trago. Lleva una camiseta de tirantes vieja que le cubre el torso fibroso y los pantalones por dentro de las botas de combate. La venda de la oreja está de color naranja a causa de la sangre y el Betadine.

—¿Quieres un vaso de agua?

—De acuerdo.

Martínez se apoya en la encimera y cruza los brazos musculosos sobre el pecho para calmar sus latidos. No le gusta por dónde va la cosa. La gente a la que el Gobernador ha enviado a «misiones especiales» en el pasado ha acabado en pedazos.

—Gracias.

—Quiero que vayas a ver al tipo ese, a Rick —le explica mientras llena otro vaso y se lo da—, y que le cuentes lo poco que te gusta cómo funcionan las cosas en el pueblo.

—¿Cómo?

—Que estás harto de este sitio —le aclara, mirándole directamente a los ojos—, ¿lo entiendes?

—Pues no.

—A ver, presta atención, Martínez —insiste con los ojos en blanco—. Quiero que conozcas al muy pendejo y que te ganes su confianza. Dile que no te gusta nada cómo gobierno el pueblo. Quiero aprovecharme de lo que está pasando en esa enfermería de mierda.

—¿Qué está pasando en la enfermería?

—Ese cabrón está ganándose a Stevens y a la perrita faldera que tiene de ayudante. Los forasteros les parecen personas decentes, les parecen lindos... pero no lo creas ni por un pinche segundo. ¡Me arrancaron la oreja de un mordisco, carajo!

—Es verdad.

—Los muy hijos de la chingada me atacaron, Martínez. Quieren quedarse con nuestro pueblo y nuestros recursos y harán lo que sea para conseguirlos, carajo. Hazme caso. Harán lo que sea. Y yo haré lo que sea para evitar que eso suceda.

El latino bebe el agua y asiente mientras reflexiona.

—Lo entiendo, jefe.

El Gobernador se acerca a la ventana trasera y le echa un vistazo a la tarde tan húmeda que hace. El cielo es del color de la leche agria. No se ve ni un pájaro. Ni pájaros ni aviones…, solo el cielo gris e infinito.

—Quiero que te infiltres entre ellos —dice en un murmuro sombrío, antes de girarse de cara a Martínez—. Quiero que intentes que te lleven a la prisión esa en la que viven.

—¿Viven en una prisión? —No tenía ni idea—. ¿Ha confesado alguno?

El Gobernador contempla el exterior. Con suavidad y en voz baja, le cuenta lo de las prendas carcelarias que llevaban los hombres bajo el equipo antidisturbios y lo que significa, todo lo que significa.

—En el pueblo hay gente que ha estado en la cárcel —dice por fin—, así que les he preguntado. Hay tres o cuatro prisiones estatales a las que se puede llegar en un día conduciendo. Una está en Rutledge, otra en Albany y otra por Leesburg. Estaría chingón que pudiéramos localizar el sitio exacto sin tener que salir a verlas todas. —Se gira hacia Martínez y le pregunta—: ¿Me sigues?

—Haré lo que pueda, jefe —asiente.

El Gobernador aparta la mirada. Hay un silencio breve antes de que retome la palabra.

—El reloj está en marcha, ponte manos a la obra.

—Una pregunta.

—¿Cuál?

—Supongamos que encontramos la prisión esa… —comienza, escogiendo las palabras con mucho cuidado.

—¿Sí?

—¿Entonces qué hacemos? —pregunta Martínez encogiéndose de hombros.

El Gobernador no contesta y se limita a seguir observando el cielo desierto con una expresión tan cruel y sombría como el paisaje asolado por la plaga.

Las fichas de dominó siguen cayendo por la tarde y la serie de acontecimientos, aleatorios en apariencia, se despliegan con las mismas implicaciones fatales que la división de los núcleos atómicos. A las 14:53, hora estándar del centro, uno de los mejores luchadores del Gobernador, un antiguo conductor de camiones desgarbado de Augusta llamado Harold Abernathy, hace una visita inesperada a la enfermería. Le pide al doctor que lo prepare para el combate del día. Quiere que le quite las vendas para tener una imagen genial para el público. Stevens se pone manos a la obra, a regañadientes y bajo la mirada de Rick el forastero. Le quita las gasas y las incontables vendas que le había puesto debido a peleas anteriores. De repente, un cuarto hombre irrumpe en la habitación, gritando con voz de barítono.

—¡¡Dónde está ese cabrón!? ¡¡DÓNDE ESTÁ!?

Eugene Cooney, un hombre desdentado y rapado que está hecho un tanque, se abalanza directo sobre Harold, gruñendo y escupiendo palabras sobre no sé qué acerca de que Harold no frenó los golpes en la pelea y que ahora Eugene ha perdido los dientes frontales que le quedaban y que es todo culpa suya. Harold intenta disculparse por «dejarse llevar» en el estadio con la multitud y todo eso, pero según el calvo enloquecido «con sentirlo no basta» y, antes de que nadie pueda evitarlo, Eugene saca un cuchillo de cazador de aspecto muy peligroso y va directo a la garganta de Harold. En mitad del caos, la hoja alcanza el cuello de Abernathy y le corta la carótida, de la que brotan chorros de sangre que salpican las paredes de forma asquerosa. Antes de que Stevens pueda reaccionar siquiera para contener la hemorragia, Cooney se da la vuelta y se va con la misma satisfacción que un trabajador de un matadero que ha desangrado a un cerdo.

—Hijo de puta —suelta, mirando atrás antes de abandonar con paso torpe la enfermería.

La noticia del ataque y de la muerte de Harold desangrado recorren la ciudad en tan solo una hora. Se produce un boca a boca entre los hombres del muro hasta que Philip Blake se entera a las 15:55 horas exactamente. Se lo cuenta Gabe, con tranquilidad, a través de la contrapuerta de la terraza. El Gobernador asimila impasible la noticia, reflexiona sobre ella y al final le dice a Bruce que no le dé mucha importancia, que no alarme a los habitantes. En vez de eso, tiene que hacer correr la noticia de que Harold Abernathy ha fallecido debido a las heridas internas que sufrió en las peleas, porque Harold era un soldado que se esforzó al máximo y era prácticamente un héroe y también porque las peleas son reales y eso es algo que la gente debería recordar. Bruce quiere saber quién le sustituirá en el combate de hoy, que empieza dentro de menos de una hora. Él contesta que tiene una idea.

Esa misma tarde, a las 16:11 horas, el Gobernador sale de su apartamento con Bruce y cruza el pueblo en dirección a la pista de carreras, que ya está empezando a llenarse de adelantados ansiosos porque empiece el espectáculo. A las 16:23 horas, los dos hombres han bajado por dos tramos de escaleras y atravesado varias decenas de metros del pasillo de cemento, hasta llegar al último recinto del lado izquierdo del subnivel más bajo. De camino, el Gobernador le explica su idea a Bruce y le cuenta lo que necesita. Por fin, llegan al cuarto que hace las veces de celda de contención. Bruce le quita el seguro a la puerta elevadora y el Gobernador asiente con la cabeza. El rechinido de los mecanismos viejos acaban con el silencio mientras Bruce levanta la puerta de un jalón.

Dentro de la cámara oscura, sucia y enmohecida de cemento grasiento, la silueta esbelta de piel marrón que hay atada en la pared del fondo alza la cabeza recurriendo a las pocas fuerzas que le quedan. Las rastas le cuelgan ante el rostro destrozado. En sus ojos brilla un odio tan ardiente como el propio fuego y su mirada, tan penetrante como un cuchillo, atraviesa los mechones de pelo hasta posarse en Philip, que avanza hacia ella. La puerta se cierra con estruendo tras él pero ninguno se mueve. Entre ambos reina el silencio.

Él se acerca un poco más, hasta quedar a treinta centímetros de ella y empieza a decir algo cuando la mujer se le abalanza. Pese a lo débil que está, casi consigue morderlo y el Gobernador se aparta sobresaltado. El castañeteo débil de los dientes y el crujido de las cuerdas tensándose rompen el silencio.

—Bien, supongamos que me muerdes. ¿Y luego qué?

De la boca de la mujer solo sale un siseo tenue. Tiene los labios separados y muestra los dientes con una mueca de odio puro y duro.

—¿Cómo piensas que vas a poder salir de aquí? —insiste, inclinándose hacia ella hasta que sus caras están a tan solo unos centímetros.

El Gobernador disfruta de su rabia. La mujer huele a una mezcla de sudor, clavo, almizcle y sangre, y el hombre lo saborea.

—Deberías dejar de resistirte, todo te sería mucho más fácil. Además, la última vez casi te rompes las muñecas y no queremos que pase eso, ¿verdad?

Ella le clava unos ojos de serpiente, en los que brilla una sed de sangre casi salvaje.

—Así que, por tu bien —dice, relajándose un poco, retrocediendo y echándole un vistazo—, te agradecería que aflojaras un poco. Pero, en fin, cambiemos de tema —anuncia con una pausa dramática—. Tenemos un problemita. Bueno, tú tienes un problemón y, depende de cómo lo veas, yo tengo muchos «problemas», pero a lo que me refiero es a que tengo un problema nuevo y necesito que me ayudes.

El rostro de la mujer sigue tan imperturbable como una cobra y su mirada continúa fija en los ojos oscuros de Philip Blake.

—Esta noche hay programado un combate en el estadio. Uno muy importante —dice con el tono monótono de un cliente que pide un taxi por teléfono—. Va a venir mucha gente… y acabo de perder a uno de los combatientes. Necesito que alguien lo sustituya y quiero que seas tú.

Algo cruza el rostro velado de la prisionera y sus ojos adoptan un brillo nuevo. No dice nada pero le hace un gesto con la cabeza, casi sin querer, y asimila cada palabra que dice.

—Antes de que empieces con esos rollos de «nunca haría nada por ti» y de «quién carajos te crees que eres para pedirme nada», quiero que tengas en cuenta una cosa —le advierte, mirándola con crueldad—. Puedo hacerte la vida más fácil. —Durante una fracción de segundo, sonríe—. Qué demonios, una bala podría hacerte la vida más fácil, pero el caso es que puedo ayudarte.

Ella lo mira fijamente. Esperando. Con los ojos oscuros en llamas.

El Gobernador le sonríe.

—Quiero que recuerdes eso —dice, y grita por encima del hombro—: ¡Bruce!

La puerta se sacude y aparece una mano enguantada bajo el borde. Bruce la sube y deja que entre la luz fría y cruda del pasillo.

El hombretón sujeta una cosa que brilla; el filo de acero reluce con un fulgor casi líquido.

La mujer del suelo fija la vista en el objeto que sostiene el hombre negro. Le falta la funda pero, expuesta bajo la luz tenue, la espada gloriosa llama su atención como si fuera un faro. Es de un estilo creado originalmente para los samuráis del siglo XV que en la actualidad solo forjan a mano unos pocos maestros espaderos. La *katana* es pura poesía encarnada en acero. La hoja larga traza una curva tan grácil como el cuello de un cisne y la empuñadura está cubierta a mano con piel de serpiente, lo que hace que el arma sea tanto una obra de arte como un instrumento preciso y mortal.

Ver la espada hace que la mujer oscura tense la espalda y, a la vez, le pone la piel de gallina. De repente, toda la furia, todo el dolor atroz que siente entre las piernas y todo el ruido que aturde su mente desaparecen y quedan sustituidos por la necesidad innata de empuñar el arma, que está perfectamente equilibrada. Su presencia logra que se evada tanto, la hipnotiza de tal modo, que apenas oye la voz del monstruo que sigue hablándole.

—Me gustaría dártela. Seguro que querrías tenerla.

La voz se vuelve cada vez más lejana a medida que la espada aumenta su brillo en los ojos de la mujer. Para ella, la hoja curvada y resplandeciente de acero es como una tajada de luna nueva que eclipsa todo lo que hay en la habitación, en el mundo y en el universo.

—Vas a luchar contra un hombre —le explica el monstruo, cuyas palabras caen en el olvido—. Al público... bueno, le va a parecer que tienes las de ganar. A la gente no le gusta ver a hombres pegándole a una mujer. —Hace una pausa—. Lo sé, yo tampoco me lo explico. Supongo que si vas directo hacia él con una espada, no pasará nada si te da un buen golpe con un bate de béisbol.

En la mente traumatizada de la mujer, la espada parece estar casi zumbando, con suavidad, vibrando, brillando con tanta intensidad en el cuarto sombrío que es como si estuviera envuelta en llamas.

—A cambio, podrás descansar una semana entera. Y tendrás comida y puede que hasta una silla o una cama, ya veremos. —La sombra del monstruo se alza sobre ella—. Para serte sincero, nuestra relación me está dejando agotado. Necesito tomarme un descanso. —La mira con una sonrisa obscena y añade—: No pasa nada porque, en fin, todavía estoy emputadísimo por lo de la oreja, pero creo que ya me vengué un poco. —Hace una pausa—. Y además, igual el tipo contra el que vas a luchar esta noche te mata.

En la imaginación de la mujer, unos rayos de luz celestial emanan de la punta afilada de la *katana*.

—Y no quiero que tú lo mates —sigue el monstruo—. Ese es el secretito que no le contamos a la gente. Los combates del estadio son un fraude. El peligro de los mordedores está ahí, eso está claro, pero se supone que no debes hacerle demasiado daño a tu contrincante.

La mujer siente que la luz dorada que se refleja en la espada se le acerca y la voz en su cabeza le promete entre susurros: «Ten paciencia, tú espera, paciencia».

—No hace falta que te decidas ahora —dice por fin el Gobernador, haciéndole una señal con la cabeza a Bruce. Se dirigen hacia la salida, y él murmura—: Tienes veinte minutos.

Ese día Lilly busca a Austin por todo el pueblo. Tras hablar con los Stern, le preocupa que haya salido por su cuenta a buscar una granja de marihuana que, cuenta la leyenda, se encuentra no muy lejos de Woodbury.

El chico la había mencionado alguna que otra vez, normalmente con el tono de sabio con el que uno describe Xanadú, afirmando que había oído rumores de que un programa médico gubernamental había estado cultivando hierba para la farmacéutica Pfizer con el objetivo de estar preparados para cuando se legalizara su consumo. Lilly está preparándose para ir tras él (la famosa granja está al este de Barnesville, lo que supone unos minutos en coche o casi todo el día a pie) cuando, ya bien entrada la tarde, empieza a encontrar indicios de que tal vez lo tiene delante de sus narices.

Gus le dice que han visto al chico a eso del mediodía merodeando por los matorrales que hay cerca de la estación, como si estuviera buscando algo, pero Lilly no le ve ningún sentido. Aunque, por otra parte, ¿desde cuándo ha tenido sentido lo que hace Austin Ballard?

Unas horas más tarde, tras su triste encuentro con Bob, Lilly se topa de camino a casa con Lydia Blackman, una viuda rica y anciana que ostenta gustosamente el título de chismosa del pueblo. Según Lydia, lo habían visto hacía tan solo una hora, más o menos, rebuscando entre los montones de basura que hay detrás del almacén de Main Street, revolviendo entre los basureros y los tambores de aceite. Unos cuantos transeúntes comentan con sarcasmo que el chico «se está convirtiendo en un mendigo» y que «dentro de nada se paseará por Woodbury con un carrito de compras en busca de latas».

Confundida, casi al límite de sus fuerzas y con la piel erizada por los nervios, Lilly llega a la conclusión de que la mejor manera de encontrar a alguien es quedarse quieto en un sitio, así que se dirige al departamento de Austin, en la zona este del pueblo, cerca de las hileras de remolques; se sienta en el porche, con las piernas cruzadas como un indio, los codos apoyados en ellas y la cabeza entre las manos.

El sol cae sobre el gran estadio en forma de plato que hay al oeste, la brisa es más fría y la chica observa cómo los últimos habitantes pasan por delante de la casa de Austin de camino al espectáculo. Los combates empiezan dentro de media hora y ella no quiere estar ni cerca del lugar, pero está decidida a encontrar al joven melenudo y darle la noticia bomba.

Al cabo de menos de cinco minutos, cuando está a punto de darse por vencida, aparece una silueta conocida de melena china, con sudadera y *jeans* rotos que surge de la boca del callejón de al lado, iluminado por un halo de luz solar. Lleva la mochila al hombro, abultada por lo que sea que lleve dentro. Tiene un aire solemne, puede que incluso algo solitario, pero esa imagen se desvanece cuando dobla la esquina para dirigirse a su casa y ve a Lilly en los escalones.

—Mi madre —dice acercándose a ella con los ojos brillantes de un niño que ha visto los regalos de Navidad—, te he estado buscando por todos lados.

Lilly se pone de pie, mete las manos en los bolsillos y se encoge de hombros con brusquedad.

—¿Ah, sí? Qué curioso, yo te estaba buscando a ti.

—Qué bien —dice y la besa en la mejilla, dejando con cuidado la mochila sobre los escalones del portal—. Tengo algo para ti.

—¿Sí? Yo también —dice sin mostrar expresión alguna.

Austin rebusca en la mochila.

—Estaba esperándote en tu casa, pero no apareciste.

Saca un ramo de ásteres alpinos rodeado con paniculata tan blanca como el mármol, metido dentro de una lata grande y oxidada de levadura con el logo de la marca descolorido. Eso explica la forma tan extraña en la que se ha comportado, rebuscando entre la hierba y la basura.

—Barbara me ha dicho que lo blanco se llama «ojo de muñeca»… ¿A poco no encanta y da miedo a la vez?

—Gracias —responde Lilly, aceptando el regalo sin emoción alguna y dejándolo en la escalera—. Es todo un detalle.

—¿Qué pasa?

—Bueno, ¿qué planes tienes?

—¿Eh?

—Ya me oíste —responde ella con las manos en la cintura, como si fuera a despedirlo del trabajo—. Planes a futuro, digo.

—No sé —responde confuso, con la cabeza ladeada y el ceño fruncido—, supongo que seguir practicando con la Glock, mejorar en lo de reventar caminantes… Igual intento hacer funcionar otro generador para poder poner música en casa.

—No me refiero a eso y lo sabes. —Se muerde el labio unos segundos—. Me refiero a qué hacer «cuando y si» saliéramos de esta. ¿Qué planes tienes para el resto de tu vida?

Austin ladea aún más la cabeza, cada vez más confundido.

—¿Te refieres a conseguir un trabajo y eso?

—Me refiero a tener una trayectoria profesional, a madurar. ¿Qué planes tienes? ¿Vas a ser un *gigoló* profesional? ¿Una estrella de rock? ¿*Dealer*? ¿Qué vas a ser?

—¿A qué viene todo esto?

—Contesta.

El joven mete las manos en los bolsillos.

—Bueno, para empezar, ni siquiera tengo claro si va a haber un futuro para el que hacer planes. Además, no sé, no tengo ni idea de lo que voy a hacer. —Estudia el rostro malhumorado de Lilly y se da cuenta de que la cosa va en serio—. Tengo un título y eso.

—¿De dónde?

—De la EPTA —dice con un suspiro débil.

—¿Qué es la EPTA?

—La Escuela Profesional Técnica de Atlanta —aclara en voz aún más baja.

—¿En serio? —le pregunta mirándolo con dureza—. Y ¿qué es eso, Austin? ¿Una página de mierda que hay en internet donde pagas diecinueve dólares con noventa y cinco para que te den un diploma, te envíen cupones para cambiar el aceite y te ayuden a hacer el currículum?

Austin traga saliva.

—Es una escuela de verdad —se defiende, y baja la mirada—. El campus está cerca del aeropuerto. —Baja el tono una octava cuando añade—: Estaba estudiando para ser asistente jurídico.

—Perfecto.

—¿Qué carajos te pasa, Lilly? —le pregunta y vuelve a mirarla—. ¿Adónde quieres llegar?

Ella le da la espalda un momento y contempla la calle vacía. El rugido de la multitud enfervorecida por el espectáculo que está teniendo lugar a manzana y media de distancia retumba en el ambiente. Niega poco a poco con la cabeza.

—Concursos de camiones y clubes de *striptease* —musita para sí misma.

El chico la mira fijamente y presta atención a lo que dice, cada vez más preocupado.

—¿De qué hablas?

Lilly se voltea y lo mira.

—Estamos en un mundo de hombres, guapo. —Tiene el rostro lleno de dolor. Los ojos se le están poniendo vidriosos—. Los hombres creen que todo consiste en meterla y luego si te he visto ni me acuerdo, pero no. No, Austin. Los actos tienen consecuencias. Hasta las elecciones más sencillas pueden hacer que te maten.

—Lilly...

—Sobre todo ahora —añade mientras se abraza como si tuviera frío y vuelve a apartar la vista—. Este mundo de mierda en el que vivimos no tiene compasión. Si te metes en problemas, estás muerto o peor.

Él se acerca y le acaricia el hombro con delicadeza.

—Lilly, sea lo que sea... seguro que podemos con ello. Juntos. ¿No es lo que me dijiste? ¿Que teníamos que hacer equipo? Dime qué ocurre. ¿Qué pasó?

Ella se aparta de Austin y empieza a bajar los escalones.

—No sé en qué estaba pensando —dice con absoluto desdén.

—¡Espera! Lilly, puedo solucionarlo, sea lo que sea.

Ella se detiene al final de la escalera, se gira y le clava la mirada.

—¿Seguro? ¿Puedes solucionarlo? —Rebusca en el bolsillo y saca un pedazo pequeño de plástico parecido a un termómetro digital—. ¡Pues arregla esto!

Le lanza el instrumento y Austin lo agarra y lo inspecciona.

—¿Qué demonios es esto?

Lo mira con más atención y se da cuenta de que la prueba de embarazo tiene una ventanita digital con unas palabras al lado.

negativo: |

positivo: ||

La pantalla muestra dos líneas verticales que indican que la prueba ha dado positivo.

SEGUNDA PARTE

La hora de la verdad

Porque entonces habrá una angustia tan grande como no la ha habido desde el principio del mundo hasta ahora ni la habrá jamás.

MATEO 24, 21

TRECE

El enorme foco de tungsteno que hay en el norte de la pista se enciende con un disparo y un fogonazo, como un cerillo gigante. El haz de luz plateado ilumina el terreno del estadio, antes conocido como la «Pista de Carreras de los Veteranos de Woodbury». La iluminación artificial excita a los más de cincuenta espectadores distribuidos por las gradas del ala oeste del campo. Gente de todas las edades y apariencias profieren gritos, aullidos y abucheos hacia el cielo amarillo oscuro, donde se mezclan con el olor de madera quemada y gasolina que flota en la brisa fresca. Las sombras se alargan.

—Cuánta gente, ¿eh? —comenta el Gobernador inspeccionando a la multitud, tan escasa como escandalosa, mientras sube las escaleras con Gabe y Bruce hasta la cabina de prensa, en la cual tiempo atrás los periodistas locales y los pilotos de NASCAR se pasaban botellas de Jack Daniel's y mascaban tabaco mientras contemplaban el caos organizado que tenía lugar entre el polvo.

Gabe y Bruce siguen al líder hasta los asientos de la cabina acristalada, respondiéndole con un «sí, señor» y un «desde luego»; justo cuando están a punto de encerrarse en su club privado, oyen una voz que proviene de abajo.

—¡Eh, jefe! —Se trata de un antiguo agricultor dedicado al cultivo de cacahuates, sin afeitar; se cubre la cabeza con una gorra que lleva bordadas las siglas CAT y está sentado en la fila trasera, desde donde le dice al Gobernador—: ¡Más vale que lo de hoy esté bien!

Él lo mira como quien mira a un niño que está a punto de subirse a una montaña rusa por primera vez en su vida.

—No te preocupes, amigo. Será un buen espectáculo, te lo prometo.

Bajo el estadio, unos minutos antes de que comiencen los juegos, la puerta de la enfermería se abre sin previo aviso y entra un hombre alto y atractivo que tiene un pañuelo atado a la cabeza.

—¿Doc? ¿Doctor Stevens? —llama con una mirada expectante en el rostro.

Al fondo de la habitación, Rick Grimes, el desgraciado forastero, se pasea arrastrando los pies por delante de la pared, llena de instrumental médico de segunda mano. Apenas se da cuenta de la visita y sus movimientos son mecánicos; está absorto en sus pensamientos. Se sujeta el brazo mutilado como si acunara a un bebé muerto y tiene el muñón cubierto por un enorme amasijo de vendas abultadas y manchadas.

—¡Eh, tú! —exclama Martínez con las manos en la cintura bajo el umbral de la puerta—. ¿Has visto a…? —se detiene y dice—: Eh, oye, tú eres… ¿Cómo te llamabas?

El herido gira despacio y la luz ilumina el miembro malherido ensangrentado. La voz del hombre suena confusa, tensa, ronca y cansada.

—Rick.

—Mierda. —Martínez da un paso atrás ante la visión desagradable de la muñeca amputada—. ¿Qué te pasó en…? Demonios, ¿qué te pasó?

—Fue un accidente —responde Rick con la cabeza baja.

—¿Qué? ¿¡Cómo te lo hiciste!?

Se acerca a él y le pone una mano sobre el hombro. Rick se zafa. El latino se esfuerza por mostrar toda la indignación y compasión que puede y no lo hace nada mal.

—¿Esto te lo hizo alguien?

Rick se le abalanza y lo agarra de la camiseta con la mano que le queda.

—¡Cállate! ¡Cierra la maldita boca! —le espeta con los ojos azules brillando y ardiendo de ira—. ¡Tú me entregaste a ese psicópata! ¡Esto es culpa tuya, loco!

—¡Eh, eh! —Martínez retrocede avergonzado, haciéndose el tonto.

—¡Basta!

La voz del doctor Stevens les cae como un jarro de agua fría; se interpone entre ellos y los aparta con las palmas de las manos.

—¡Paren! ¡Que paren, carajo! —Les clava la mirada y rodea con el brazo a Martínez—. Vamos, tienes que irte.

Cuando Martínez se va, Rick se desploma y fija la vista en el suelo, sujetándose el muñón.

—¿Qué le pasa a ese tipo? —le pregunta Martínez al doctor en voz baja cuando están fuera del alcance de Rick, al otro extremo de la habitación. Está satisfecho con la trampa. Ya dio el primer paso—. ¿Está bien?

Stevens se detiene en el umbral.

—No te preocupes por él —murmura en tono confidencial—. ¿Qué querías? ¿Para qué me buscabas?

Martínez se frota los ojos.

—Nuestro querido Gobernador me pidió que hablara contigo. Me dijo que, al parecer, no eres muy feliz aquí. Sabe que somos colegas. Quería que…

Martínez calla. Se ha quedado sin palabras. Es cierto que le tiene cierto aprecio a Stevens, siempre tan cínico y ocurrente. En el fondo, lo admira en secreto porque es un hombre con cultura y personalidad.

Mira hacia atrás durante una milésima de segundo para ver al otro hombre. El forastero, Rick, está apoyado contra la pared mientras se sujeta la muñeca vendada con la mirada perdida. Parece estar contemplando la nada, asomándose al abismo, intentando entender la cruda realidad de su situación. Sin embargo, al mismo tiempo, a Martínez le parece que el tipo es tan duro como una roca y que está preparado para matar si es necesario. La mandíbula prominente y sin afeitar, las patas de gallo que surcan los bordes de sus ojos a causa de tantos años de risas, confusión, sospecha, o quizá una mezcla de las tres... todo forma parte de un hombre que está hecho de otra madera. Puede que no tenga título ni una consulta privada, pero sin duda es un tipo al que hay que tener en cuenta.

—No sé —murmura por fin, volteando hacia el doctor—, supongo que lo que quería es que... me asegurara de que no ibas a dar ningún problema ni nada por el estilo. —Vuelve a hacer una pausa—. Solo quiere asegurarse de que eres feliz.

Ahora es Stevens quien se gira para contemplar la enfermería y reflexionar.

Tras unos instantes, el doctor le dedica una de sus sonrisas características.

—¿Ah, sí?

El estadio cobra vida con una fanfarria estruendosa de heavy metal y los vítores de hiena que provienen de las gradas. En el momento justo, el tanque malhumorado, basto y casi analfabeto de Eugene Cooney surge de entre las sombras del vestíbulo norte como si fuera un espartaco de segunda mano. Unas protecciones usadas cubren las vigas que tiene por hombros y lleva un bate manchado de sangre y envuelto con cinta adhesiva.

La multitud lo aclama mientras pasa ante los numerosos caminantes que hay encadenados a los postes del borde del campo y que intentan alcanzarlo. Las bocas podridas se abren y se cierran, los dientes negros rechinan e hilos de bilis negra caen entre haces de luz polvorientos. Eugene los saluda con el dedo corazón. El público adora a este tipo y ruge con aprobación mientras él se coloca en su puesto en el centro de la pista y empuña el bate con una solemnidad exagerada que ruborizaría a un marine que encabezara un desfile militar. El hedor de los órganos podridos y las vísceras se mezcla con la brisa.

Eugene hace alguna que otra maniobra con el bate y espera. Los espectadores esperan. El estadio se queda inmóvil como un cuadro mientras todos esperan al contrincante.

En la cabina de prensa, tras el Gobernador, Gabe contempla la pista y pregunta en voz alta:

—¿Estás seguro de que es buena idea, jefe?

El hombre ni se digna a mirarlo.

—¿Qué, tener la oportunidad de que a la zorra esta le den una paliza sin tener que mover un dedo? Sí, creo que es una idea bastante buena.

En el campo se oye un ruido que llama la atención de los hombres hacia el foco de luz que ilumina el portal sur.

El Gobernador sonríe.

—Qué bien nos la vamos a pasar.

La mujer entra al recinto desde la oscuridad del vestíbulo, con pasos bruscos y casi cortantes. Lleva la cabeza baja y viste con su capa monástica; las rastas le ondean al viento y se mueve decidida, con determinación y rapidez pese a las heridas y el cansancio, como si tan solo fuera a agarrar a un conejo silvestre por el cogote. Con la mano derecha empuña con firmeza el sable largo y curvo, que apunta al suelo en un ángulo de 45 grados.

Entra tan veloz y de forma tan casual y autoritaria que su naturaleza exótica y la extraña seriedad de su comportamiento cautiva al público. Es como si todos los espectadores se hubieran quedado sin aliento a la vez. Cuando pasa ante los muertos vivientes, se abalanzan hacia ella, hacia ese espécimen tan raro de la espada vistosa, casi como si le estuvieran suplicando. Se amontonan a su alrededor mientras se acerca a Eugene con el rostro carente de expresión, placer o emociones.

Él alza el bate, le gruñe alguna que otra amenaza irrelevante y se lanza por ella.

Daría lo mismo que aquel gigante bruto se moviera en cámara lenta, pues la mujer se limita a darle una patada certera y veloz en los genitales. Lo impacta en el punto débil de la entrepierna, arrancando al coloso un gritito casi infantil, y se dobla sobre sí mismo como si estuviera borracho de dolor. Los espectadores chillan.

Lo que ocurre después sucede con la misma velocidad y precisión con la que un cocinero trocea verduras.

La mujer de la capa ejecuta un simple giro rápido, como una pirueta baja, con la espada empuñada con ambas manos, en un movimiento tan natural, tan practicado, tan preciso e implacable, casi innato, que hace caer el filo contra el cuello del hombre. La hoja, forjada a mano por artesanos que siguieron una tradición ancestral transmitida durante milenios, corta la cabeza de Eugene Cooney en apenas un susurro.

Al principio, para la gente de las gradas, la visión del tungsteno reflejándose sobre el acero brillante y la cabeza entera del gigante desprendiéndose del cuerpo con la misma facilidad con la que una sierra corta un queso brie resulta tan surrealista que no saben cómo reaccionar: se oyen toses, un coro de risas nerviosas… y después una ola de silencio inunda todas las filas.

La paz que se instala en el estadio polvoriento es tan inapropiada y está tan fuera de lugar que no se transforma en gritos de indignación hasta que la sangre no brota como un géiser del cuello de Eugene Cooney, cortado limpiamente, y el cuerpo se desploma como una marioneta: primero de rodillas y luego de bruces al suelo, tan inerte como un montón de piel muerta.

En la cabina de prensa, guarecidos tras los ventanales sucios, un hombre enjuto se pone de pie de un salto. Philip Blake observa el campo con los dientes apretados y sisea:

—¿¡Pero… qué… carajos…!?

Durante un largo momento de ensoñación, todos los presentes en la cabina y en las gradas son presas de una extraña parálisis. Gabe y Bruce se acercan al ventanal, abriendo y cerrando los puños. El Gobernador avienta su silla plegable de una patada y el asiento de metal se estampa contra la pared trasera.

—¡Bajen! —grita el Gobernador señalando la pista, donde, como en un cuadro, la amazona oscura empuña la espada mientras el corro de cadáveres intenta alcanzarla—. ¡Controlen a los mordedores y aparten a esa puta de mi vista! —La ira fluye por sus venas—. ¡Les juro que me voy a chingar a esa zorra!

Los secuaces se dirigen a trompicones hacia la puerta, empujándose para salir.

En el campo, la mujer de la capa (nadie se ha molestado en averiguar cómo se llama) desata su furia controlada contra el corro de muertos vivientes que la rodea, en una especie de danza.

Agazapada, ataca con la espada al primer caminante dando un giro. La hoja afilada corta con un susurro los tendones pútridos y el cartílago del cuello, decapitándolo con facilidad.

La sangre y los tejidos brotan iluminados por la luz artificial y la cabeza cae y rueda por el polvo antes de que el cuerpo se desplome. La mujer se da la vuelta. Se desprende otra cabeza. Los fluidos manan a chorro. La gladiadora vuelve a girarse y rebana otro cuello podrido, provocando que otro cráneo se despida de sus ataduras destrozadas y ensangrentadas. Otro giro, otra decapitación, otra, otra y otra… hasta que el polvo queda negro, empapado de líquido cefalorraquídeo y la espadachina se queda sin aliento.

En ese momento, sin que el público ni la mujer del centro de la pista se percaten, Gabe y Bruce ya bajaron las escaleras y van corriendo hacia la puerta que lleva a la pista.

La multitud empieza a proferir una mezcla extraña de abucheos y una especie de rebuznos y a alguien con el oído poco entrenado le costaría distinguir si está enfadada, asustada o emocionada. El clamor le da energías a la mujer. Ejecuta a los últimos tres cadáveres con una combinación elegante de *grand plié*, *jeté* y un *pas de pirouette* mortífero con el que decapita en silencio a los muertos. La danza bautiza con sangre la tierra, cubierta de fluidos de color escarlata negruzco.

En ese mismo instante, los secuaces del líder cruzan la arena y cargan contra la mujer, que está de espaldas a ellos. Gabe la alcanza primero, tirándose literalmente de cabeza hacia ella, como si derribara a un jugador a punto de hacer una carrera antes de que anote.

La mujer cae fuerte al suelo y la espada se le escapa de las manos. Los dos hombres se tiran sobre ella, haciendo que muerda el polvo.

De sus pulmones escapa un suspiro (apenas ha dicho diez palabras desde que llegó a Woodbury) y se retuerce en el suelo bajo el peso de Gabe y Bruce, resoplando con angustia mientras los otros dos le aplastan la cara contra el suelo, levantando con el aliento pequeñas motas de polvo. Los ojos le brillan con ira y dolor.

El público está mudo de asombro ante todo lo que está ocurriendo y lo asimila a un nivel casi subconsciente mientras reacciona en un silencio conmocionado. La quietud vuelve al estadio y asfixia el lugar hasta que lo único que se oye son los resuellos y jadeos de la mujer sometida en la arena, y un clic que proviene de la sala de prensa que hay sobre las gradas.

El Gobernador aparece, cegado por la furia y con los puños tan apretados que se clava las uñas hasta sacarse sangre.

—¡Eh!

Una voz grave de mujer, curtida y áspera por el tabaco y una vida dura, se dirige a él desde abajo. Él se detiene en el parapeto.

—¡Tú, hijo de puta!

Le habla una mujer que lleva puesta una bata deshilachada y que está sentada en una de las filas centrales, entre dos niños huesudos vestidos con harapos. Mira enfadada al Gobernador.

—¿¡Qué carajos ha sido eso!? ¡No traigo a mis hijos para que vean esto! ¡Los traigo a ver los combates para que tengan un poco de sana diversión, pero eso ha sido una masacre en regla! ¡No quiero que mis niños vean asesinatos, demonios!

La multitud reacciona ante la visión de Gabe y Bruce forcejeando con la amazona para arrastrarla fuera del campo. El público expresa su desacuerdo. Se empiezan a oír murmullos que se convierten en gritos de enfado. La mayoría está de parte de la mujer, pero hay algo más profundo que los mueve. Casi un año y medio de desgracias, hambre, aburrimiento y un terror intermitente se abren paso en forma de una descarga de gritos y aullidos.

—¡Los has traumatizado! —chilla la mujer entre el griterío—. ¡He venido a ver huesos rotos y cómo les saltaban los dientes a los luchadores, no esto! ¡Con esto te pasaste de la raya! ¿¡ME ESTÁS ESCUCHANDO!?

Sobre el parapeto, el Gobernador se detiene y contempla el gentío. Lo invade la rabia, recorriéndole el cuerpo como un incendio que le consumiera hasta la última célula, haciendo que se le pongan los ojos vidriosos y un escalofrío le suba por la espalda. En los rincones más recónditos de su cerebro, una parte de él se libera: «Controla… controla la situación… extirpa el cáncer… extírpalo ya».

Desde las gradas, la mujer se queda mirando cómo se aleja.

—¡Eh, que te estoy hablando, carajo! ¡No me dejes con la palabra en la boca! ¡Vuelve aquí!

Él baja las escaleras sin hacer caso de los abucheos y los chiflidos, con dos ideas fijas en la cabeza: destrucción y venganza.

«Corriendo, huyendo hacia delante, perdidas en la oscuridad, cegadas por la noche, se precipitan por el bosque, buscando ansiosas el campamento y la seguridad que les ofrece… Tres mujeres, una cincuentona, una de casi sesenta y la otra en la veintena, se agitan entre el follaje y las ramas enredadas mientras intentan con desesperación volver al grupo de campistas y caravanas que hay en la oscuridad, a menos de un kilómetro y medio hacia el norte. Estas pobres mujeres solo querían recoger unas cuantas moras silvestres y ahora están rodeadas. Acorraladas. Atrapadas… ¿Qué salió mal? Habían sido tan silenciosas, tan sigilosas, tan veloces… Llevaban las moras en el dobladillo de la falda, tenían cuidado de comunicarse con gestos para no hablar y ahora los caminantes se aproximan a ellas, desde todas las direcciones. El hedor cada vez está más cerca y el coro de gruñidos babeantes que proviene de detrás de los árboles recuerda a una batidora. Una de ellas grita cuando un brazo muerto la agarra desde un matorral y le rompe la falda. ¿Cómo pasó todo tan rápido? Los caminantes salieron de la nada. ¿Cómo pudieron detectarlas los monstruos? De repente, los cadáveres ambulantes les cierran el paso, obstruyendo la ruta de huida y rodeándolas. El pánico cunde entre las víctimas, cuyos gritos penetrantes son cada vez más agudos, mientras intentan resistirse al ataque… La sangre se mezcla con el zumo morado oscuro de las moras, hasta que es demasiado tarde… y el bosque se tiñe de rojo y sus gritos se ven asfixiados por esas trituradoras implacables».

—Se les acabó conociendo como «las Mujeres de Valdosta» —cuenta Lilly temblando, sentada en la salida de emergencia de Austin, envuelta con una manta.

Es tarde, y los dos chicos llevan sentados ahí casi una hora, dando vueltas por la plataforma mucho después de que las luces del estadio empezaran a apagarse una a una y los ciudadanos insatisfechos emprendieran el largo camino hacia sus casuchas. En estos momentos, Austin está sentado junto a ella mientras se fuma un cigarro liado a mano y escucha la historia tan extraña que le cuenta. Siente punzadas en el estómago a causa de unas emociones indescriptibles que no alcanza a identificar ni comprender, pero que necesita asimilar para poder expresar sus sentimientos, así que se limita a callar y prestar atención.

—Cuando estaba con Josh y los demás —dice Lilly con una voz inexpresiva y debilitada por el cansancio—, solían decir «ten cuidado y lleva siempre una compresa empapada en vinagre cuando tengas la regla para camuflar el olor o acabarás como las Mujeres de Valdosta».

Austin suspira apenado.

—Deduzco que una tenía la regla.

—Exacto —asiente Lilly mientras se sube el cuello de la chamarra y se envuelve mejor los hombros con la manta—. Resulta que los caminantes huelen la sangre menstrual como si fueran tiburones, para ellos es como un pinche faro.

—Mierda.

—Por suerte para mí, siempre he sido tan exacta como un reloj. —Sacude la cabeza con un temblor—. Tengo la regla cada veintiocho días y me aseguro de estar en casa o, al menos, en un lugar seguro. Desde que empezó la Transformación he intentado llevar un registro minucioso. Fue una de las razones por las que lo supe. Tuve un retraso y lo supe sin más. Tenía dolores, estaba hinchada… y tenía un retraso.

El chico asiente con la cabeza.

—Lilly, quiero que…

—No sé… no sé —murmura como si ni lo escuchara—. En cualquier otra situación ya sería algo fuerte, pero es que estando con la mierda hasta el cuello como estamos…

Austin deja que se desahogue y después le dice con mucha delicadeza y amabilidad:

—Lilly, solo quiero que sepas una cosa. —La mira con los ojos cada vez más vidriosos—. Quiero que tengamos el bebé juntos.

Ella lo mira. El silencio inunda el aire frío durante unos instantes eternos. Baja la vista. La espera está matando al joven por dentro. Quiere decirle muchas más cosas, quiere demostrarle que está siendo sincero, quiere que confíe en él, pero no encuentra las palabras. No se le da bien hablar.

Por fin, Lilly alza la vista hacia él, con las lágrimas asomándose a sus ojos.

—Y yo —dice con apenas un susurro. Después, se ríe. Es una risa purificadora, algo atolondrada e histérica, pero purificadora de todas formas—. Que Dios me ayude, yo también… quiero tenerlo.

Se dan un largo abrazo en el precipicio frío y ventoso que hay fuera de la ventana trasera de Austin. Fluyen las lágrimas.

Tras un rato, él la mira a la cara, le aparta el pelo de los ojos, le seca las mejillas mojadas y sonríe.

—Conseguiremos que todo salga bien —le dice en voz baja—. Tenemos que conseguirlo. Es como decirle «no me importas» al fin del mundo.

Lilly asiente y le acaricia el rostro.

—Tienes razón, guapo. Cuando tienes razón, tienes razón.

—Además, el Gobernador tiene el pueblo bajo control, ha conseguido que sea un lugar seguro, un hogar para el bebé. —Le da un beso cariñoso en la frente, sintiendo una seguridad que nunca antes había sentido—. Tenías razón sobre él todo este tiempo —reconoce Austin con voz dulce mientras la abraza—. El tipo sabe lo que hace.

CATORCE

El eco de unas pisadas resuena por el pasillo inferior que hay bajo los niveles subterráneos. Se acercan rápido y con fuerza, bajando los escalones de dos en dos, avanzando con furia y llamando la atención de Gabe y Bruce en la oscuridad. Los dos hombres están fuera del último habitáculo, semiocultos en las sombras que proyectan las bombillas desnudas e intentando recuperar el aliento tras la batalla que ha sido controlar a la mujer negra.

Para lo canija y delgada que es, la afroamericana dio bastante guerra. Los enormes brazos de Gabe empiezan a mostrar indicios de moretones donde la mujer lo ha arañado, y Bruce tiene una herida bajo el ojo derecho, justo donde la zorra le propinó un codazo. Sin embargo, eso no es nada comparado con el huracán que se avecina por el pasillo.

La silueta proyecta una sombra alargada a medida que se aproxima con la espalda iluminada por las luces enrejadas. Se detiene con los puños apretados y firmes.

—¿Y bien? —resuena la voz del hombre delgado, que se queda a nueve metros de distancia, con el rostro oculto entre las sombras—. ¿Está ahí dentro? —Su voz suena mal, retorcida y estrangulada por las emociones—. ¿La han vuelto a meter ahí? ¿Está amarrada? ¿¡SÍ O NO!?

Bruce aún respira de forma entrecortada por el cansancio y sostiene la delicada *katana* en su manota, como un niño con un juguete roto.

—Esa vieja está loca —farfulla.

El Gobernador se detiene ante ellos, con los ojos ardiendo y una postura que demuestra su enojo.

—¡Me la pela! Tú… tú… dame… ¡dame esa mierda!

Le arranca la espada de las manos a Bruce, que se sobresalta por acto reflejo.

—¿Señor? —dice en voz baja e insegura.

El Gobernador resopla y rechina los dientes mientras camina de un lado a otro con el arma agarrada con tanta fuerza que los nudillos se le ponen blancos.

—¡¿Qué carajos le pasa a esa perra!? Le dije… le dije que me portaría bien con ella… que solo tenía que hacerme un piche favor. ¡Solo un pinche favor: este! ¡Un favor! —El retumbar de su voz deja a los otros dos prácticamente clavados a la pared—. Dijo que me ayudaría, ¡lo dijo!

Le palpitan las sienes, tiene la mandíbula apretada, se le marcan los tendones, los labios, retraídos, muestran los dientes… Philip Blake parece un animal enjaulado.

—¡Mierda! ¡Carajo! ¡Puta madre! —Se gira hacia sus secuaces y gruñe escupiendo—. Habíamos… hecho… ¡un trato!

Gabe comienza a hablar:

—Jefe, a lo mejor si…

—¡Cállate! ¡Cállate, carajo!

En el pasillo se oyen los ecos de las palabras del Gobernador. El silencio que los sigue es tan frío que podría congelar un lago entero.

Recupera el aliento; recobra la compostura y respira hondo varias veces. Sujeta la espada de una forma extraña que al principio, por un instante, da a entender que está a punto de atacar a sus hombres, pero entonces les dice con un murmullo:

—Convénzame para que no entre ahí ahora mismo y la raje del coño al cuello con esta madre.

Los otros dos no saben qué responderle. No les quedan ideas.

El silencio es glacial.

En ese momento, alguien camina con pasos pesados, rápidos y furtivos por el laberinto de zonas de mantenimiento y pasillos descarapelados que hay bajo la pista. En la quietud de la mohosa enfermería esas pisadas no se oyen aún, pues provienen desde el extremo sur y todavía están demasiado lejos.

De hecho, al mismo tiempo, en la clínica improvisada, antes de que se conozca el inquietante giro de los acontecimientos, los tubos fluorescentes parpadean vacilantes debido a la energía intermitente que les proporcionan los generadores de la planta superior. El ir y venir de la luz y el zumbido incesante están empezando a poner nervioso a Rick.

Está sentado en una camilla, observando cómo se lava las manos en la pila el doctor Stevens. El médico respira hondo, exhausto, y estira los músculos cansados de la espalda.

—Bueno —comienza el doctor mientras se quita las gafas y se frota los ojos—, pues me voy a casa a echar una siesta un rato o, al menos, a intentarlo. No es que haya dormido mucho últimamente, la verdad.

Alice sale del almacén del otro extremo de la habitación con una aguja hipodérmica en una mano y un frasco de netromicina, un antibiótico muy potente, en la otra. Prepara la aguja y mira a Stevens.

—¿Estás bien?

—Sí, bien… Nunca he estado mejor. No pasa nada que un buen trago de vodka no pueda arreglar. Alice, ¿me avisarás si ocurre algo importante? —Reflexiona—. Si me necesitas, digo.

—Claro —contesta mientras arremanga a Rick y le desinfecta la herida. Le inyecta otros cincuenta centímetros cúbicos sin dejar de hablar con el doctor durante el proceso—: Que descanses.

—Gracias —responde y sale de la enfermería cerrando la puerta tras él.

—Bueno… —comienza Rick mirando a Alice mientras le sujeta una gasa en el antebrazo para sellar la infección—. ¿Qué hay entre ustedes? ¿Están…?

—¿Juntos? —pregunta con una sonrisa melancólica, como si le hiciera gracia un chiste privado—. No. Yo creo que a él le gustaría que lo estuviéramos y la verdad es que es un buen hombre. Muy bueno, de hecho. Y sí que me gusta. —Se encoge de hombros, tira el frasco usado a la basura y le baja la manga a Rick—. Pero me da igual que sea el fin del mundo, es demasiado mayor para mí.

El rostro del hombre se relaja.

—¿Así que estás...?

—¿Soltera? —Hace una pausa y mira al forastero—. Sí, pero no busco nada y tú tienes un anillo en el dedo, así que... —Se detiene—. ¿Tu mujer sigue viva? Perdón si...

—Sigue viva, sí —dice con un suspiro—. No pasa nada. Y no te preocupes, era por hablar de algo. Perdón si ha sonado como si estuviera... —Vuelve a suspirar—. Así que tú también eres doctora, ¿no? ¿O eres enfermera? ¿Auxiliar? ¿Algo por el estilo?

Ella se aproxima a un escritorio abarrotado y escribe algo en un cuaderno.

—De hecho, estudiaba interiorismo en la universidad, pero al parecer los mordedores o zombis o lo que sean tenían otros planes. Hace unos meses no sabía hacer nada de esto.

—Y ¿cómo es que ahora sí? ¿Cómo aprendiste? —pregunta el herido, que muestra un interés genuino, aunque solo sea en plan charla de compañeros de trabajo—. ¿Te enseñó el doctor Stevens?

—Casi todo, sí.

Alice le responde sin dejar de escribir notas sobre el inventario, los medicamentos que se han utilizado y cuántos suministros les quedan. En Woodbury, todo está limitado, sobre todo las medicinas, así que Stevens ha instaurado un sistema de registro meticuloso que ella lleva al día religiosamente.

Durante la pausa, los pasos ya han llegado al corredor que hay fuera de la enfermería, pero todavía están a la distancia suficiente como para que ni Rick ni Alice los oigan, pese a que se aproximan con rapidez, decisión y urgencia.

—Siempre he aprendido rápido, desde que era pequeña. La verdad es que me basta con ver hacer algo una vez, dos como mucho, y ya prácticamente sé hacerlo.

—Estoy impresionado —confiesa Rick con una sonrisa.

—No es para tanto —le dice con una mirada pétrea—. No creo que prestar atención sea algo especial solo porque casi nadie lo haga. —Hace una pausa y suspira—. ¿He sonado presumida? ¿He parecido una cabrona? Me pasa a menudo, lo siento.

—No te preocupes —la tranquiliza él sin dejar de sonreír—, no me lo tomé a mal. Y además, tienes razón. —Mira el muñón vendado—. Casi nadie le presta atención a nada. —La mira—. Se pasan la vida preocupándose tanto de sus tonterías que ni siquiera se dan cuenta de lo que pasa a su alrededor.

Vuelve a mirarse la herida y gruñe.

—¿Qué pasa?

—Extraño a mi mujer —dice en voz baja y con la mirada perdida—. Es que… no puedo dejar de pensar en ella. —Hace una larga pausa y remata—: Está embarazada.

—¿En serio?

—Sí. Dará a luz en unos meses. La última vez que la vi estaba… estaba… estaba bastante bien. —Traga saliva—. Lo que pasa es que el bebé… No sé si…

En el otro extremo de la pequeña clínica, la puerta se abre de golpe e interrumpe al lisiado.

—¡Rick, levántate! ¡Ya!

El hombre que irrumpe en la enfermería lleva un pañuelo decolorado y empuña un rifle de francotirador. Una camiseta sin mangas y sudada que deja al descubierto unos brazos musculosos.

—¡Vamos, tenemos que irnos! —exclama el hombre con prisa mientras se dirige hacia Rick y lo agarra del brazo—. ¡Nos vamos ya!

—¿Qué…? Pero ¿qué demonios haces?

Rick retrocede y se aparta de Martínez, que está como loco. Alice, con los ojos abiertos como platos, también da un paso atrás.

El latino mira fijamente al herido a los ojos.

—Voy a salvarte la vida.

—¿Cómo? —pregunta Rick, parpadeando—. ¡¿Cómo que vas a salvarme la vida!?

—¡Que te voy a sacar de aquí! ¡Voy a ayudarte a escapar!

—¡Suéltame, carajo! —grita él con el corazón a cien y apartando el brazo de un jalón.

Martínez alza la mano en gesto de disculpa.

—De acuerdo. Mira, lo siento, ¿ok? Pero el caso es que tenemos que darnos prisa. No va a ser fácil lograr que huyas sin que nadie se dé cuenta. Escúchame, te voy a sacar, pero no puedo robar ningún vehículo porque solo tenemos dos con gasolina y son muy difíciles de agarrar sin que nos vean.

Rick y Alice se miran aterrados y él vuelve a dirigir la vista hacia el hombre del pañuelo.

—¿Por qué…?

—Si se dan cuenta de que no estás antes de que nos hayamos alejado lo suficiente, nos alcanzarán. Tenemos que salir de aquí y que la gente tarde mucho en enterarse. —Mira a la mujer y después al forastero de nuevo—. Y ahora, ¡vámonos!

Rick respira hondo, invadido por una ola de sentimientos encontrados que rompe en su interior, y asiente con brusquedad y a regañadientes. Mira a Alice y luego a Martínez, quien se da la vuelta y se dirige hacia la puerta.

—¡Espera! —Lo agarra antes de que salga—. ¡Me dijeron que hay guardias vigilando la puerta! ¿Cómo vamos a evitarlos?

Dominado por la adrenalina, Martínez casi sonríe.

—Nosotros ya nos hemos ocupado de ellos.

—¿Nosotros?

Rick lo sigue fuera de la enfermería a paso ligero y se zambulle en el pasillo.

Alice, sola en la habitación, se queda contemplando la salida, boquiabierta.

Martínez reza para que no los vean mientras se deslizan con cuidado por el pasillo central, evitan los focos de luz que proyectan las bombillas, bajan las escaleras hacia el nivel inferior y efectúan dos giros rápidos. Solo él y el Gobernador están al tanto de este engaño y la gente como Gabe y Bruce es partidaria de disparar primero y preguntar... en fin, nunca. Alza la mano en silencio en señal de alerta cuando se acercan a una de las habitaciones.

—Creo que ya conoces a mi socio —le susurra a Rick mientras abre la puerta de metal con rapidez.

Dentro del recinto oscuro hay un par de cuerpos que yacen inconscientes en el suelo de cemento. Son dos de los hombres del Gobernador, Denny y Lou, y ambos están hechos polvo aunque aún respiran entrecortadamente. Una tercera persona, protegida con equipo antidisturbios, se alza sobre ellos con los puños cerrados, respirando hondo y una porra en la mano.

—¡Glenn!

Rick entra dando tumbos en la habitación y se acerca al chico.

—¡Caray, Rick, estás vivo!

El joven asiático de la armadura tipo SWAT abraza al otro. Tiene un rostro redondo y aniñado, ojos oscuros almendrados y pelo muy corto, por lo que podría pasar por un soldado raso que acabara de concluir su entrenamiento básico. «O por un *boy scout*», piensa Martínez desde el umbral, viendo el reencuentro tan emotivo.

—Hombre, creía que estabas muerto. Martínez me dijo que te había visto, pero, no sé, supongo que tenía que verlo para creerlo. —El chico avista el muñón de Rick. —Mierda, Rick, había muchísima sangre...

—Estoy bien —le asegura con la cabeza baja y la venda ensangrentada contra el abdomen—. Supongo que tengo suerte de que ese monstruo solo me quitara la mano. ¿Y tú qué? —Le da una palmada en el hombro protegido con Kevlar—. Me dijeron que te habían soltado, que les habías contado todo lo de la prisión y que te iban a seguir hasta allí.

El chico suelta una carcajada nerviosa que a Martínez le recuerda a un perro hiperventilando.

—Hombre, ni siquiera me preguntaron nada. —Le cambia la expresión: entrecierra los ojos, aprieta la mandíbula y baja la mirada—. Me pasé un día encerrado en un garaje al lado de otro en el que tenían a Michonne. —Hace otra pausa y los ojos se le vuelven vidriosos del asco—. Rick...

El joven vuelve a detenerse. Le cuesta respirar, y mucho más explicar lo sucedido. Al otro lado del cuarto, Martínez interioriza lo que dicen. Es la primera vez que oye el nombre de la mujer negra y, por algún motivo, lo pone nervioso cómo suena. «¿Mishon? ¿Mishoun?» No entiende exactamente el porqué.

Rick le da una palmada en el hombro al muchacho.

—No pasa nada. Iremos a rescatarla y nos largaremos de aquí.

—Rick, estoy enamorado de Maggie —dice por fin el chico, con ojos llorosos—. No quiero poner a nadie en peligro, pero he oído cosas, las cosas que deben de haberle hecho a Michonne. —Hace otra pausa. Mira a su amigo y sigue con palabras temblorosas—: Sé que les hubiera dicho cualquier cosa para que pararan. —Ahoga la vergüenza—. Pero es que nunca llegaron a preguntarme siquiera. —Se detiene. Cada vez está más enfadado—. Es como si lo hubieran hecho solo para joderme.

Es hora de que Martínez se entrometa y ponga en marcha el pinche plan.

—Es típico de él —interviene con voz profunda y grave. Les dedica una mirada sombría y sigue—: Philip, el Gobernador, como le quieran llamar, lleva un tiempo perdiendo la cabeza. Me han contado de las mierdas que está haciendo. Se dice, se comenta… No quería creerlo. —Respira hondo—. Es como si uno optara por ignorar esas cosas para no tener que hacer nada al respecto. Cuando te vi —dice señalando con la cabeza a Rick—, sospeché que el «accidente» en el que perdiste la mano tenía que ver con él.

Al otro lado de la habitación, el hombre rubio y el muchacho de rasgos asiáticos intercambian miradas y se dicen algo sin hablar. Martínez se da cuenta, pero no se inmuta.

—Me pidió que sustituyera a sus guardias —prosigue en voz aún más baja— y vigilara el garaje en el que tenía a Glenn. No sabía que tenía prisioneros encerrados. Por lo general, me dedico a la seguridad, siempre estoy en las verjas. —Respira hondo de nuevo y mira a los dos hombres—. No podía dejar que las cosas siguieran así, tenía que ayudar a poner fin a esta pinche locura. —Mira al suelo—. ¡Aún somos humanos, carajo!

El hombre mutilado reflexiona sobre el asunto mientras se humedece los labios y las arrugas de su rostro se vuelven más profundas. Mira a Glenn.

—Mierda, la ropa. —Posa la vista en Martínez—. ¡Mi ropa! —Sacude la cabeza—. Llevábamos equipo antidisturbios y cuando el doctor estaba atendiéndome… seguro que alguien vio lo que llevaba debajo.

Agacha la cabeza poco a poco, contemplando las paredes descarapeladas de yeso y las arterias de óxido o sangre que surcan las esquinas.

—Mierda —murmura.

El joven lo mira.

—¿Qué pasa?

—El overol, el overol naranja —musita—. Por eso se enteró de lo de la prisión. ¿Cómo he podido ser tan pendejo?

—¡Vamos! —Martínez ya ha tenido bastante y el reloj sigue en marcha—. Tenemos que salir de aquí.

Rick le hace un gesto con la cabeza a Glenn, quien se baja el visor.

Y los tres salen de la habitación y recorren el pasillo, en dirección a la rampa.

En el nivel más inferior del sótano, Bruce y Gabe llevan ya casi diez minutos agónicos sin moverse de su sitio, contra el muro sucio de cemento adyacente a la sala de detención.

El Gobernador pasea de un lado a otro delante de ellos, empuñando la *katana*, tapando de forma intermitente los focos de luz sucia que arrojan las bombillas de cien vatios; murmura para sí mismo, con los ojos velados por la rabia y la locura. Cada pocos segundos se oyen las palabras amortiguadas de la mujer, que emite murmullos casi inaudibles tras la puerta elevadora de la zona de mantenimiento. ¿Con quién carajos habla? ¿Qué clase de enfermedad le estará pudriendo el cerebro a la espadachina?

Bruce y Gabe esperan órdenes, pero no se están tomando muchas decisiones precisamente: parece que el Gobernador está luchando contra sus propios demonios, intentando cortar el aire y sus problemas con la *katana* mientras, de vez en cuando, farfulla, confuso y enojado:

—Mierda... Mierda... ¿Cómo... chingados...? ¿Cómo chingados pudo...?

En un momento dado, Gabe intenta hacer una sugerencia:

—Oye, jefe, ¿y si nos centramos en las prisiones que hay en Albany? Hay unas cuantas por ahí...

—¡Cierra la maldita boca! —El Gobernador sigue dando vueltas—. ¡Ahora tengo que capturar mordedores nuevos para las peleas! ¡Tengo que encontrar luchadores nuevos! ¡Mierda!

Bruce interrumpe:

—Jefe, ¿y si...?

—¡Carajo! —Corta el aire con la espada—. ¡Zorra de mierda!

Gira hacia la puerta del garaje y le pega una patada con todas sus fuerzas al panel de metal oxidado, que causa un estruendo enorme y deja una abolladura del tamaño del estómago de un cerdo. Los secuaces se sobresaltan por el ruido.

—¡CARAJO! ¡CARAJO! ¡CARAJO! ¡CARAJO! —El Gobernador se da la vuelta—. ¡¡Abran!!

Bruce y Gabe intercambian una mirada rápida y acalorada y entonces Bruce se acerca a la puerta, se agacha y agarra el borde inferior con ambas manos.

—Quiero ver las tripas de esa puta asquerosa esparcidas por el suelo —gruñe.

La puerta sube entre rechinidos y el Gobernador se estremece como si hubiera recibido una descarga eléctrica.

—¡Para!

Bruce se detiene de golpe con la puerta a medio subir en sus manotas. Él y Gabe se giran para mirar al jefe.

—Cierra. —Su tono vuelve a ser normal, como si le hubieran bajado a un interruptor.

—Lo que tú digas, jefe... —responde Bruce—, pero ¿por qué?

El Gobernador se frota el puente de la nariz y los ojos.

—Voy a...

Los hombres esperan. Vuelven a intercambiar miradas. Al final, Bruce se humedece los labios.

—¿Estás bien, jefe?

—Voy a consultarlo con la almohada —responde con suavidad—. No quiero hacer nada de lo que me arrepienta después.

Profiere una larga exhalación y estira los músculos del cuello. Después se gira y empieza a marcharse.

—Tengo que estudiar todas las opciones —murmura mientras se va, sin volver la vista hacia ellos—. Vuelvo dentro de unas horas.

Desaparece al doblar la esquina del final del pasillo, desvaneciéndose bajo la luz tenue como un fantasma.

—¡Esperen!

La voz surge de entre las sombras que hay tras los fugitivos, desde las profundidades del pasillo, y al principio el hombre latino está seguro de que los han descubierto y su plan se ha ido al demonio antes de que pudieran salir siquiera.

—¡Por favor, paren!

Los tres hombres se detienen de golpe cerca de la intersección de dos túneles y a Martínez le hormiguea la nuca. Se giran uno a uno: Martínez, luego Rick y, por último, Glenn, respirando de forma entrecortada, con los corazones acelerados y las manos temblorosas buscando las empuñaduras de las armas. Enfocan la mirada para ver a quién pertenece la silueta que se les acerca con rapidez y pasa bajo un foco de luz.

—Esperen —repite la joven.

La luz le ilumina la coronilla. Lleva el pelo güero y brillante recogido en una trenza francesa y los mechones le caen sobre el rostro, aniñado. La bata de laboratorio refulge bajo la iluminación tenue del pasillo. Se les acerca, sin aliento.

—¿Qué pasa, Alice? —pregunta Rick—. ¿Qué quieres?

—He estado pensando el asunto —dice agitada mientras recobra el aliento en el túnel oscuro y sofocante.

En algún lugar no muy lejano, en la planta de arriba, fuera de los vestíbulos, el viento susurra entre las gradas vacías y las grúas.

—Si se van, quiero que nos lleven con ustedes. Al doctor Stevens y a mí.

Los otros intercambian miradas tensas, pero nadie responde.

—Vayan adonde vayan —prosigue dirigiéndose a Rick—, seguro que es mejor que esto… Además, tu mujer está embarazada, así que seguro seríamos de ayuda.

Él reflexiona durante unos segundos sobre lo que dice Alice. Después, le dedica una sonrisa débil.

—Eso no te lo puedo discutir. Nos encantaría contar con ustedes. De hecho…

—Bueno —interrumpe Martínez con la voz tan tensa como las cuerdas de un piano—. Tenemos que irnos.

Contrarreloj, cruzan a toda velocidad un túnel que se bifurca y una rampa larga hasta que acaban en el sótano, oscuro y hediondo. Glenn no se acuerda muy bien de dónde tienen a Michonne. Está un poco confuso, ya que todas las puertas de garaje se parecen y tienen cicatrices de grasa antigua y suciedad tan similares que parece cosa de locos. Lo que sí recuerda es que lo arrastraron por este nivel. Al final, consiguen encontrar el último laberinto de zonas de mantenimiento y se detienen.

—Estoy seguro de que está a la vuelta de la siguiente esquina —susurra mientras se amontonan entre las sombras de la intersección de dos túneles.

—Bien —murmura Rick—. La rescatamos, vamos por el doctor y nos largamos de aquí. —Mira a Martínez—. ¿Qué distancia hay entre la casa del doctor y la barda? ¿Existe alguna forma fácil de salir?

—¡Esperen! —susurra teatralmente Martínez mientras alza una mano enguantada—. Esperen, silencio. Retrocedan. —Se asoma a la esquina con cuidado y se gira de nuevo hacia el grupo—. Me extrañaría mucho que el Gobernador no tuviera a alguien de guardia vigilando a su amiga.

—Y ¿por qué no…? —empieza a decir Rick.

—Entrar todos juntos no es muy buena idea —les advierte Martínez—, a no ser que quieran que les peguen un tiro. Aquí todo el mundo me conoce. Iré yo delante y luego les aviso cuando acabe.

Nadie le discute.

Respira hondo, se limpia un poco y dobla la esquina, dejando a los tres parias acurrucados y nerviosos en la oscuridad del túnel.

Glenn mira a Alice.

—Hola, soy Glenn.

—Y yo Alice —le responde con una sonrisa temblorosa—. Encantada.

Rick apenas los oye. El corazón le late en sincronía con el reloj que corre en su cabeza. Solo tienen una oportunidad.

QUINCE

—Eh, ¿qué tal, Gabe? —Martínez se acerca al último garaje con tranquilidad ensayada, camina hacia el robusto vigilante con una sonrisa agradable y lo saluda con la mano—: ¿Te tiene aquí protegiendo las reservas de oro o qué?

El hombre corpulento del suéter de cuello alto está apoyado contra la puerta y responde al saludo con una sonrisa y un movimiento de cabeza.

—No exactamente. Ahí dentro está la vieja esa que jodió el combate.

Martínez se pone al lado del tipo fornido.

—Ajá.

—Vaya cabrona —dice con una sonrisa de medio lado—. El jefe no se va a arriesgar con ella.

—¿Me dejas echar un vistazo? —le pide, también con una sonrisa lasciva—. Solo un momento. No pude verla bien en la pelea. Tenía pinta de estar buenísima.

La sonrisa de Gabe se hace más amplia.

—Ah, sí. Sí que estaba buena. Lo que pasa es que después de la paliza que le dio el Gobernador, pues…

El golpe sale de la nada: un puñetazo fuerte y veloz en la nuez del bruto que le corta la respiración y las palabras. Su cuerpo rollizo se dobla sobre sí mismo y boquea en busca de aire, casi inconsciente.

El hombre del pañuelo lo culmina con la culata de su rifle Garand calibre .762, que arranca un sonido de madera al impactar contra la nuca de Gabe.

El guardia se desploma bocabajo y un hilito de sangre que le brota de la cabeza empieza a surcar el cemento. Martínez grita hacia sus espaldas:

—¡Despejado!

De entre las sombras del fondo del túnel surgen los tres al trote, con los ojos abiertos de par en par y la adrenalina recorriéndoles el cuerpo. Rick le echa un vistazo a Gabe, se gira hacia Martínez y empieza a decir algo, pero este ya está agachándose para abrir la puerta del garaje.

—Ayúdame con esto, que está abollada y no se abre —pide con un gruñido mientras manipula el borde con las manos enguantadas.

Rick y Glenn se acercan y se agachan a su lado. Hace falta la fuerza de los tres para conseguir abrirla. Las bisagras se quejan con un rechinido mientras el trío abre la puerta hasta la mitad.

Se cuelan por debajo y Rick avanza unos cuantos pasos en la oscuridad de la habitación de yeso, que huele a moho. Entonces se detiene de golpe, paralizado al ver a su amiga; su cerebro comprende de inmediato, a un nivel celular, como si se estableciera una sinapsis, que ha estallado la guerra.

Al principio, la mujer que hay en el suelo de la celda sin luz, atada por los brazos a la pared, no reconoce a sus amigos. Las largas rastas cuelgan lacias, el pecho sube y baja cuando respira, rápida y dolorosamente, y a sus pies hay un abanico de sangre esparciéndose. Intenta alzar la cabeza y mirarles con ojos catatónicos.

—Mierda… —Rick se le acerca con cautela, sin apenas poder hablar—. ¿Estás…?

Ella levanta la cabeza y le escupe. El hombre se aparta y se cubre el rostro de forma instintiva, pero la saliva de la mujer está tan seca como el serrín por culpa de la deshidratación y el *shock*. Intenta volver a escupir.

—¡Eh, Michonne! Para. —Se agacha ante ella—. Soy yo. —Su voz se suaviza y añade—: Michonne, soy Rick.

—¿Ri… Rick? —susurra la mujer con voz débil, tenue y ronca. Intenta enfocar la vista—. ¿Rick?

—¡Gente! —Rick se pone de pie y voltea hacia los demás—. ¡Ayúdenme a desatarla!

Los otros tres se apresuran hacia las cuerdas. Alice le libera un tobillo con cuidado mientras Glenn se arrodilla junto al otro y lucha contra el nudo.

—Mierda, ¿estás bien?

—N… no… —responde con otro susurro ahogado—. Ni… ni por asomo.

Rick y Martínez se ocupan cada uno de una muñeca.

Al latino le invaden sentimientos encontrados mientras manipula la cuerda. Siente la fiebre que emana del cuerpo destrozado de la mujer y huele la fetidez de su desesperación, un olor que es una mezcla de sudor, heridas infectadas y sexo violento. Lleva los pantalones atados alrededor de la cintura con cinta adhesiva y la tela está rota y manchada con todo tipo de fluidos —sangre, lágrimas, semen, sudor, orina y saliva—, fruto de los días de tortura. Parece que la flagelaron, como si alguien le hubiera pegado en los brazos y las piernas con un cinturón.

El hombre lucha contra el impulso de confesarle todo a esa gente y abandonar el plan. Se le nubla la vista. Se siente mareado y tiene ganas de vomitar. ¿Merece la pena hacer todo esto para conseguir que esa mierda de pueblo sea un poco más segura? ¿Que tenga una ventaja estratégica mínima? ¿Qué ha hecho esta mujer para merecerse todo esto, por Dios? Durante unos instantes, se imagina al Gobernador haciéndole a él lo mismo que a la mujer. Nunca antes había estado tan confundido.

Por fin, consiguen soltarla y la mujer se derrumba con un jadeo.

Los otros se retiran mientras Michonne se retuerce en el suelo sobre su pecho y su vientre durante unos segundos, con la frente contra el cemento. Rick se agacha a su lado mientras ella lucha por respirar, levantarse y recobrar la compostura.

—¿Necesitas…? —comienza Rick.

De repente, la mujer se pone de rodillas. De un solo trago, ahoga todo el sufrimiento con decisión.

Los demás se le quedan viendo sin saber qué decir ni qué hacer, fascinados por el inmediato acopio de energía. ¿Cómo van a escapar? Parece una parapléjica que lucha por levantarse de la silla de ruedas. Al fin se pone de pie de un salto. Una rabia pura motiva sus movimientos y le hace apretar las manos esbeltas hasta convertirlas en puños. Suprime el dolor y echa un vistazo a la habitación. Después mira a Rick y, como un fonógrafo reproduciendo un disco rayado, dice:

—Vámonos hechos la madre.

No llegan muy lejos. Con Michonne a la cabeza, apenas consiguen salir del sótano, subir un tramo de escaleras y acercarse al final del pasillo antes de que la mujer haga un rápido gesto de alerta con la mano.

—¡Paren! Viene alguien.

Los otros se detienen de golpe, agrupándose tras ella. Martínez se abre paso entre los demás y se coloca detrás de Michonne.

—Yo me ocupo —le susurra al oído—. La gente todavía no sabe lo que estoy haciendo. Evitaré que los vean.

Desde el otro lado de la esquina se acerca una sombra, precedida por el sonido de unos pasos.

El latino se coloca bajo la luz que ilumina el cruce.

—¿Martínez? —El doctor Stevens se sobresalta al ver al hombre del pañuelo—. ¿Qué haces aquí abajo?

—Ah, Doc… Íbamos a buscarte.

—¿Sucede algo?

—Nos vamos del pueblo —le dice con ojos serios— y queremos que vengas con nosotros.

—¿Qué? —Stevens parpadea e inclina la cabeza mientras intenta asimilar la información—. ¿Quiénes?

Martínez mira atrás y hace una señal para que el resto del grupo se acerque. El doctor observa. Rick, Michonne, Glenn y, por último,

Alice salen de las sombras, se aproximan mansamente y se quedan bajo la iluminación cruda de la luz de trabajo. Observan al doctor, quien les devuelve la mirada mientras procesa lo que está pasando con rostro sombrío.

—Oye, Doc —dice por fin Rick—, ¿qué vas a hacer? ¿Estás con nosotros o no?

La expresión de Stevens cambia sutilmente. Tras las gafas de montura de alambre, los ojos se estrechan y los labios se fruncen pensativamente durante unos segundos. Por un momento, parece que está emitiendo un diagnóstico basándose en un conjunto de síntomas especialmente raro.

Al fin, habla:

—Déjenme que tome algo de material de la enfermería y nos vamos. —Les dedica su sonrisa sardónica característica y añade—: No tardo nada.

Fuera de las puertas medio en ruinas del estadio, el grupo cruza a toda prisa el estacionamiento, evitando las miradas de los ciudadanos que deambulan por las calles laterales.

Sobre ellos se extiende el cielo nocturno, una algarabía de estrellas enmascaradas por finas nubes alargadas, sin rastro de la luna. El grupo se mueve en fila india y con rapidez, aunque no tanta como para hacer ruido, llamar la atención o que se note que están huyendo. Algunos de los transeúntes los saludan. Nadie reconoce a los forasteros (Rick y Glenn), pero algunos de los paseantes se giran para ver mejor a la mujer de las rastas. Martínez no los deja detenerse.

Uno tras otro saltan la barda del extremo oeste del estadio y cruzan un estacionamiento vacío mientras se dirigen hacia la calle principal. El doctor, que agarra con fuerza su bolsa de material médico, cierra la comitiva.

—¿Cuál es la vía de salida más rápida? —pregunta Rick, ya casi sin aliento y respirando de forma entrecortada, cuando él y Martínez se detienen para recuperarse en las sombras del edificio mercantil. Los otros les siguen.

—Por aquí —dice señalando el otro lado de la calle, desierto—. Ustedes síganme, que nos largaremos de aquí.

Cruzan la calle apresuradamente y se adentran en la oscuridad de la acera contraria, vacía. El camino peatonal se extiende al menos cuatro manzanas al oeste y está oculto por varios toldos y salientes. Recorren las sombras con presteza y en fila india.

—Cuanto más ocultos estemos, como ahora, mejor —le comenta Martínez a Rick en voz baja—. Tenemos que conseguir llegar a algún callejón y saltar una de las vallas. No están tan vigiladas como la puerta principal, así que no debería de ser muy difícil.

Cruzan otra media cuadra antes de que se oiga una voz.

—¡Doctor!

El grito desconcierta a todo el mundo y a Martínez se le eriza el vello de la nuca. El grupo se detiene. Martínez se gira y avista una silueta inidentificable que se aproxima desde la esquina de un edificio que hay tras ellos.

Veloz y de forma instintiva, sin siquiera mirar, el hombre del pañuelo acerca el dedo al gatillo del rifle, preparado para lo que venga.

Un nanosegundo después, suspira aliviado y afloja la presión en el gatillo al darse cuenta de que la figura es una de las madres del pueblo.

—¡Doctor Stevens! —dice con voz débil y desnutrida.

El doctor se da la vuelta.

—Ah, hola, señora Williams.

Stevens, nervioso, saluda con la cabeza a la ama de casa de mediana edad que se le aproxima. Los otros se retiran hacia las sombras, fuera del alcance de la vista de la señora. El doctor se interpone entre el grupo y ella.

—¿Qué puedo hacer por usted?

La mujer lleva un vestido raído y sin forma, tiene el pelo muy corto y lo mira con unos ojos enormes y exhaustos. La barriga prominente y los amplios cachetes contrarrestan su antigua belleza juvenil.

—Me siento mal por molestarlo —dice mientras se apresura hacia él—, pero mi hijo Matthew tiene un poco de fiebre.

—Ah, pues…

—Estoy segura de que no es nada serio, pero no quiero arriesgarme.

—Es natural.

—¿Puede atenderlo luego?

—Por supuesto. Usted… usted… eh… —tartamudea, algo que pone de nervios a Martínez. ¿Por qué carajos no le da largas? El doctor carraspea y continúa—. Usted… ehm tráigamelo después a la consulta, si puede, y lo atenderé. Seguro… seguro que puedo hacerle un hueco.

—Gracias, lo… ¿Está usted bien, doctor? —La mujer mira a los demás, ocultos tras Stevens y mira perpleja al médico con ojos enormes y tristes—. Parece algo alterado.

—Estoy bien, de verdad —responde mientras aprieta la bolsa contra el pecho con más fuerza—. Lo que pasa es que ahora mismo estoy algo ocupado.

Empieza a alejarse de ella, para alivio de Martínez.

—No quiero ser maleducado, pero debo irme. Lo siento.

Se da la vuelta y se une al resto del grupo.

Martínez los guía hacia una esquina y se detiene en el borde durante unos segundos, invadido por la adrenalina. Por una fracción de segundo, se plantea librarse de Stevens y Alice. Saben demasiado y están muy unidos a la comunidad, por lo que podrían suponer un riesgo enorme. Peor aún, tal vez lo conozcan demasiado bien y se den cuenta de la trampa. Igual ya se han dado cuenta. Igual solo están siguiéndole el juego.

—¿Doctor? —Alice se acerca y le posa una mano sobre el hombro a Stevens, que tiene un aire triste y se frota la cara. Le pregunta con delicadeza—: ¿El hijo de esa mujer…?

—Ahora mismo no estoy para pensar en eso —musita él—. Es demasiado, no puedo. Tenemos que salir de aquí; puede que no tengamos otra oportunidad. —Negando con la cabeza, respira hondo para cobrar fuerzas—. La gente tendrá que apañárselas sin nosotros.

—Tienes razón —afirma Alice—. Esto es así. No les pasará nada.

—Eh —sisea Martínez, apresurándolos—. Ya hablarán luego, ¡ahora no tenemos tiempo!

Vuelve a poner al equipo en marcha: cruzan un paseo de madera, otra carretera y una calle lateral que lleva a la boca de un callejón que hay 180 metros al sur.

A Martínez le molesta la quietud que inunda la ciudad. Oye el zumbido de los generadores y el rozar de las ramas contra el muro. Sus pisadas son como disparos para sus oídos y el latido de su corazón le suena tan alto que podría dirigir una orquesta en un desfile.

Acelera el ritmo. Los transeúntes han desaparecido. Están solos. Deja de trotar y empieza a correr a un ritmo regular que a los otros les cuesta seguir. Al poco tiempo, oye cómo la tal Michonne le hace un comentario raro a alguien que tiene detrás.

—Deja de mirarme así —dice entre jadeos mientras corre—, y no te preocupes por mí.

Las palabras de Glenn apenas se oyen bajo el ruido de las pisadas y los resuellos.

—De acuerdo, perdón.

—¡Bajen la voz! —sisea Martínez mientras se aproximan a la entrada del callejón.

Alza una mano enguantada para que se detengan y los guía alrededor de un edificio cercano hasta que penetran en el terreno oscuro y lleno de basura.

La callejuela está envuelta en sombras muy densas y el hedor de los cubos de basura que recorren una de las paredes flota en el ambiente. La única iluminación que hay es la de una pobre bombilla de emergencia que hay al fondo. El latido del corazón de Martínez redobla su intensidad. Echa un vistazo rápido a la zona y atisba al vigía que hay al final del callejón.

—Ok, esperen un momento —les ordena—. Vuelvo en seguida.

Martínez vuelve a verse obligado a ofrecer otra gran actuación, a interpretar un papel dentro de otro papel dentro de otro papel. Se tranquiliza y se encamina hacia el final de la calle, donde ve que hay un pandillero joven en la plataforma que se alza a casi treinta metros de distancia. El chico está de espaldas y empuña un rifle AK mientras vigila una barricada temporal hecha con paneles de acero.

Al otro lado del muro se extienden los suburbios sombríos de la libertad.

—¡Eh! ¡Eh, chico! —Martínez se dirige al vigilante con un saludo alegre y una voz casual pero autoritaria, como si estuviera diciéndole al gato que se bajara de la mesa—. ¡Te relevo!

El joven se encoge con un respingo, gira y mira hacia abajo. Apenas es un adolescente larguirucho. Viste ropas de rapero y lleva una cinta alrededor del cabello, chino como el de Michael Jackson en los años ochenta. Cualquiera diría que está jugando a policías y ladrones sobre la pasarela y tiene pinta de estar un poco drogado, además de estar bastante paranoico.

Martínez se le acerca.

—Dame el rifle y vete. Yo haré el resto de tu ronda.

El chico se encoge de hombros y empieza a bajar de la plataforma.

—Vale, lo que tú digas. —Salta a la acera—. Pero, ehm, ¿me necesitas en otra parte o algo así?

Martínez le quita el AK y recurre de nuevo al papel firme de amo:

—No hagas preguntas, te estoy haciendo un favor. Dame el rifle, las gracias y disfruta de tu rato libre.

El chico se le queda viendo y le entrega el arma.

—Ehm, de acuerdo.

El joven se va por el callejón, entre murmullos.

—Pues bueno, lo que tú digas… Tú diriges, yo solo sigo órdenes.

Los otros se amontonan tras el edificio de al lado hasta que el vigilante se adentra en la noche mientras tararea una versión desafinada de algún rap poco conocido. El grupo aguarda a que el chico desaparezca tras la esquina, momento en el que Rick le hace un gesto con la cabeza a Glenn y se deslizan uno a uno en el callejón, atravesando con rapidez el tramo de acera oscura, maloliente e inundada de basura.

Martínez les espera en lo alto de la plataforma, mirándolos con fervor, serio.

—¡Vamos! —Les hace gestos para que se acerquen—. En cuanto saltemos el muro seremos libres.

Se reúnen en la base de la barricada.

Martínez baja la vista hacia ellos.

—Esto ha salido mejor de lo que imaginaba pero, aun así, tenemos que darnos prisa. Alguno de los matones del Gobernador podría aparecer en cualquier momento.

Rick lo mira mientras se sujeta el muñón.

—Ya, ya…, ¿crees que nosotros no tenemos prisa por largarnos?

—Sí —le concede con una sonrisa tensa—, tienes razón.

Tras Rick, una voz murmura algo que Martínez no entiende.

El herido se gira sobresaltado para mirar a Michonne. Glenn también. De hecho, todos miran hacia la mujer afroamericana, que contempla la noche entre las sombras, estoica y siniestra.

—Yo me quedo —murmura con un tono tan frío y comprometido que podría estar informando de su nombre, rango y número del ejército.

—¿Qué? —exclama boquiabierto Glenn—. Pero ¡¡qué dices!?

Michonne lo mira fijamente, con unos ojos tan oscuros como pozos sin fondo. Habla igual que un cura lee la Biblia.

—Voy a hacerle una visita al Gobernador.

DIECISÉIS

El silencio que sigue a la declaración de intenciones de Michonne parece cautivar a todos durante una eternidad, mientras las implicaciones de su afirmación se propagan de persona a persona, de mirada incómoda a mirada incómoda, como una enfermedad que se contagia mediante contacto visual. No dice lo que tiene pensado hacerle a Philip Blake —y nadie se atreve a especular sobre los detalles—, y es precisamente eso lo que más impresiona al grupo. Sin embargo, el silencio se alarga y se hace insoportable en el callejón oscuro y pestilente y a Martínez, que contempla los hechos desde la plataforma, le queda claro que la implacable misión de Michonne consistirá en algo más siniestro que una simple venganza. En estos tiempos nuevos y brutales que corren, la *vendetta*, que normalmente era un instinto básico y primitivo, es de una inevitabilidad apocalíptica y es algo tan natural como dispararle en la cabeza a un cadáver ambulante o ver cómo un ser querido se transforma en monstruo. En esta sociedad nueva y horrible, las extremidades infectadas se amputan y cauterizan de inmediato. Las malas personas ya no son solo algo de las series policíacas y las leyendas, sino que, en el nuevo mundo, son como reses enfermas a las que hay que apartar del resto del rebaño. Son piezas defectuosas que deben sustituirse. Nadie que estuviera en el muro esa noche podría reprocharle nada a Michonne ni se sorprendería ante su decisión, tan repentina como inexorable, de volver y encontrar la célula cancerosa que está pudriendo el pueblo: el hombre que la violó. Sin embargo, eso no lo hace más fácil.

—Michonne, no creo que… —empieza a protestar Rick.

—Ya los alcanzaré —lo interrumpe—. O no.

—Michonne…

—No puedo irme así. —Clava sus ojos en los de Rick—. Adelante. —Se gira y mira a Alice—. ¿Dónde vive?

Al mismo tiempo, al otro extremo de la ciudad, nadie advierte que hay dos personas que se cuelan en un callejón oscuro como boca de lobo que hay un poco más allá de la curva en forma de S de Durand Street. Es lo más lejos que se puede estar del relajo del estadio y del distrito financiero sin salir de la zona segura. Ningún guardia patrulla tan al sur de Main Street y las vallas de alambre de púas mantienen a raya a los mordedores errantes.

Vestidos con ropa vaquera y con mantas enrolladas bajo los brazos, los dos se mueven juntos y agazapados. Uno de ellos lleva una mochila grande de lona al hombro, cuyos contenidos chocan con un ruido metálico a cada paso. Al final del callejón se cuelan por un espacio estrecho que hay entre la cabina de un camión y un tranvía.

—¿Adónde demonios me llevas? —inquiere Lilly Caul, que sigue a Austin por un estacionamiento vacío y a oscuras.

El chico ríe con malicia.

—Ya verás…, tú confía en mí.

Ella sortea con cuidado unas plantas de algodoncillo con espinas y capta el olor de la descomposición que emana del bosque cercano, situado a 45 metros del perímetro exterior. El vello de la nuca se le eriza. Austin la toma del brazo y le ayuda a pasar entre troncos caídos para llegar a un claro.

—Cuidado, fíjate por dónde pisas —le advierte, tratándola con una condescendencia chapada a la antigua propia de los que van a ser padres, algo que a Lilly le parece adorable, pero que también la altera.

—Estoy embarazada, Austin, no parapléjica.

Lo sigue hasta el centro del claro. Es un lugar íntimo y resguardado por el follaje y las ramas caídas. En el suelo hay un cráter chamuscado y petrificado, donde algún visitante anterior había hecho un agujero para encender un fuego.

—¿Dónde aprendiste cuidados prenatales? ¿En los dibujos animados?

—Muy graciosa, sabionda… Siéntate.

Los dos troncos viejos son perfectos —aunque no muy cómodos— para que la pareja se siente y hable. El canto de los grillos los rodea mientras él deja la bolsa en el suelo y se sienta junto a Lilly.

El cielo titila y brilla con la luz de unas estrellas que solo se ven en las zonas rurales. Las nubes se han dispersado y, en esa ocasión, el aire no huele a caminantes, sino a una mezcla de pinos, tierra negra y el aroma característico de las noches despejadas.

Por primera vez, o al menos desde que tiene memoria, Lilly se siente completa. Siente que tal vez sea posible que esto funcione. Austin no es el padre ideal ni tampoco es, mucho menos, el marido perfecto, pero tiene algo que la conmueve. Es buena persona y eso le basta por ahora. Les esperan muchos retos, hay muchas dificultades a las que enfrentarse y muchos peligros que superar, pero ahora está convencida de que sobrevivirán… juntos.

—Bueno, y ¿de qué se trata este ritual tan misterioso para el que me has traído, a ver? —dice por fin.

Se sube el cuello de la chamarra y estira las cervicales, las cuales tiene tensas. Le duelen los pechos y lleva todo el día con dolor de estómago. Sin embargo, en cierto modo, nunca se ha sentido mejor.

—Mis hermanos y yo hacíamos esto todos los años, en Halloween —dice mientras señala la mochila—. Supongo que se nos ocurrió mientras estábamos drogados… Pero el caso es que ahora tiene sentido. —La mira—. ¿Trajiste lo que te pedí?

—Sip —asiente dándose unos golpecitos en el bolsillo de la chamarra—. Aquí está.

—Ok, perfecto. —Se pone de pie, agarra la mochila y la abre—. Normalmente hacemos una hoguera para tirar las cosas dentro, pero creo que esta noche no nos conviene llamar la atención. —Saca una pala, se acerca al hoyo y empieza a cavar mientras añade—: En vez de eso, las enterraremos.

Lilly saca un par de fotografías que encontró en la cartera, una bala de una de las Rugers y un objeto pequeño que lleva envuelto en un pañuelo de papel. Deja las cosas en su regazo.

—Bien, cuando tú digas, guapo.

Austin deja la pala, vuelve a buscar en la mochila y saca una botella de plástico de un litro junto a dos vasos de papel. Sirve un líquido oscuro en cada vaso.

—Encontré jugo de uva… En tu estado, es mejor que no bebas vino.

—Me vas a volver loca con tu actitud de madre sobreprotectora. —Lilly sonríe.

—¿Tienes frío? —pregunta sin hacerle caso—. ¿Quieres otra manta?

—Estoy bien, Austin, por Dios. —Suspira—. Deja de preocuparte por mí.

Austin le da un vaso de jugo y se saca una bolsa pequeña del bolsillo.

—Bueno, yo primero —dice.

Dentro de la bolsa hermética hay catorce gramos de marihuana, una pipa pequeña de metal y papel para cigarros. El joven mira las cosas con tristeza y dice:

—Ya es hora de dejar atrás los juguetes. —Alza el vaso—. Por un amor eterno con la marihuana. —Mira la bolsa—. Me ayudaste a superar cosas muy jodidas pero es hora de que te vayas.

Tira la hierba al agujero.

Lilly alza el vaso.

—Por la sobriedad… Es una hueva, pero es por una buena causa.

Beben.

—No puedo creer que se haya ido sin más —dice el joven llamado Glenn tras trepar el muro.

Las protecciones corporales que lleva puestas crujen mientras está de cara al viento que sopla, en el borde de la plataforma ayudando a

Alice a que escale la barricada. A la enfermera le está costando subir —no tiene demasiada fuerza— y lucha para impulsarse hacia arriba. Glenn gruñe por el esfuerzo cuando la sube.

—¿Deberíamos ayudarla? A mí tampoco me cae muy bien el tipo ese.

Rick está en la plataforma que hay detrás de Glenn, observando cómo Martínez ayuda a subir al doctor Stevens.

—Créeme, Glenn —dice Rick con voz baja—, lo más seguro es que solo fuéramos una carga para ella. Es mejor que salgamos mientras podamos.

El doctor trepa el muro como puede y se une con rapidez a los otros.

Martínez se asegura de que todo el mundo esté bien. El grupo respira hondo y se gira para contemplar el territorio desolado que hay al otro lado de la muralla. Por el hueco que hay entre dos edificios abandonados se ve el bosque colindante. El viento nocturno arremolina la basura en las carreteras de tierra y las lejanas ruinas decadentes de los puentes ferroviarios se asemejan a gigantes caídos. En lo más alto se alza la luna llena, una de esas que convierten a los hombres en lobo y su luz lechosa marca con un signo de exclamación cada grieta oscura, cada hueco sombrío y cada barranco traicionero en el que podrían acechar los mordedores.

Rick vuelve a tomar otra bocanada de aire y le da una palmadita tranquilizadora en la espalda.

—Michonne sabe cuidar de sí misma —le dice en voz baja—. Además, me da la sensación de que quería hacer esto ella sola.

—Las damas primero. —Martínez le cede el paso a Alice mientras señala el borde de la plataforma.

La mujer da un paso inseguro hacia el quicio y se llena los pulmones de aire. Él la ayuda a encontrar un punto de apoyo y la baja al otro lado del muro.

—Vamos allá —dice mientras la sujeta por las axilas. Sin querer, le roza los pechos—. Tranquila, ya casi.

—Cuidado con esas manos —le advierte la enfermera, gruñendo mientras se hace rasguños al descender.

Al final baja de un salto al camino de tierra y levanta una pequeña nube de polvo. Algo enojada, se agacha por instinto y echa un vistazo a la zona de peligro con los ojos bien abiertos.

El siguiente al que baja Martínez es a Glenn y después al doctor. Los dos hombres aterrizan sobre la tierra, al lado de Alice, levantando más polvo. Solo se oyen sus respiraciones, profundas y tensas, y el retumbar de sus latidos, que resuena en sus cabezas. Todos se giran y vigilan el camino oscuro que se extiende ante ellos y se aleja de la ciudad, hacia el olvido sombrío de la noche.

Oyen las quejas de Martínez mientras baja la muralla. El hombre alto aterriza con un ruido sordo. Las armas que lleva a la espalda repiquetean.

—Bueno, Rick… —dice mirando el parapeto— vamos.

Sobre la plataforma, Rick se pone el muñón vendado contra el esternón.

—Esto no va a ser fácil —murmura—. ¿Me ayudarán?

—Claro que sí, colega —lo tranquiliza Martínez mientras le ayuda—. Tú tranquilo.

El herido empieza a descender el muro con una sola mano, incómodo.

—Mierda —dice Alice, observándolo—. No lo sueltes. ¡Ten cuidado!

Martínez gruñe al sujetar al hombre de ochenta y un kilos para ayudarlo a bajar. Rick suspira, dolorido, y echa un vistazo a su alrededor.

Al otro lado del claro de tierra, el doctor Stevens está ante un aparador abandonado y envuelto en sombras del que cuelga un cartel maltratado por el tiempo en el que se lee «PIENSOS Y SEMILLAS MCCALLUM». Stevens suspira, aliviado, y comprueba que el contenido de su bolsa no ha sufrido ningún daño. Los frascos de cristal de antibióticos y los analgésicos están intactos y el instrumental sigue en buen estado.

—No puedo creer que hayamos conseguido huir con tanta facilidad —murmura mientras acaba de comprobar lo que hay en la bolsa—. Vamos, no es que los muros estuvieran para evitar que la gente saliera, pero…

Tras el doctor, una sombra se mueve en el interior desvencijado de la tienda de McCallum sin que nadie se dé cuenta u oiga las pisadas lentas, pesadas y cada vez más cercanas que aplastan la basura y las cintas de embalaje.

—La verdad es que es todo un alivio —dice Stevens mientras cierra la bolsa.

La silueta sale de la oscuridad de la tienda hecha un borrón de dientes, ropa harapienta y piel blancuzca manchada y cierra las fauces sobre el trozo de carne humana más cercano.

A veces, la víctima ni siquiera ve venir al mordedor hasta que es demasiado tarde, lo que tal vez y, en cierto modo, sea la forma más misericordiosa de que suceda todo.

La criatura que le hinca el diente en la nuca desnuda a Stevens es enorme. Tal vez fuera agricultor o un dependiente acostumbrado a cargar sacos de casi treinta kilos de fertilizante o alimento para el ganado en los camiones durante todo el día, día sí, día también. Las mandíbulas del mordedor se han cerrado con tanta firmeza que ni una palanca podría abrirlas. Lleva puesto un peto mohoso, el poco pelo que le cubre el cráneo pálido y surcado de venas parece una telaraña, sus ojos son focos amarillos y emite una tos confusa y acuosa mientras hiende los incisivos podridos en el tejido vivo.

El doctor Stevens se tensa de inmediato. Eleva los brazos, se le caen las gafas, la bolsa sale volando y de su garganta surge, sin que pueda evitarlo, un horrible grito conmocionado. No ve ni detecta al responsable de su muerte, solo el brillo rojo fluorescente que le ciega a causa del color.

El ataque repentino toma a todo el mundo por sorpresa. Al mismo tiempo, todos sacan las armas, consternados, y retroceden.

—¡¡Doctor Stevens!! —grita Alice.

La enfermera ve cómo el peso del mordedor gigante y los movimientos agitados e involuntarios del doctor logran que pierda el equilibrio y caiga de espaldas.

El doctor aterriza sobre su atacante con un gruñido. La sangre fluye sobre el colosal mordedor, bautizándolo en la oscuridad con un torrente tan negro y aceitoso como la melaza. Con voz ahogada y desprovista de toda emoción, Stevens balbucea:

—¿Qué...? ¿Qué pasa? ¿Es...? ¿Es uno de ellos? ¿Es... es un mordedor?

Los otros se apresuran hacia él, pero Alice ya tomó el AK del vigilante, que se balanceaba de la correa que rodeaba el hombro de Martínez, al grito de:

—¡Dame eso!

—¡Eh!

El latino no se da cuenta de lo que está pasando. Tras el jalón en el hombro oye el griterío que le rodea y ve que el resto del grupo se adelanta.

Alice ya está apuntando y aprieta el gatillo. Por suerte, el chico del muro tenía el arma lista, cargada y nunca le ponía el seguro. El rifle vocifera.

Un ramo de fuego surge del cañón corto; los casquillos vuelan y las balas trazan una cadena de agujeros en la frente, la mejilla, la mandíbula, el hombro y medio torso del mordedor. Bajo el doctor, la criatura se retuerce y se convulsiona con sus últimos estertores y Alice dispara una y otra vez, sin descanso, hasta que vacía el cargador, la corredera se abre... y sigue disparando.

—Ya está... Ya está, Alice.

El sonido débil de la voz masculina es lo primero que penetra en sus oídos, que le zumban y en el cerebro traumatizado. Baja el rifle y se da cuenta de que el doctor Stevens le está hablando desde el féretro ensangrentado en el que yace.

—Oh... Dios, Doctor... ¡DOCTOR STEVENS!

Tira el rifle de asalto, que repiquetea contra el suelo y sale corriendo hacia él. Cae de rodillas y le sujeta el cuello, manchándose los dedos con la sangre que fluye de sus arterias mientras le busca el pulso e intenta recordar lo que el doctor le enseñó sobre RCP y los protocolos de la unidad de trauma. De pronto, se da cuenta de que Stevens la está jalando de la bata de laboratorio, dejando sus dedos marcados en rojo.

—Alice, no me estoy... muriendo... Míralo desde el punto de vista... científico —susurra con la boca cada vez más llena de sangre.

En la oscuridad, el rostro del doctor casi parece estar calmado. El resto del grupo se amontona tras la mujer, observando la escena y prestando mucha atención a lo que dice Stevens.

—Solo voy a… evolucionar… a una forma de vida… diferente… y peor.

El horror se propaga entre el grupo mientras Alice intenta reprimir las lágrimas y le acaricia las mejillas.

—Doctor…

—Seguiré existiendo, Alice… en cierto modo —dice con un susurro casi inaudible—. Llévate los suministros… los necesitarás… para cuidar de esta gente. Pon en práctica lo que te enseñé. Ahora, sigue… sigue… sigue adelante.

Ella contempla con la mirada perdida cómo la vida abandona el cuerpo del médico. Los ojos, antes cargados de inteligencia, se vuelven vidriosos y después opacos, mirando al vacío. La enfermera agacha la cabeza, pero no llora; está tan destrozada que le resulta imposible.

Martínez observa la escena, muy nervioso. Un cuchillo de sentimientos contradictorios lo desgarra por dentro. Esta gente, el doctor y Alice, le caen bien, pese a que odien al Gobernador, intentaran traicionarlo, trazaran planes, chismearan y siempre soltaran comentarios sarcásticos e irrespetuosos. Que Dios agarre confesado a Martínez, porque en realidad les tiene mucho aprecio. Siente una extraña afinidad hacia ellos y ahora intenta acariciar a Alice para consolarla.

Ella se pone de pie y recoge la bolsa de suministros médicos.

Martínez le toca el hombro.

—Tenemos que irnos —dice con delicadeza.

La mujer asiente en silencio, con la mirada perdida en los cadáveres.

—La gente del pueblo creerá que los disparos son cosa del vigilante, que está matando unos cuantos mordedores que se han acercado demasiado a la valla —continúa Martínez con voz tensa y apresurada. Mira atrás para ver a los otros dos hombres, que parecen inquietos—. Pero el ruido atraerá a más mordedores, así que tenemos que irnos antes de que vengan —le advierte.

Martínez contempla la tez flácida del doctor, salpicada de sangre e inerte.

—Era… era un buen amigo —añade por fin—. Yo también voy a extrañarlo.

Alice asiente por última vez y se da la vuelta. Le hace un gesto con la cabeza a Martínez.

Sin mediar palabra, él agarra el AK, hace una señal con la mano a los demás y los guía por una carretera lateral hacia las afueras del pueblo. En unos segundos les devora la oscuridad total, implacable, inmisericorde e inclemente.

—Maldita sea, cariño, ¡cómetelo!

El Gobernador se pone en cuatro patas sobre la alfombra maloliente del comedor, sujetando por el dedo gordo un pie humano amputado ante la niña muerta. Cerca, en el suelo, yace la espada japonesa: un tesoro, un talismán, un botín de guerra que no ha perdido de vista desde el desastre del estadio y cuyas implicaciones son lo último en lo que piensa en estos momentos.

—No está fresco del todo —dice, refiriéndose al apéndice gris—, pero te juro que esto estaba caminando no hace ni dos horas.

El pequeño cadáver forcejea con la cadena, a 45 centímetros de la mano del Gobernador. Gruñe de nuevo, como si fuera una muñeca parlanchina rota, y aparta los ojos velados de la *delicatessen*.

—Vamos, Penny, no está tan mal.

Se acerca un poco más y hace oscilar el pie amputado y chorreante delante de ella. Es bastante grande y es difícil decir si es de hombre o de mujer porque los dedos son pequeños pero no tienen las uñas pintadas. Ya ha empezado a ponerse de un verde azulado y a tensarse a causa del *rígor mortis*.

—Si no te lo comes ahora se pondrá peor. Vamos, cariño, hazlo por…

Un fuerte ruido sordo sobresalta al Gobernador.

—¡Mierda!

Gira hacia la puerta delantera que hay al otro lado del cuarto.

Otro ruido sordo retumba. El hombre se pone de pie.

Un tercer golpe contra la puerta hace que del dintel caiga un poco de polvillo de yeso. Se oye cómo los bordes del pestillo crujen débilmente.

—¿¡Qué carajos quieres!? ¡Deja de darle esos golpazos a la puerta, mierda!

El cuarto impacto hace saltar el pestillo y la cadenita. La puerta se abre con tanta fuerza que choca contra la pared, levantando una nube de polvo y astillas, y el pomo se incrusta en la madera como si fuera una clavija.

La intrusa entra en la habitación, impulsada por la inercia con la fuerza de un huracán.

El Gobernador se tensa en el centro del salón. Cierra los puños y aprieta los dientes en una demostración de instinto de lucha o huida. Parece que vio aparecerse un fantasma al lado del desgastado sofá.

Michonne entra dando tumbos en el apartamento y casi se cae de bruces por el impulso.

Se detiene a poco menos de un metro del objetivo de su búsqueda.

Recuperando el equilibrio, alza los hombros, cierra los puños, fija los pies sobre el suelo e inclina la cabeza hacia delante, adoptando una postura de ataque.

Durante una fracción ínfima de segundo, ambos están cara a cara. La mujer ha recuperado la compostura de camino a casa del Gobernador. Se ha puesto bien el overol, se metió la playera por dentro y se apretó la cinta que rodea sus rastas tupidas. Parece lista para empezar una jornada de trabajo o para asistir a un funeral. Tras una pausa insoportable en la que ambos contrincantes se observan con una intensidad casi patológica, el Gobernador toma la iniciativa.

—Vaya, vaya —dice con un tono tenue, inexpresivo y frío, carente por completo de sentimiento o emoción—. La cosa se pone interesante.

DIECISIETE

—Me toca —dice Lilly con una voz apenas audible bajo los grillos y la brisa que agita los árboles que rodean el claro sombrío.

Saca una instantánea hecha con una cámara desechable, de ella y Megan en un bar de Myrtle Beach, ambas rojas como gambas y con los ojos vidriosos. Se pone de pie y se acerca al hoyo.

—Por mi mejor amiga, mi alma gemela, mi vieja amiga Megan, que en paz descanse.

La fotografía revolotea y cae como una hoja muerta en la hoguera.

—Por Megan —brinda Austin y toma otro trago de la bebida dulzona—. Bueno, ahora… mis colegas. —Saca una armónica pequeña y oxidada del bolsillo—. Quiero brindar por mis compañeros, John y Tommy Ballard, a quienes mataron los caminantes el año pasado en Atlanta.

Arroja al fuego el pequeño instrumento de metal, que cae y rebota con un ruido sordo en el suelo. El joven lo contempla con la mirada cada vez más perdida y los ojos brillantes.

—Eran unos músicos excelentes y unos tipos estupendos… Espero que ahora estén en un lugar mejor.

Austin se seca los ojos mientras Lilly alza el vaso y dice con voz queda:

—Por John y Tommy.

Beben de nuevo.

—La próxima es un poco rara —dice ella sacando una bala pequeña del calibre .22 que sujeta entre el pulgar y el índice. El metal brilla bajo la luz de la luna—. Nos pasamos los días rodeados por la muerte, que está por todas partes. Me gustaría enterrarla, carajo... Sé que no cambia nada, pero quiero hacerlo y ya. Por el bebé. Por Woodbury.

Tira la bala al hoyo.

Austin contempla el pequeño trozo de metal durante unos instantes y murmura:

—Por nuestro bebé.

Lilly alza el vaso.

—Por nuestro bebé... y por el futuro. —Lo piensa un momento y añade—: Y por la raza humana.

Los dos se quedan mirando la bala.

—En el nombre del Espíritu Santo —murmura la chica mientras observa el hoyo.

Las peleas —las espontáneas, las de cuerpo a cuerpo— son muy variadas. En Oriente se lucha al estilo zen, de forma estudiada, controlada y académica: los oponentes suelen tener años de entrenamiento a sus espaldas y una precisión casi matemática. En Asia, el rival más débil aprende a darle la vuelta a los puntos fuertes de su enemigo y utilizarlos contra él y los combates duran poco. En el otro extremo, en los cuadriláteros de competición del resto del mundo, las peleas de estilo libre pueden durar horas y constar de varias rondas, por lo que el resultado final depende de la resistencia de cada púgil.

Hay una tercera clase de peleas cuerpo a cuerpo: las que tienen lugar en los callejones oscuros de las ciudades estadounidenses, que son completamente distintas a las demás. Rápidas, brutales, impredecibles, incluso torpes a veces, las clásicas contiendas callejeras suelen acabar en cuestión de segundos. Los luchadores lanzan sus golpes indiscriminadamente, de cualquier manera, llevados por la rabia, y la gresca suele acabar en empate... o peor, con alguien sacando un cuchillo o una pistola para poner punto final de una forma tan rápida como mortífera.

La batalla que tiene lugar esa noche en el salón mal iluminado y apestoso de Philip Blake aúna los tres estilos y dura la friolera de 87 segundos, los cinco primeros de los cuales tienen muy poco de pelea. Comienza con los dos contrincantes plantados en su sitio y mirándose a los ojos.

En estos cinco segundos se intercambia una gran cantidad de información no verbal. Michonne mantiene la vista fija en el Gobernador y él hace lo propio. Ninguno de los dos adversarios parpadea y la habitación parece cristalizarse como un diorama congelado en hielo.

Entonces, justo en el tercer segundo, el Gobernador rompe el contacto visual durante una millonésima de segundo para mirar al suelo, a la derecha.

Ve que tiene la *katana* y a la niña a su alcance. Penny parece no enterarse de la escena que está teniendo lugar a su alrededor y tiene la cabeza macilenta y amoratada metida en el cubo de entrañas. La espada brilla bajo la luz tenue de una bombilla incandescente.

El hombre se esfuerza al máximo en esa fracción de segundo en no mostrar ninguna señal de pánico o cualquier otro tipo de muestra de preocupación por la seguridad de la niña cadáver, ni la idea que se forma en su mente (el cerebro humano es capaz de formular nociones complejas en cantidades ínfimas de tiempo, en menos de lo que tarda una sinapsis en trasmitir un impulso) de que podría agarrar la espada y acabar pronto con la disputa.

En ese mismo segundo (el tercero de una serie de ochenta y siete), Michonne también posa los ojos sobre la niña y la *katana*.

El cuarto segundo consiste en el Gobernador devolviéndole la mirada a Michonne y en ella contemplándolo con ojos llameantes. En ese tiempo, ella también ha vuelto a fijar la vista en él.

Durante el segundo y medio siguiente (el cuarto y parte del quinto), los dos enemigos se inspeccionan.

Ahora, él es consciente de que la afroamericana sabe lo que está pensando y ella sabe que él lo sabe, y en el medio segundo siguiente, lo que queda del quinto, acaba la cuenta atrás. Los motores se encienden y estallan los acontecimientos.

El hombre se lanza por la espalda y Michonne grita:

—¡No!

Para cuando el hombro del Gobernador choca contra la alfombra, a poco menos de un metro de la espada y ha estirado la mano cerca de la magnífica empuñadura decorada con escamas de serpiente, Michonne ya se ha movido, rápida como un relámpago.

La mujer asesta el primer golpe del conflicto en el undécimo segundo. Levanta la pierna y le propina una patada al Gobernador. El borde de la bota lo alcanza en el lado de la cara, bajo la sien, justo cuando está a punto de agarrar el arma.

El chasquido enfermizo del cuero duro al fracturar la mandíbula del Gobernador (un sonido parecido al de un apio partiéndose) llena la habitación y el hombre se dobla hacia atrás, dolorido y con un hilo de sangre brotándole de la boca; se cae de espaldas. La espada no se ha movido de su sitio.

Los siguientes ocho segundos son una mezcla de movimientos súbitos y de tranquilidad repentina. Michonne se aprovecha de que el Gobernador está atontado por el golpe y corre por la *katana*. Por su parte, él ha conseguido medio incorporarse sobre los codos y las rodillas, tiene la cara ensangrentada y jadea. La amazona sujeta la espada, gira sobre sus pies en menos de tres segundos y dedica los cuatro segundos siguientes a controlar su respiración y a prepararse para asestar el golpe de gracia.

Hasta el momento han pasado exactamente diecinueve segundos y parece que Michonne tiene ventaja. Penny ha apartado la mirada del comedero y emite gruñidos bajos y balbuceos hacia los dos adversarios. El Gobernador consigue incorporarse sobre sus rodillas temblorosas.

Sin darse cuenta, el rostro se le convierte en una máscara de sed de sangre pura y manifiesta. Su mente es como la televisión de madrugada, sumida en un zumbido de ruido blanco que filtra cualquier pensamiento que no sea matar a esa puta asquerosa ahora mismo. De forma instintiva, desciende su centro de gravedad, como si fuera una cobra que se enrolla antes de atacar.

Para el Gobernador, la espada que empuña Michonne es como la varita de un zahorí que estuviera absorbiendo toda la energía de la habitación. De la boca del hombre gotean sangre y saliva. Michonne está a tan solo metro y medio de él, con el arma en alto. Han pasado veintisiete segundos. Un golpe bien dado con el bisel, tan afilado como una navaja de barbero, y todo habrá acabado. Sin embargo, el Gobernador no se rinde.

En el segundo treinta, embiste.

La siguiente maniobra que lleva a cabo la mujer dura un total de tres segundos. Primero, deja que el Gobernador se le acerque hasta que está a pocos centímetros de ella; segundo, le da una de sus características patadas en la entrepierna; y tercero, el golpe lo deja inmóvil. A esta distancia, la puntera de acero de la bota de trabajo impacta con tanta fuerza que el hombre se dobla literalmente por la mitad, sin aliento, escupiendo una mezcla de sangre, mocos y saliva sobre el suelo. Gruñe entre dientes y cae de rodillas ante la afroamericana, jadeando para recuperar el aliento e invadido por un dolor comparable a que le hubieran golpeado con un ariete en el estómago. Agita los brazos como si quisiera encontrar algo en lo que asirse y se desploma a cuatro patas.

Una oleada de vómito le sube por la garganta y mancha la alfombra.

En el segundo cuarenta, la situación se calma. El Gobernador se retuerce en el suelo mientras tose e intenta recuperarse. Nota que ella se alza sobre él, mirándolo con esa tranquilidad suya tan inquietante. Nota cómo alza la espada. Se traga la bilis amarga, cierra los ojos y espera a oír el susurro del acero forjado a mano que le ha de besar la nuca y poner fin a sus miserias. Se acabó. Espera a morir en el suelo como un perro apaleado. Abre los ojos.

Michonne duda. Philip oye su voz, tan suave, tranquila y fría como el ronroneo de un gato:

—No quería que esto fuera rápido.

Cincuenta segundos.

—No quiero que se acabe —dice, alzándose sobre él con la espada vacilante.

Cincuenta y cinco segundos.

En los recovecos más profundos del cerebro del Gobernador, se enciende una chispa. Tiene una posibilidad. Una última oportunidad.

Finge otra tos y no mira hacia arriba, tose otra vez, pero parpadea disimuladamente y posa los ojos sobre los los pies de su contrincante, que están a unos pocos centímetros de su alcance, protegidos por las botas con puntera de hierro y clavados ante él con una separación tan ancha como la mujer.

Una última oportunidad.

En el segundo sesenta, se lanza contra sus piernas. Tomada por sorpresa, cae hacia atrás.

El Gobernador aterriza sobre ella como si fuera su amante y la espada vuela por el suelo. El impacto la deja sin aliento. El hombre capta su olor a almizcle, una mezcla de sudor y clavo con un toque cobrizo, de sangre seca. La mujer se retuerce bajo él, a 45 centímetros de la espada, que yace en la alfombra. El brillo capta su atención.

En el segundo sesenta y cinco, intenta alcanzar la empuñadura para hacerse con el arma pero, antes de poder agarrarla, Michonne le muerde entre el hombro y el cuello, con tanta fuerza que los dientes se hunden en la carne y en varias capas de tejido subcutáneo, hasta llegar al músculo.

El dolor agudo es tan repentino, enorme y agónico que chilla como si fuera una niña pequeña. Se aparta de ella rodando, moviéndose por puro instinto, mientras se aprieta el cuello y nota el líquido que se escurre entre sus dedos. Michonne retrocede y escupe un bocado de piel, mientras que de la boca le brotan riachuelos de sangre.

—¡Hi... hija... HIJA DE PUTA!

El Gobernador consigue sentarse e intenta contener la hemorragia con la mano. No se le ocurre pensar que tal vez le haya seccionado la yugular y ya sea hombre muerto. No se percata de que Michonne está yendo por la espada. Ni siquiera se da cuenta cuando la mujer vuelve a alzarse sobre él.

En lo único en lo que puede pensar en ese momento, setenta y tres segundos después de que haya empezado la pelea, es en evitar desangrarse por el cuello.

Setenta y cinco segundos.

Traga saliva, de sabor metálico, e intenta ver con los ojos vidriosos, empapando la alfombra vieja de sangre.

A los setenta y seis segundos, oye las inhalaciones de su oponente, que respira hondo, se alza sobre él y murmura algo que suena parecido a «tengo una idea aún mejor».

Recibe el primer impacto con la empuñadura en el puente de la nariz. El ruido restalla en sus oídos con la misma fuerza que un bate de béisbol Louisville Slugger golpeando una pelota en el punto justo. Se desploma en el suelo.

Le zumban los oídos, tiene la vista borrosa y el dolor no le deja respirar, pero vuelve a intentar agarrarle los tobillos. La empuñadura lo golpea de nuevo, firme como el hierro.

Ochenta y tres segundos después del inicio del combate, el Gobernador se derrumba y la oscuridad empieza a cegarle. El impacto definitivo en la cabeza llega en el segundo ochenta y seis, pero apenas lo nota.

Un segundo después, todo se vuelve negro y el Gobernador flota en el vacío.

En el claro sombrío, apenas iluminado por la luna, en mitad del silencio sobrecogedor de la noche, Lilly desenvuelve con cuidado el último objeto que quiere tirar a la hoguera. Es del tamaño de un hueso de melocotón y está protegido por un pañuelo. Lo mira mientras una única lágrima le recorre la mejilla. Recuerda todo lo que ese bultito fue para ella. Josh Hamilton le salvó la vida. Josh era un hombre bueno que no merecía morir de la forma en que murió: de un balazo en la nuca, cortesía de uno de los matones de Woodbury, concretamente de aquel al que llamaban el Carnicero.

Recorrieron muchos kilómetros juntos, aprendieron a sobrevivir juntos y soñaron con tiempos mejores juntos. Josh Hamilton era un chef gourmet que trabajaba de cocinero jefe y seguro que era la única persona que viajaba por los caminos del apocalipsis con una trufa negra italiana en el bolsillo. Raspaba láminas de la cosa esa para darle sabor a los aceites, las sopas y las carnes. Aquel sabor terroso, que recordaba a las nueces, era indescriptible.

Del paquete que tiene en el regazo aún emana un penetrante aroma que la mujer se inclina para aspirar con fuerza. El olor le embriaga los sentidos con recuerdos del cocinero, recuerdos de cuando llegaron a Woodbury, recuerdos de la vida y la muerte. Los ojos se le inundan de lágrimas. Le queda un poco de jugo de uva en el vaso, que alza.

—Por un viejo amigo mío que me salvó la vida más de una vez.

A su lado, Austin inclina la cabeza, consciente de la importancia del momento y la pena que Lilly está exorcizando. Sostiene el vaso con fuerza contra el pecho.

—Espero que algún día volvamos a vernos —dice y se acerca al hoyo.

Tira el bulto negro con el resto de símbolos.

—Amén —dice el joven en voz baja, y echa un trago.

Se acerca a Lilly y la rodea con el brazo. Los dos se quedan un rato mirando en la oscuridad el embrollo de cosas que yacen dentro del hoyo.

El canto de los grillos y el susurro del viento acompañan el silencio de sus pensamientos.

—Lilly.

—¿Sí?

Austin la mira.

—¿Te he dicho que te quiero?

Ella sonríe y sigue mirando el suelo.

—Cállate y cava, guapo.

En el vacío de la noche cerrada, tan oscura como el fondo de la fosa de las Marianas, una frase sin sentido flota en la negrura impenetrable como si fuera una señal fantasma, un mensaje que no significa nada, un impulso de energía eléctrica codificada, chisporroteando en la mente de un hombre herido con la misma intensidad que un cartel de neón:

¡REVIENTA EL CORDÓN!

El herido no entiende nada. No se puede mover. No puede respirar. Está fusionado a la oscuridad. Es una masa informe de carbono que flota a la deriva en el espacio y, aun así... aun así... sigue teniendo la sensación de que el mensaje va dirigido a él y solo a él, que es una orden urgente, aunque no tenga sentido alguno:

¡CALIENTA EL CARBÓN!

De golpe, nota que las leyes físicas del universo vuelven poco a poco, como un navío que estuviera enderezándose en la zona más profunda del océano. Siente que el peso de la gravedad actúa sobre él entre las nieblas del dolor que lo paralizan: primero en el torso y luego en las extremidades. Siente como si le dieran jalones desde abajo y desde cada lado, como si apretaran las ataduras que lo mantienen prisionero en ese tanque negro de privación sensorial.

Percibe la existencia de su propia cara, pegajosa por la sangre, ardiendo por las infecciones, con una sensación de presión en la boca y un picor en los ojos, que aún están ciegos pero que comienzan a asimilar una luz brillante y nebulosa que proviene de arriba.

Su mesencéfalo comienza a desentrañar poco a poco el significado de la frase de neón que le han transmitido, ya sea de forma sonora o por otros medios telepáticos que desconoce. Conforme empieza a aclararse el mensaje, una orden cruda que encaja como las piezas de un rompecabezas, su mente fragmentada empieza a asimilar el sentido.

La orden furiosa, dirigida directamente a su cerebro, activa una alarma que hace añicos su armadura de valor y mina su determinación. Todas sus defensas se desmoronan. Todas las barreras de su cerebro, todos los muros gruesos, las particiones, los compartimentos: todo se viene abajo... hasta que no es nada, nada más que un hombre destrozado y perdido en la oscuridad, aterrorizado, insignificante, como un feto... Y, en su cerebro, las palabras codificadas se revelan por fin, descifradas:

¡DESPIERTA, CABRÓN!

El sonido le llega desde escasos centímetros de distancia. Es femenina, jadeante y le resulta familiar.

—¡Despierta, cabrón!

Abre los ojos costrosos. «¡Mierda, mierda, no… no… no… NO!» En lo más profundo de su subconsciente, una voz le cuenta la horrible realidad de su situación: está atado a las paredes de su propia sala pestilente, que ahora mismo es un perfecto duplicado de la cámara de tortura donde encerró a Michonne bajo el estadio.

Una lámpara minera de hojalata lo ilumina. La debe de haber traído Michonne. La mitad superior del cuerpo del Gobernador está machacada y llena de hematomas y está tan contorsionado a causa de las ataduras que tiene los hombros a punto de dislocarse. Descubre horrorizado que está completamente desnudo. Tiene las piernas dobladas por las rodillas y separadas hacia fuera, contra un tablero de madera que Michonne ha clavado de cualquier manera en la alfombra. Le arde la verga, que tiene estirada en un ángulo extraño hacia abajo, como si estuviera pegada al suelo en medio de un charco de sangre coagulada. Del labio inferior le cuelga un hilo espeso y viscoso de baba ensangrentada.

La voz débil que resuena en su interior se abre paso a través del ruido de su cabeza y gimotea: «Tengo miedo… Dios, tengo miedo…».

—¡Cállate!

Intenta ahogar la voz. Tiene la boca tan seca como la cal y nota un sabor amargo a cobre, como si hubiera estado chupando monedas. La cabeza le pesa una tonelada. Parpadea sin cesar, intentando concentrarse en la cara ensombrecida que tiene delante.

Poco a poco, a intervalos neblinosos e irreales, los rasgos enjutos de una mujer de piel oscura cobran forma; está agachada a pocos centímetros de él y lo mira con la misma intensidad que la llama de un soplete.

—¡Por fin! —exclama con una energía que hace que el hombre retroceda de un brinco—. Creía que no te ibas a despertar nunca.

Ataviada con el overol, las botas y la cinta que rodea sus rastas, Michonne tiene las manos apoyadas en las caderas, como si fuera una mecánica que inspecciona un electrodoméstico defectuoso. ¿Cómo carajos le ha hecho esto? ¿Por qué nadie vio a esa hija de puta merodear cerca de su casa? ¿Dónde demonios están Gabe y Bruce? Maldita sea, ¿dónde está Penny? Intenta mantener el contacto visual con ella, pero le cuesta sostener en alto la cabeza de plomo. Quiere cerrar los ojos y dormirse. Baja la cabeza y oye esa voz tan terrible:

—Te desmayaste por segunda vez cuando te clavé la verga a la tabla esa en la que estás. ¿Te acuerdas? —Inclina la cabeza con curiosidad—. ¿No? ¿Tienes la memoria un poco mal? ¿Sigues consciente?

El Gobernador empieza a hiperventilar. Parece que el corazón se le va a salir del pecho. Nota cómo su yo interior, que normalmente está enterrado en los rincones más recónditos de su cerebro, emerge, toma el control y domina sus pensamientos: «Dios, tengo mucho miedo... tengo miedo... ¿Qué he hecho? Dios está castigándome. Jamás tendría que haber hecho todas esas cosas... lo que le hice a esta mujer... lo que les hice a los demás... a Penny... Tengo mucho miedo, carajo... No puedo respirar... No quiero morir... Por favor, Dios no quiero morir, por favor, no dejes que muera no quiero morir. Ay, Dios. Ay, Dios...».

—¡¡Que te calles, carajo!!

Philip Blake le grita en silencio a su voz interior, la voz de Brian Blake, su faceta más pusilánime y débil, mientras se tensa y se encoge contra las cuerdas. Una puñalada de terror le desgarra desde el pene mutilado hasta el torso, y emite un jadeo inaudible tras la cinta adhesiva que le tapa la boca.

—¡Cuidado, machote! —le advierte la mujer con una sonrisa—. Yo en tu lugar no me movería mucho.

El cautivo no hace nada para evitar que su cabeza se desplome, cierra los ojos y respira débilmente. La mordaza, un parche de cinta adhesiva de 10x10, le tapa la boca con firmeza. Intenta gemir pero no es capaz ni de eso, porque tiene las cuerdas vocales paralizadas por el dolor y la batalla que se libra dentro de él.

Su parte «Brian» se está abriendo paso a través de todas las barreras... hasta que vuelve a alcanzar el prosencéfalo: «Dios, por favor... Por favor... sé que he hecho cosas malas, lo sé, lo sé, pero no me merezco esto... No quiero morir así... No quiero morir como si fuera un animal... en este sitio tan oscuro... Tengo mucho miedo, no quiero morir... Por favor..., te lo suplico..., ten piedad...

Se lo suplicaré a esta mujer… le suplicaré que no me mate, que tenga piedad, que no me mate, por favor, por favor, por favor, por favor, por favor, por favor, por favor, AY, DIOS, por favor, Dios, por favor…».

Philip Blake se retuerce entre espasmos de dolor y las cuerdas se le clavan en las muñecas.

—Cuidado, amigo —le dice la amazona, con el rostro oscuro y brillante adoptando un aire casi alegre bajo la luz cambiante de la lámpara, que no deja de balancearse con suavidad—. No quiero que vuelvas a desmayarte antes de que pueda empezar.

Los ojos del Gobernador se cierran de golpe y los pulmones le arden como dos volcanes en erupción. Philip Blake aplasta a su álter ego, lo ahoga y vuelve a encerrarlo en lo más profundo de su mente. En silencio, le grita a su otro yo: «¡Deja de lloriquear de una vez y escúchame, niñita de mierda! ¡Escúchame, escúchame, escúchame…! ¡No vas a suplicarle nada y no vas a llorar como si fueras un maldito bebé, chilletas!».

La mujer interrumpe las lamentaciones:

—Tranquilízate un momento, estate quieto y escúchame. No te preocupes por la niña…

Los ojos de Philip Blake se abren como platos al oír hablar de Penny y mira a la afroamericana.

—… porque la he metido en el cuarto de delante, justo tras la puerta, donde tenías tantas madres. ¿Qué estás haciendo? ¿Construir una jaula para tu esclavita sexual? A ver, ¿para qué la tienes encerrada aquí? —Frunce los labios, pensativa—. Mira… mejor no contestes. No quiero saberlo.

Se pone de pie y se alza sobre él durante unos instantes. Respira hondo.

—Tengo muchas ganas de empezar.

La tormenta que azota el cerebro de Philip cesa como si se hubiera fundido un fusible. Ve a la mujer como si fuera la luz al final del túnel, dedicándole toda su atención, y observa cómo da la vuelta y pasea por la habitación con aire autoritario aunque despreocupado, como si tuviera todo el tiempo del mundo.

Por un instante, le parece que la oye silbar tranquilamente mientras se dirige hacia una mochila de lona grande y manchada de grasa que hay tirada en la esquina opuesta del cuarto. Se agacha y rebusca entre el ejército de herramientas.

—Primero te voy a enseñar unas cuantas cosas —murmura mientras saca un par de alicates.

Se incorpora, se da la vuelta y se los enseña, como si estuviera animando a un cliente a que puje en una subasta. «¿Cuánto ofrecen por estos maravillosos alicates artesanales de titanio?» Clava la vista en su prisionero.

—Te voy a enseñar unas cuantas cosas —insiste—. Voy a usar todo lo que tengo aquí antes de que te mueras. Lo primero serán estos alicates tan estupendos.

Philip Blake traga una saliva que le parece ácido y baja la vista hacia la plataforma de madera empapada en sangre.

Michonne vuelve a meter la herramienta en la mochila, saca otra y se la enseña.

—Después, un martillo —dice mientras lo agita en el aire con alegría—. Ya te he dado unos cuantos golpecitos con este chiquitín.

Lo guarda y busca un poco más en la bolsa mientras él observa la tabla manchada, con la mirada perdida e intenta respirar.

—¡MÍRAME, HIJO DE PUTA!

La voz de Michonne recupera la atención del Gobernador. La mujer sostiene un artilugio cilíndrico con boquilla de cobre.

—Es un soplete de acetileno —dice con semblante serio y voz tranquila—. Me parece que está casi lleno, además. Mejor. Tú lo usabas para cocinar —dice con una sonrisa gélida—. Yo también lo haré.

Philip Blake vuelve a permitir que se le derrumbe la cabeza, dentro de la cual crepita el ruido blanco de su mente.

La mujer encuentra otro instrumento y lo agarra.

—Ya verás, te va a encantar lo que voy a hacer con esto.

En la mano sujeta una cuchara doblada, de forma que le dé la luz para que el Gobernador pueda verla bien. La parte cóncava refulge en la habitación mal iluminada.

El hombre se marea, las muñecas le arden de puro dolor.

Michonne revuelve la mochila hasta que encuentra lo que estaba buscando.

Alza el aparato para que el hombre lo vea.

—Un taladro eléctrico —dice—. Deben de haberlo cargado hace poco, porque la batería está al máximo.

Se acerca hacia el Gobernador, apretando el gatillo del taladro y poniendo en marcha el motor. El ruido le recuerda al zumbido de los aparatos del dentista.

—Creo que vamos a empezar con esto.

Philip Blake tiene que usar hasta el último ápice de sus fuerzas para mirarla a los ojos mientras el taladro gira y se acerca con lentitud a la parte fibrosa del hombro izquierdo, donde el brazo se une con el torso… y están todos los nervios.

DIECIOCHO

Lo normal en la vida cotidiana de un pueblo pequeño es que oír un grito amortiguado a altas horas de la madrugada levante no solo sospechas sino también pánico entre los habitantes, que hacen sus vidas con las ventanas abiertas para que fluya la agradable brisa primaveral, o entre los que hacen el turno de noche en las tiendas veinticuatro horas. Pero justo en ese momento, exactamente a la 1:33 de la madrugada —horario de la costa este— en Woodbury, un pueblecito de Georgia, el gemido amortiguado y contenido por las capas de yeso, cemento y vidrio (además de la cinta adhesiva que aprisiona los gritos) que surge del edificio del Gobernador forma parte de un día a día que es de todo menos normal.

Los hombres que hacen el turno de noche en los muros norte, oeste y sur ya han empezado a abandonar sus puestos, desconcertados por la ausencia de su supervisor. Martínez lleva horas sin aparecer. No es propio de él y casi todos los guardias están intrigados. Brucc y Gabe ya se han dado cuenta de que la enfermería está desierta y de que no hay quien encuentre al doctor y a Alice. Los dos discuten sobre si deberían o no molestar al Gobernador para contárselo.

La tranquilidad inusitada que reina en el pueblo ha despertado a Bob, quien se ha levantado y ha dado un paseo entorpecido por el alcohol bajo la brisa nocturna, para intentar despejarse y averiguar por qué está todo tan calmado.

De hecho, es posible que Bob Stookey sea el único habitante del lugar que oye los gritos amortiguados. Se tambalea por delante de la fachada del edificio donde vive el Gobernador justo cuando un chillido agudo resuena tras las ventanas tapiadas. El lamento es débil y está camuflado por la mordaza de cinta adhesiva pero, aun así, es tan reconocible como la silueta de un ganso que sobrevuela un lago tranquilo. El sonido es tan espeluznante e inesperado que el vagabundo cree que es fruto del delirium tremens que a veces le juega malas pasadas, así que sigue con su paseo, ajeno a la importancia de esos ruidos tan extraños.

Sin embargo, algo está ocurriendo en ese mismo momento, en ese mismo edificio, al final del pasillo de la segunda planta, dentro del salón sofocante del piso más grande. Bajo la luz amarillenta de una lámpara de minería que cuelga y se balancea con suavidad por culpa de las corrientes de aire, sucede algo que no tiene nada de imaginario: el dolor que le están infligiendo a Philip Blake. Un dolor vivo, que respira, como un depredador que se abre camino a dentelladas por su cuerpo, con la ferocidad de un jabalí en busca de trufas ensangrentadas, entre los nervios del pectoral izquierdo y del deltoides.

El taladro trina mientras penetra cada vez más en el tejido nervioso, haciendo brotar chorros de sangre y partículas humanas.

Los gritos de Philip, tan filtrados por la mordaza que casi parecen una alarma de coche, se suceden uno tras otro. Michonne empuja la broca hasta el tope y una niebla delicada y sanguinolenta le salpica en la cara. El hombre profiere un gemido primitivo, una especie de «¡¡¡MMMMMMMMMMMMMMGGGHHHHH!!!», mientras el taladro zumba y gira. Por fin, Michonne suelta el gatillo y, con brusquedad, saca la broca de la pulpa escarlata en la que se ha convertido el hombro.

El Gobernador tiembla de dolor, aprisionado por las dos cuerdas que crujen cada vez que se retuerce.

La amazona deja caer el taladro sin preocuparse por si se rompe. El aparato deja una marca en el suelo al impactar. Tiene un amasijo de hilos de cartílago y carne adheridos a la broca. Michonne asiente.

—Bueno —dice, hablando más consigo misma que con su víctima—. Vamos a ocuparnos de la hemorragia y a asegurarnos de que sigas consciente.

Encuentra el rollo de cinta adhesiva, lo agarra, estira una franja, la arranca de un mordisco y, sin cuidado alguno, envuelve con ella el hombro herido. Se esforzaría más si estuviera desplumando un pavo para la cena de Acción de Gracias. Sella la herida como si fuera una tubería.

Mientras tanto, Philip Blake nota cómo un telón negro cae sobre sus ojos. Siente que el mundo se separa, como dos paneles de vidrio deslizándose bajo el agua, formando una imagen doble que se vuelve cada vez más difusa. Al final, su cabeza le cae sobre el pecho y el frío se apodera de su cuerpo. La inconsciencia se apiada de él.

Una bofetada repentina, fuerte y rápida, le golpea.

—¡Despierta!

Se incorpora contra las ataduras y, al abrir los ojos, se encuentra con la visión aterradora del rostro mezquino e implacable de la mujer, que aún está marcado por las cicatrices y hematomas de la tortura que sufrió a manos suyas. Ella lo observa con desprecio y en sus ojos brilla una chispa amenazadora. Sonríe como un payaso desquiciado, demente y lleno de odio.

—Te aseguro que no te interesa volver a desmayarte —le explica con calma—, porque te perderías lo más divertido.

A continuación, saca los alicates de la mochila y vuelve a silbar esa melodía que saca al hombre de sus casillas y le pone la piel de gallina. Es como si una colmena de avispas le zumbara en los oídos. Philip clava la mirada ardiente en las puntas de las pinzas mientras Michonne se agacha y le agarra la mano derecha, que cuelga inerte de la muñeca atada. La mujer, sin dejar de silbar distraídamente, le sujeta el índice entre el suyo propio y el pulgar, como si fuera a hacerle manicura.

Le cuesta un poco pero al final consigue arrancarle la uña con rapidez, como si estuviera quitando una curita. El dolor agudo le recorre todo el brazo, lo asfixia y le quema los tendones como lava fundida. Amordazado con la cinta adhesiva, el Gobernador gruñe como si fuera una vaca en el matadero. Michonne pasa al dedo corazón y le arranca la uña. La sangre borbotea y gotea. Philip hiperventila por el dolor. La mujer se ocupa del anular y del meñique para poner la cereza del pastel.

—Tienes la mano destrozada —dice en tono casual, como si fuera una esteticista dando consejos de belleza.

Suelta los alicates, se da la vuelta y busca algo al otro lado de la habitación.

—Destrozada —repite con un murmullo mientras busca la espada.

Al volver, alza la *katana* como si fuera un bateador de primera que estuviera a punto de hacer un *home run* y, con rapidez y sin un atisbo de duda, descarga el sable con todas sus fuerzas sobre la articulación del brazo derecho del Gobernador, justo por encima del codo.

La primera sensación que le golpea, incluso antes que el dolor inflamable e insoportable, es un descenso de la presión que le mantenía inmovilizado, debido a que la cuerda se suelta junto con el brazo amputado, aún atado. El pene se le separa de la madera y la sangre mana a chorros del muñón mientras el Gobernador, que ya no está amarrado al muro, cae de lado con fuerza. Philip contempla su brazo derecho, lleno de horror e incomprensión. En lo más profundo del centro de sus ojos, en las pupilas, en los núcleos de los iris, las ventanas se contraen hasta ser tan pequeñas como una cabeza de alfiler. El Gobernador gruñe de forma grotesca, como un cerdo al que degollaran, pero el sonido queda ahogado por la cinta adhesiva.

A estas alturas, el cautivo ya está bañado en sangre y la plataforma está resbaladiza, como si estuviera cubierta de aceite. Un frío gélido absorbe a Philip y le congela la piel.

—No te preocupes —le dice Michonne, aunque él ya no puede oírla—, estoy casi segura de que podré detener la hemorragia. —Se saca un encendedor Zippo del bolsillo y pregunta—: ¿Dónde está el soplete?

Para Philip, el rato que tarda la afroamericana en volver con el soplete es como un sueño. Yace en el suelo, tumbado en un charco de su propia sangre, helado, y de repente nota que la otra voz, oculta en lo más recóndito de su ser, llora y se ahoga mientras ruega angustiada:

«Dios, por favor, no me dejes morir así... Por favor... sálvame... no dejes que todo acabe aquí... así no... No quiero morir así...».

«¡YA BASTA!

¡¡YA BASTA!!»

En lo más profundo de su corazón, Philip Blake tiene una revelación. El descubrimiento viaja por su médula hasta llegarle al cerebro, donde estalla.

En cámara lenta, como moviéndose entre arenas movedizas, Michonne vuelve con el soplete, que se enciende con un «fuuum». Sin embargo, el Gobernador ya no se inmuta al verla, ni le tiene miedo. Ella es la encarnación del destino y Philip descubre su verdadera personalidad en ese mismo instante. La ve acercarle la llama al muñón sanguinolento y no le quita el ojo de encima, mirándola desde la cortina de pelo grasiento, y tiene la mayor epifanía de su vida.

«Ha llegado el momento», piensa, intentando comunicarse con la mujer utilizando tan solo su mirada enfebrecida. «Adelante. Estoy preparado. Hazlo. Te reto. Vamos, puta. Estoy preparado para morirme de una vez, así que mátame... mátame ya... ¡MÁTAME! ¡ÉCHALE HUEVOS! ¡¡VAMOS, MÁTAME, HIJA DE LA GRAN PUTA!!»

Le cauteriza la sangre, la carne y los tejidos con la llama azul. Durante el proceso se oyen unos chisporroteos nauseabundos que resuenan en la sala oscura. El soplete crea volutas de humo y fríe el tuétano. Philip no ha sentido tanto dolor en su vida.

En su vida.

Y, por desgracia para Philip Blake, también conocido como «el Gobernador», no muere.

Y Michonne solo acaba de empezar.

Al otro lado del pueblo, bajo el cielo estrellado y amenizado por el omnipresente canto de los grillos y otros sonidos nocturnos incesantes, la hoguera se ve asfixiada por la primera paletada de tierra; arenosa y de color café oscuro, tan característica de Georgia, aterriza sobre la foto de Megan con un ruido sordo y débil. Austin toma otra paletada y la echa. Y otra. Y otra. Y la tierra empieza a cubrir el montón de objetos preciados, al igual que en un entierro.

En un momento dado, el chico deja de trabajar para mirar a Lilly, que está observando el proceso desde cerca, envuelta en una manta que sujeta con firmeza alrededor del cuello. Las lágrimas de la mujer se agolpan hasta que caen por las mejillas y empapan el borde de la tela.

Austin le da la pala, cargada de tierra, y ella la vuelca sobre el hoyo.

Ninguno lo dice en voz alta pero ambos sienten que están cambiando de página.

Están cambiando página y dejando atrás la pena, el miedo y el pasado. El futuro los espera. Se tienen el uno al otro y también una pequeña vida que crece dentro de Lilly, una promesa silenciosa de un porvenir mejor. Ella sonríe con tristeza y se seca la cara. Austin le devuelve la sonrisa. Acaban de rellenar el hoyo y el joven suelta la pala.

Después, vuelven a los troncos de árbol y descansan en la calma de la noche.

—Ah, ya vuelves a estar despierto… Mejor.

La luz de la sala de los horrores se ha vuelto diáfana, como salida de un sueño. La voz de la mujer flota como una bonita mariposa nocturna que revolotea a sus espaldas. El Gobernador no ve más que la sombra de su torturadora, que se proyecta en el suelo tras él, pero oye que la tiene cerca del culo. Se da cuenta de que está en una posición distinta a la de antes de desmayarse. Ahora se encuentra boca abajo, con la cara aplastada contra la plataforma y las nalgas elevadas. Sus sentidos adormilados reconocen lentamente el entorno en el que está, como si fueran una cámara y con el objetivo torcido.

La dureza fría de la cuchara le penetra profundamente en el recto y con mucha fuerza.

El cubierto llega hasta el hueso sacro y el Gobernador se echa hacia delante con un espasmo. Durante un breve instante revive la horrible experiencia del único examen de próstata que se ha hecho. El doctor de Jacksonville (¿cómo se llamaba? ¿Kenton? ¿Kenner?) no paraba de parlotear sobre los fichajes de los Falcons. Se imagina riéndose del chiste, pero en realidad lo único que hace es resollar.

Michonne le mete la cuchara hasta la vértebra sacra y la tuerce con fuerza, como si estuviera intentando sacarle los intestinos y el coxis. Philip grita, aunque la mordaza apaga el chillido y lo único que se oye es una retahíla de gemidos pueriles. El fuego que siente en el abdomen se descontrola cuando la mujer empieza a forcejear con el cubierto, que se ha quedado atascado en alguna parte de su anatomía interna.

Philip está a punto de volver a hundirse en las arenas movedizas de la inconsciencia pero Michonne le saca la cuchara doblada del ano de un jalón, acompañado por un chasquido húmedo.

—Ya está —dice—. Te va a doler durante un buen rato.

Se levanta y pasea delante de sus narices para que la vea entre los delirios. Levanta la cuchara ensangrentada.

—Y a mí que me daba la sensación de que lo difícil era meterla —comenta con ironía mientras las cortinas compasivas de la inconsciencia vuelven a cerrarse ante los ojos del Gobernador, que cae de nuevo en el vacío oscuro y dichoso.

Los expertos (agentes de la CIA, matones del tercer mundo, exagentes de la KGB, miembros de bandas del narcotráfico…) saben cómo mantener a la gente despierta y consciente durante los «interrogatorios mejorados», pero la amazona de las rastas de Medusa no tiene ninguna pregunta que formular ni experiencia en el arte de mantener a alguien consciente durante este tipo de torturas improvisadas y chapuceras. Hasta donde él sabe, lo único que la mantiene activa es un sentido natural de la justicia y experiencia callejera. El Gobernador es consciente de ello cada vez que se despierta de golpe y su capacidad de comprensión está cada vez más distorsionada y corrompida por el filtro surrealista que impone el dolor insoportable.

Esta vez se despierta sintiéndose como si le hubieran tirado un piano a la cabeza. Nota el impacto brutal que le fractura el lado del cráneo, causándole una conmoción cerebral y bombardeándole el puente de la nariz con partículas de dolor. Oye el ruido disonante de las 88 teclas del piano estallando a la vez dentro de su cabeza. En sus oídos resuena una aria desafinada a un volumen tan alto que no lo deja ni respirar.

Michonne se alza sobre él y le estampa la suela de la bota en la cabeza por segunda vez.

El tacón le rompe la mandíbula y, de repente, el Gobernador solo está despierto a medias… No está consciente del todo, pero en realidad tampoco está inconsciente.

La cinta adhesiva amortigua los gemidos y las risitas del Gobernador, que está tirado en el suelo. Las funciones cerebrales superiores empiezan a desactivarse y su mente revierte a la configuración por defecto: su versión básica. Ahora es como si estuviera otra vez en su infancia en Waynesboro, sentado sobre las rodillas de su padre en la feria. Percibe el olor de las palomitas, la mierda de caballo y el algodón de azúcar. Oye la melodía simpática de un calíope y la estrella del espectáculo, la Guerrera Oscura de Borneo, los rodea lentamente, a él y a su padre, sentados en la primera fila.

—Creo que me pasé con la patada —le dice la mujer con voz divertida. El público aplaude y se ríe—. Me parece que se te ha estropeado algo.

Él quiere reírse con el chiste pero alguien (¿tal vez su padre?) le tapa la boca con la mano, lo que hace que todo sea aún más gracioso. La Guerrera Oscura de Borneo se arrodilla a muy pocos centímetros de su cara. Él la mira y ella le devuelve la mirada con una sonrisa rara. ¿Qué va a hacer con la cuchara? ¡A lo mejor hace su truco más lindo!

La mujer le pone el cubierto cerca del ojo izquierdo y le dice:

—No te desmayes, que aún no hemos acabado.

La cuchara está fría y la mujer empieza a sacarle el ojo con ella. Philip se acuerda de la vez que el dentista tuvo que taladrarle en una muela. Le dolió mucho mucho mucho mucho muchísimo, pero luego le dieron una paleta, lo que lo consoló un poco. El caso es que esta vez no hay paleta y le duele tanto que ni siquiera se imaginaba que algo pudiera doler así. Incluso oye los chasquidos asquerosos, mucosos y húmedos, similares a cuando su madre despedazaba pollos para cenar. Al final, el globo ocular con el que tanto forcejeaba la Guerrera de Borneo se desprende de la cuenca.

Le dan ganas de aplaudir a esa mujer tan asombrosa por haber conseguido dejar el ojo colgando hasta la mitad de la cara, sujeto por unos hilos de nervios y tejidos rojos asquerosos que parecen serpentinas.

La visión se vuelve loca, ahora está en una especie de atracción de feria, como aquella vez en la que su padre les llevó a él y a su hermano Brian a la Feria Estatal del Corazón de Georgia y se subieron al Tornado. Ahora se siente igual. Todavía ve con el ojo colgante... más o menos, y todavía ve con el sano. Y lo que ve le hace compadecerse de la Gran Guerrera Salvaje de Borneo.

Está llorando.

Las lágrimas surcan el rostro brillante y marrón de la mujer que está agachada ante Philip y él mismo se entristece de golpe al ver a la pobre. ¿Por qué llora? Lo mira como si él fuera un niño perdido y ella una niña que se ha portado muy mal.

Entonces sucede algo que llama la atención del hombre.

Unos golpes muy fuertes en la puerta lo devuelven a la realidad. Parpadea con el ojo sano, la mujer se seca las lágrimas y ambos oyen la voz profunda, furiosa y masculina que grita al otro lado de la puerta:

—¡Gobernador! ¿¡Estás ahí!?

La música del calíope se detiene de repente y el pequeño Philip Blake ya no está en la feria.

Michonne toma la espada y se pone de pie, de cara a la puerta, paralizada por las dudas. Aún no ha terminado su obra maestra y le falta poner la pieza más importante del rompecabezas, pero es posible que haya que cortar por lo sano... en más de un sentido.

Se gira hacia el mutilado que se aferra como puede a la vida desde el suelo y empieza a decirle algo, pero una voz potente la interrumpe desde el exterior.

—¡Eh! ¡Phil! ¡Abre! ¡La loca esa de la chingada se escapó, hombre! ¡Y el doctor, Alice y los otros dos también!

La madera cruje y algo se rompe.

Michonne mira al Gobernador mientras resuenan los ecos de un fuerte ruido sordo. Le apunta a la entrepierna con el extremo de la *katana*.

La voz de Gabe es inconfundible, gracias a su tono áspero y su fuerte acento. Ahora se alza una octava más alta al gritar desde fuera:

—¿¡Pero qué carajos pasó con tu puerta, hombre!? ¿¡Qué ocurre!? ¡Di algo, jefe! ¡Vamos a entrar!

Suena otro golpe, probablemente un empujón que han dado en la puerta Gabe y Bruce con todas sus fuerzas, o quizá una especie de ariete, y las bisagras empiezan a ceder justo por donde Michonne las había clavado a toda prisa. Una lluvia de polvo baña la estancia.

Michonne sostiene la espada a pocos centímetros del pene flácido del Gobernador.

—Tiene pinta de que lo que te queda entre las piernas puede llegar a curarse si sobrevives —le dice con una voz tan suave y baja que parece que está hablándole a su amante, sin saber con certeza si Philip la entiende o siquiera la oye—, y eso no puede ser.

Con un único giro experto de muñeca, le rebana el pene justo por la base. La sangre mana a borbotones mientras el órgano cae inerte al lado del hombre, sobre el suelo de madera.

Michonne se da la vuelta y sale disparada de la habitación. Para cuando la puerta cede del todo, la mujer ya cruzó el departamento, salió por una ventana y bajó la mitad de la escalera de incendios.

Bruce es el primero en irrumpir en el departamento y está a punto de caerse por el impulso. La calva le brilla y los ojos, iluminados por un destello de urgencia, están abiertos de par en par. Gabe se precipita tras él con los puños cerrados mientras inspecciona la habitación con rapidez.

—¡Mierda! —Bruce voltea cuando oye los gruñiditos de la niña cadáver—. ¡Mierda! —Ve a Penny, encadenada en el recibidor por razones de seguridad—. ¡Mierda! ¡Mierda! ¡Mierda! —Huele el hedor insoportable a matadero, de fluidos corporales y sangre, que flota en el ambiente. Mira a su alrededor—. ¡Mierda, mierda, mierda, mierda, mierda! ¡¡Carajo!!

—¡Cuidado!

Gabe le da un empujón a Bruce cuando la niñita muerta intenta alcanzarlos, estirando las cadenas y dando mordiscos a los pocos centímetros de aire que se interponen entre sus dientes negros y el torso de Bruce.

—¡Apártate de ella! —grita Gabe.

—Me cago en todo... Carajo —murmura Bruce de repente cuando se gira hacia la sala abovedada y ve los rastros asquerosos de sangre que decoran el suelo—. ¡Gobernador! ¡Puta madre!

Por fin, en la oscuridad limpia y tranquila del claro, bajo el enorme firmamento rural, Austin Ballard rompe el silencio:

—¿Sabes qué? Se me acaba de ocurrir que podemos poner el cuarto del bebé en esa habitación tan luminosa que hay al fondo de mi departamento.

Lilly asiente.

—Estaría bien. —Reflexiona sobre la propuesta—. Yo vi una cuna en el almacén que nadie estaba usando. —Sigue reflexionando—. Quizá esté loca, pero creo que esto va a salir bien.

Austin se acerca a ella y la abraza con ternura. Están sentados en el mismo tronco, abrazándose. Lilly le da un beso en el pelo. Él sonríe y la abraza más fuerte.

—No hay sitio más seguro que Woodbury —dice en voz baja.

—Ya... —asiente Lilly—. Siento que el Gobernador lo tiene todo bajo control.

Austin la estruja con cariño.

—Y Stevens y Alice pueden ocuparse del parto.

—Eso es verdad. —Sonríe—. Creo que estamos en buenas manos.

—Sip. —Austin contempla la noche con la mirada perdida—. El Gobernador nos mantendrá a salvo. —Sonríe y añade—: No podríamos estar en una situación mejor para empezar una vida nueva.

Lilly asiente de nuevo con una sonrisa tan potente que podría proporcionar electricidad a una ciudad entera.

—Me gusta cómo suena eso: una vida nueva… Suena bien.

Por primera vez, está convencida más que nunca de que todo va a salir bien.

Gabe y Bruce se lanzan de cabeza a la sala de torturas improvisada en la que se ha convertido la sala y se encuentran con los indicios del trabajo de Michonne: las herramientas ensangrentadas, la mochila de lona, el brazo amputado y los tejidos y las manchas de sangre esparcidas por la tabla de madera de tal forma que parecen alas demoníacas que brotan del cuerpo del Gobernador. Se acercan un poco más a los restos.

Aunque el pánico inunda sus mentes, intentan mantener la calma y hablar entre ellos.

—Y ¿qué pasa con la tipa negra? —pregunta Gabe mientras contempla el cuerpo.

—Que se vaya a la chingada —responde Bruce, boquiabierto—. Seguro que ya salió de la zona segura. No va a sobrevivir ni en sueños.

—Mierda —musita Gabe mientras contempla lo que queda de su jefe, que yace destripado, quemado, flagelado, con el cuerpo retorcido y un ojo colgándole a un lado de la cara, sujeto tan solo por unas hebras de tejido.

Al cuerpo le da un espasmo.

—¿Está… está muerto?

Bruce jadea y se arrodilla al lado del Gobernador.

Le silba débilmente la nariz.

El cuerpo está tan destrozado que Bruce es incapaz de encontrar un lugar para tomarle el pulso. Le destapa la boca, quitándole la cinta adhesiva con cuidado.

Bruce oye el sonido de una respiración entrecortada, pero no sabe si es un último estertor…

…o si el Gobernador está aferrándose al crepúsculo que hay entre la vida y la muerte.

Bajo un toldo parpadeante compuesto de estrellas, Austin acaricia el rostro de su chica como si fueran las cuentas de un rosario.

—Lilly, te prometo que todo saldrá bien. —La besa—. Todo va a salir genial. —La besa de nuevo—. Ya lo verás.

La mujer sonríe. Que Dios la ayude… Confía en las palabras de Austin… Confía en el Gobernador… Confía en Woodbury. Seguro que todo va a salir bien.

Sin dejar de sonreír, apoya la cabeza en el hombro de Austin y escucha cómo la noche eterna sigue con el ciclo ancestral de destrucción y renacimiento.

Gracias, Dios.

Gracias.

Agradecimientos

Quisiera mostrar un agradecimiento especial hacia Robert Kirkman, que nunca falla a la hora de sacarse otro truco del sombrero; a Andy Cohen, la brújula en mi carrera; a Brendan Deneen, mi editor y mejor amigo; a Christina MacDonald, por haber hecho la mejor edición de diálogos de la historia; y a David Alpert, que hace que todo funcione. También estoy enormemente agradecido con Kemper Donovan, Nicole Sohl, Stephanie Hargadon, Denise Dorman, Tom Leavens, Jeff Siegel, y con mis chicos, Joey y Bill Bonansinga. Por último, pero no por ello menos importante, quiero expresar mi amor y gratitud eternos a la mujer que cambió mi vida y me hizo mejorar como escritor y como persona, Jill Norton Brazel.

JAY BONANSINGA